RAVAGE

Photo de couverture : © Plainpicture – Design Pics – Doug Lindstrand
Création graphique : Éléonore Gerbier

www.editionspaulsen.com
Les éditions Paulsen sont une société du groupe Paulsen Media.

RAVAGE

— Ian
Manook

Paulsen
La Grande Ourse

À ceux qui m'aiment,
à ceux que j'aime,
à Françoise,
à moi !

« Quand la justice devient vengeance,
que devient l'innocence ? »
Roy Braverman

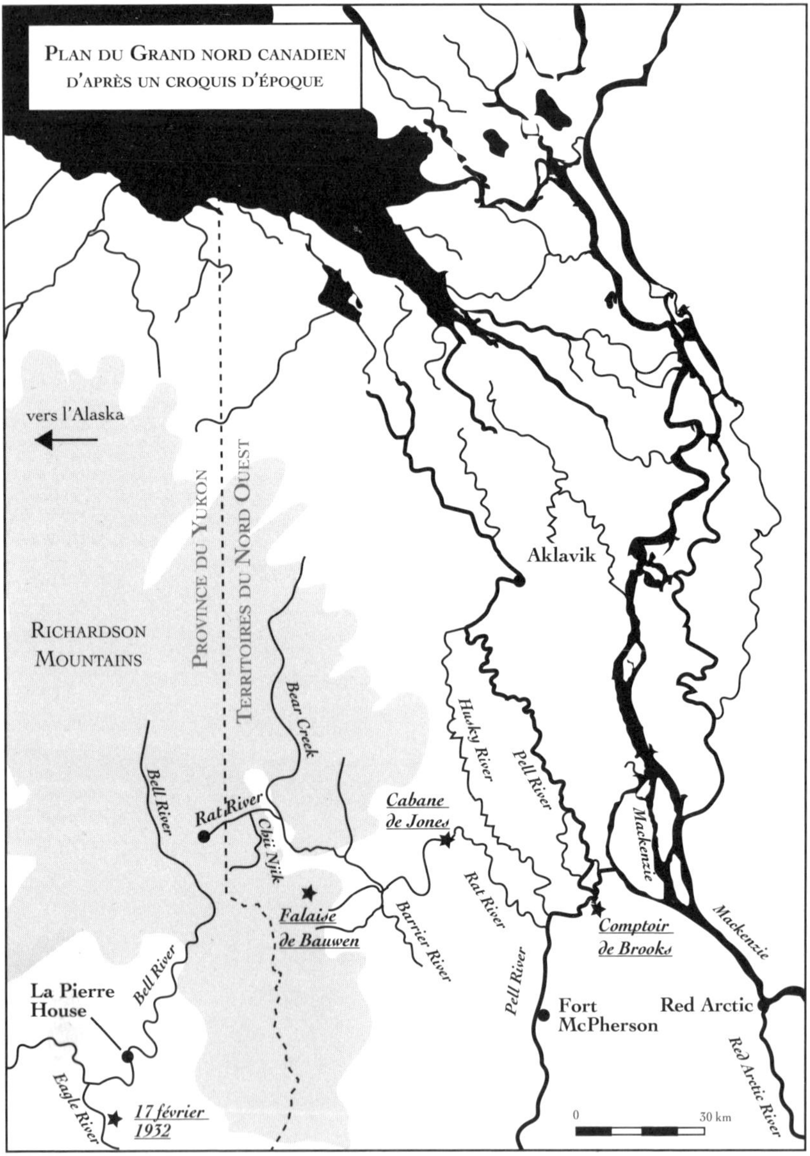
PLAN DU GRAND NORD CANADIEN
D'APRÈS UN CROQUIS D'ÉPOQUE
vers l'Alaska
PROVINCE DU YUKON
TERRITOIRES DU NORD OUEST
RICHARDSON
MOUNTAINS
Aklavik
Bear Creek
Husky River
Pell River
Bell River
Rat River
Chii Njik
Cabane
de Jones
Mackenzie
Falaise
de Bauwen
Barrier River
Rat River
Comptoir
de Brooks
Mackenzie
Bell River
La Pierre
House
Pell River
Fort
McPherson
Red Arctic
Red Arctic River
Eagle River
17 février
1932
0
30 km

AVERTISSEMENT

Ce roman est librement inspiré de faits réels. J'ai à peu près respecté les lieux, les dates et la chronologie des événements qui en font la trame. Par contre, je m'en suis réapproprié les personnages pour pouvoir exprimer à travers eux les émotions que j'ai éprouvées en me penchant sur cet incroyable fait divers. Près d'un siècle après la traque que je relate dans ce roman, j'ai essayé de comprendre de quel bois étaient faits ces hommes. Peut-être que je leur prête des sentiments très éloignés de ceux qu'ils ont pu ressentir à l'époque. Peut-être que je leur confère des émotions et des états d'âme que j'ai moi-même ressentis au cours de voyages moins extrêmes mais tout aussi solitaires. Peut-être me suis-je reconnu en l'un d'eux, ou en plusieurs, au point de me réapproprier une vie que je leur aurais réinventée. Tant mieux, dans ce cas. C'est la force du récit, cette alchimie entre un auteur et son sujet. Ces émotions de part et d'autre que l'écriture catalyse en un roman.

PROLOGUE

Vendredi 1er janvier 1932

Les chiens comprennent le drame qui se joue. L'urgence aussi. Malgré la nuit et le froid, ils redoublent d'efforts. La température est tombée sous les cinquante degrés. Le blizzard souffle d'interminables rafales chargées de poudrin. Des cristaux abrasifs comme de la poussière de verre. Le traîneau file dans la nuit blanche de cette tempête qui n'en finit plus. Il a toute confiance en son chien de tête. L'animal sait lire la neige et trouve son chemin à l'aveugle dans la poudreuse épaisse et la nuit de glace, mais le musher reste vigilant. La piste a disparu et le traîneau peut verser à tout moment. Gourmé dans ses vêtements les plus chauds, un pied botté sur chaque patin, il contrebalance la puissance des sept chiens pour maintenir le toboggan dans la bonne trajectoire. Ici, il ne pourrait compter sur aucun secours. Pas âme qui vive à des dizaines de kilomètres à la ronde. L'autre traîneau a suivi le cours des rivières gelées. Il doit être à plusieurs heures de course, maintenant. Lui a choisi de couper par les terres et n'a droit à aucune erreur. La vie de Billy en dépend. Une attention de chaque seconde, à pleine vitesse, aveuglé par les bourrasques chargées de neige.

Ses efforts sont si violents qu'il transpire malgré le froid. Sous sa cagoule, sa sueur gèle à travers la laine. Une minerve de glace s'est formée autour du col de son vêtement. Si épaisse qu'elle l'engonce et lui bloque la tête. Il doit tourner le buste tout entier pour surveiller la forêt de chaque côté du traîneau. Son souffle givre ses lèvres qui se fendent. Ses cils et ses sourcils sont pailletés de glaçons. Il s'imagine casqué de glace, lancé à pleine vitesse à travers la forêt par le galop des chiens, fantôme d'un chevalier teutonique qui charge, solitaire, dans la tempête. Cette image le fait sourire et lui donne du courage. Une seconde de distraction qui lui est aussitôt fatale. Le chien de tête contourne un boqueteau de rejets d'aulnes. Les deux chiens de pointe, juste derrière, donnent toute leur puissance pour amorcer le virage. Pris de court, l'homme n'a pas le temps de compenser la trajectoire. Le traîneau dérape sur une plaque de glace en dévers et heurte les jeunes arbres de plein fouet. Le choc projette l'homme contre la barre du guidon qui lui coupe le souffle. Une force irrésistible l'arrache et l'éjecte de son toboggan, pantin désarticulé dans la nuit. Dans un cri muet, il gobe une bouffée d'air glacé qui le suffoque et lui abrase les poumons. Il retombe comme une chiffe, cul par-dessus tête, au milieu des lignes et des harnais des chiens qui s'affolent dans des tourbillons de poudreuse.

Le chien de tête tente d'arrêter l'équipage, mais les autres, surpris, emportés par l'élan du traîneau, s'emballent. Les tiges des jeunes aulnes ploient sans se rompre sous le poids du toboggan. Dès qu'il est passé, elles se redressent et une volée de bois vert tabasse l'homme au passage. Il encaisse les coups, les dents serrées. Toute son attention est ailleurs : il cherche des yeux la ligne de survie qu'on laisse traîner derrière le toboggan pour s'y raccrocher en cas de chute ou d'accident. Ne pas perdre l'attelage. Jamais. Garder les chiens. Et, surtout, maintenir le traîneau sur ses patins.

Il aperçoit la corde et s'y agrippe comme un noyé à sa bouée. Les chiens encaissent le coup de frein dans leur harnais et ralentissent, mais traînent encore l'homme sur plusieurs dizaines de mètres. Il se cogne et rebondit de souche en congère, refusant de céder à la peur, étouffé par les paquets de poudreuse qu'il avale chaque fois qu'il hurle à ses chiens de s'arrêter.

Par chance, le toboggan ne s'est pas retourné. L'autre homme, le blessé, William West, dit Billy, le ventre percé par la mitraille, est toujours sanglé dessus, inconscient. Combien d'hommes sont morts fracassés pour s'être attachés à leur traîneau ? Fausse sécurité. Imprudence extrême. Mais le musher n'avait pas d'autre choix que d'arrimer solidement son compagnon pour ne pas le perdre dans la course.

— Ça va aller, Billy, on va y arriver. Tiens le coup.

Billy ne répond pas. Inconscient ou dans le coma. Peut-être mort. Quand le traîneau finit par s'arrêter, pris entre deux troncs de faux trembles, le musher se précipite pour s'assurer qu'il respire encore. Alors seulement il court s'occuper de l'attelage et des chiens qui glapissent à la nuit.

Il plante l'ancre de neige et, par précaution, noue la ligne de survie à un tronc. Puis il va calmer les chiens, énervés par cet arrêt brutal qu'ils ne comprennent pas. Eux ne demandent qu'à courir. Ils sont prêts à en découdre, ils grognent et aboient, cherchent un coupable, se rejettent la faute. L'homme les enjambe sans un regard pour leurs babines retroussées et leurs crocs menaçants. Il inspecte les harnachements. Ligne de trait, ligne de dos, ligne de cou. Il démêle ce qui doit l'être, rassure chaque chien d'un mot et d'une caresse, flattant plus longtemps celui de tête. Puis il fait le point.

Il a préféré couper par les terres au nord-ouest malgré la tempête. Il aurait été moins dangereux de descendre la Rat River au sud-ouest jusqu'à son embouchure avec la Peel et remonter cette dernière vers le nord jusqu'à Aklavik, comme l'a fait l'autre équipage. Ces rivières-là, contrairement aux grands fleuves comme le Mackenzie, ne charrient pas des packs de glace que les derniers courants entassent en barricades avant l'embâcle. Il aurait pu laisser les chiens au grand galop sur la surface plate et lisse des rivières, aller deux fois plus vite. Mais le trajet aurait été trois fois plus long. Avec le risque de déraper à chacun des méandres de la Rat River et de se fracasser contre ses berges. L'autre équipage, avec ses deux hommes valides, a pu prendre ces risques pour arriver à Aklavik avant lui et lui faire envoyer de l'aide.

En coupant par les terres, il a choisi d'affronter d'autres dangers, mais aussi la route la plus courte pour rejoindre le petit hôpital d'Aklavik et avoir une chance de sauver Billy. Sans compter que, après ces trente premiers kilomètres chaotiques, il rejoindra le cours gelé de la Peel pour les trente derniers kilomètres. Une récompense pour les chiens qui les avaleront au galop.

Il vérifie le traîneau et s'assure de nouveau de l'état du blessé. Il n'y connaît pas grand-chose en médecine. Même son métier de constable lui a rarement donné l'occasion de voir de telles blessures. Jamais, en fait. Mais Billy saigne peu, c'est sans doute une bonne chose. Peut-être est-ce dû au froid glacial. Dans ce cas, cette tempête serait une bénédiction. Ou peut-être que Billy a déjà perdu trop de sang. Avant de repartir, l'homme va détacher le chien de tête, sous les aboiements jaloux des autres, et l'amène jusqu'au toboggan.

— Comète, c'est Billy, tu vois ? Il est blessé.

Le chien regarde l'homme inconscient, sanglé sur le traîneau. Il s'en approche, le renifle, reconnaît l'odeur du sang. Il gémit maintenant. Il s'agite comme s'il cherchait à savoir ce qu'il peut faire pour aider. Il jappe. Le musher le flatte d'une main dans la fourrure de son encolure.

— C'est Billy, Comète. Il est blessé et il faut être prudent, tu comprends ?

Il saisit le harnais du chien et le tire en arrière chaque fois qu'il prononce le nom du blessé.

— Billy. Billy. Billy. Tu comprends ?

Il ramène l'animal en tête de l'attelage, attache son harnais à ses lignes de cou et de dos, et le flatte d'une dernière caresse qui rend les autres chiens furieux de jalousie. Puis il dénoue la ligne de survie, monte des deux pieds sur le frein et déterre l'ancre de neige. Comme à chaque arrêt, les chiens, frénétiques, aboient. Tout ce qu'ils veulent, c'est courir.

— Allez, les chiens ! Allez ! Allez !

Le chien de tête donne le signal et les deux chiens de barre, les plus proches du traîneau, décollent le toboggan de la poudreuse d'un puissant coup de reins. Devant eux, une fois le mouvement engagé, les deux *team dogs* ajoutent leur force à l'attelage qui s'ébranle. Malgré le blizzard qui poudroie, le musher, un pied sur chaque patin, ne quitte plus des yeux son chien de tête. Ils progressent encore une heure. Dans les zones de neige profonde, les chiens adoptent un trot long, et le musher tente de maîtriser leur vitesse. Par deux fois, le traîneau s'enlise dans des cuvettes de slutch. Sous la glace des zones inondées, l'eau remonte par des fissures et se mélange en surface à la neige qui les recouvre. Quand le grand froid gèle une croûte givrée par-dessus, la surface redevient pareille à de la glace. Mais que l'équipage vienne à rompre cette gangue trompeuse, et c'est dessous une boue grise dans laquelle il s'enlise. Épaisse de plus d'un mètre quelquefois, avec le piège de voir ces mâchoires de glace se refermer sur tout ce qui y reste embourbé. Deux fois, les chiens paniquent, enfoncés jusqu'au poitrail dans cette mélasse gelée. L'homme doit descendre du toboggan et le pousser pour soulager l'effort des bêtes. Les chiens de barre, dressés sur leurs pattes arrière, les reins cambrés comme des ours de foire, déploient leur force herculéenne. Devant eux, les deux *team dogs*, dos rond autour de leurs épaules bourrelées de muscles, aident à la manœuvre, encouragés par tous les autres chiens qui jappent et bondissent. Derrière, dans la slutch jusqu'aux genoux, talons plantés dans la boue, l'homme aide les chiens. Deux fois ils s'en sortent et reprennent la piste au prix d'efforts qui épuisent l'homme sans rien entamer de la rage des chiens à courir encore et encore…

Le blizzard forcit de nouveau et souffle la neige à l'horizontale. Un épais rideau. La visibilité se réduit. Le musher devine son chien de tête plus qu'il ne le voit. Le risque, maintenant, c'est le grand blanc, le *white out*, cette blancheur aveuglante qui efface tout repère, trompe les sens, trahit la vision et l'équilibre, et désoriente les meilleurs équipages dans des immensités désertiques et glacées dont bien des hommes ne sont jamais revenus. Mais pas lui. Pas cette nuit-là. Lui a charge d'âme. Lui s'est promis de sauver Billy.

Soudain, les chiens sont inquiets, et l'homme le devine. Ils s'agitent. Malgré la ligne de tête qui les empêche de dévier de l'axe de l'attelage, ils cherchent à bondir de côté. Le musher le sent dans les vibrations de son guidon. Ils perdent en coordination. Et, comme l'attelage se glisse entre deux collines, comme le blizzard se déchaîne par-dessus le traîneau et que la visibilité s'améliore un peu, il les devine. Deux sur la gauche, à vingt mètres, qui trottent en parallèle. Il cherche aussitôt les autres des yeux. Ils sont là, de l'autre côté. Trois, à la même distance, dans la même direction. Des loups. Des loups arctiques. Blancs dans le grand blanc que souffle la tempête.

Ce n'est pas la première fois qu'il a affaire à des loups. Il est armé. Revolver et fusil. Un trappeur aguerri comme lui n'en a pas peur plus que ça. Mais les chiens, si. Entravés comme ils le sont par leur harnais et les lignes qui les tiennent, ce sont des proies faciles. Quand une meute attaque un équipage, les loups se jettent sur les chiens empêtrés qui se débattent et hurlent de peur, et la meute s'en excite. C'est souvent un carnage. Presque toujours. Les rares chiens qui en réchappent sont ceux qui ont encore assez de force pour fuir ou se terrer quelque part en attendant que la meute batte en retraite. Il a déjà assisté à ce genre de scène, de loin, sans pouvoir intervenir. Il en a toujours gardé l'image d'une guerre tribale sans merci. Ceux qui sont restés sauvages contre ceux qui les ont trahis.

L'homme donne de la voix pour rassurer ses chiens et maintenir l'allure de l'attelage. Il faut qu'ils se sentent en confiance.

Il cherche aussi à deviner les intentions des loups. Leur allure, leur rythme, leur répartition dans l'espace. Pour l'instant, la meute ne cherche pas à rabattre l'attelage sur une autre route où d'autres loups seraient déjà en embuscade. Le musher surveille quand même la piste aussi loin que le blizzard le lui permet. Un mâle solitaire qui fait barrage devant eux, et ce serait le signal de l'attaque.

Le musher fait démonstration de sa force, autant pour les loups que pour ses chiens. Il en rajoute. Il leur montre à tous qui commande. Qu'il est l'alpha de son équipage ! *Djee ! Djee !* pour tourner à droite, *Yap ! Yap !* pour virer à gauche. *Allez ! Allez !* pour garder le rythme. Les loups, c'est souvent une histoire de territoire ou de rapport de force. Mais aussi de ventre creux pendant l'hiver, et ils sont réputés pour s'en prendre à des proies faibles ou malades. Le musher se demande s'ils ont flairé la présence du blessé. On dit qu'ils sont capables de sentir une proie à deux ou trois kilomètres à la ronde. Ont-ils décelé l'odeur du sang ? Qu'attendent-ils ? De les épuiser ? De les égarer ? Pour l'instant, ils se contentent de trotter de part et d'autre de l'attelage, comme une escorte funeste. La course silencieuse des anges de la mort. Les trappeurs prétendent que les loups peuvent traquer une proie sur plus de cent kilomètres. Et aussi qu'ils ont peur des hommes et des bipèdes en général, ce qui veut dire pas grand monde dans ces contrées, à part l'ours quand il se dresse. Mais les trappeurs racontent tant de choses.

Les chiens ont repris confiance et réglé leur foulée. Le terrain se dégage un peu. Moins d'arbres. Reste le danger des rochers ou des souches dans la neige. Les chiens passent dessus, mais le toboggan, alourdi du poids de deux hommes, s'y cogne plusieurs fois. À l'avant du traîneau, le *brush bow*, une sorte d'étrave en pointe, lui permet le plus souvent de se hisser par-dessus l'obstacle. Brutal, mais efficace.

Ils s'engagent maintenant dans un vaste espace à découvert qui se prolonge jusqu'aux berges de la Husky River. Les loups sont toujours là, mais ils se sont éloignés de quelques mètres de part et d'autre. Avec le blizzard, le musher avait sous-estimé la meute : onze loups au lieu de cinq. Le froid lui brûle les pommettes, et la vitesse de son équipage s'ajoutant à celle des rafales, la neige devient une limaille que le vent lui jette aux yeux. Ses muscles se crispent de crampes et ses vêtements se cartonnent de glace, mais il continue à donner de la voix.

— Allez, les chiens, allez !

Les bêtes plongent dans leur harnais. À croire qu'elles ont senti la glace de la rivière au loin. Le danger qui les guette maintenant, en dehors des loups, c'est cette vaste plaine trompeuse. Le blizzard en a raboté la neige, comblé les mares et les creux. Devant eux, sur plusieurs kilomètres, des roches à fleur de sol ou des bassins de poudreuse. L'homme, debout sur ses patins, tente de les éviter en scrutant la couleur de la neige ou la brillance de la glace. Mais, très vite, il se fie à son chien de tête qui emprunte d'instinct les meilleures trajectoires. Il surveille aussi le comportement des deux chiens de pointe qui donnent l'impulsion des changements de route. Il commande aux chiens, mais c'est lui qui se met au diapason, scrutant leur mouvement pour le compenser aussitôt en pesant sur un patin ou l'autre. Sans perdre de vue les loups qui, imperceptiblement, se rapprochent sur les côtés. Il ne peut s'empêcher de les admirer. Mécaniques de survie, superbes et endurantes. Large poitrail, cou massif, mais longue gueule en pointe avec une mâchoire deux fois plus puissante que celle de ses chiens. Yeux d'or et poil immaculé. Des pattes puissantes et longues qui leur permettent de moins s'enfoncer dans la neige. Un pelage épais qui ne gèle pas, même par des températures extrêmes.

Encore une fois, le musher s'est laissé distraire, et ses chiens se sont lancés au grand galop, apeurés par les loups qui prennent l'attelage en tenaille. L'homme ne sait plus quoi faire. Freiner ses chiens, c'est les exposer au risque de se percuter et de s'emmêler dans les lignes. Les loups n'attendent que ça. Tirer sur les prédateurs pour les effrayer. Pousser ses chiens encore plus vite. Il les sait plus endurants que les loups, mais ces derniers peuvent garder leur vitesse de pointe pendant vingt bonnes minutes. Il vérifie l'état de Billy, toujours inconscient, et s'en remet à l'instinct de ses chiens. Ils foncent droit devant, flanqués par la meute. De temps en temps, le loup le plus proche regarde le musher de ses yeux jaunes et terrifiants, et l'homme s'étonne d'un rictus au coin de ses babines purpurines. Est-ce que ces loups s'amusent à faire la course ? À se mesurer aux chiens ?

Question imbécile. Distraction fatale. Les chiens disparaissent et le toboggan décolle. Un long saut suspendu à travers la neige qui virevolte, et une lourde chute sur la rivière gelée qui fait valdinguer le traîneau, entraînant les chiens dans une valse mortelle. Quand il se relève, sonné, le musher se précipite pour empêcher les chiens de se remettre en ordre de marche. Mais les bêtes ne cherchent pas à partir. Elles jappent et bondissent et aboient et grognent en direction des loups qui les observent depuis la berge. Puis un grand et vieux mâle fait lentement demi-tour, et la meute le suit et se désintéresse d'eux. Retraite inespérée qui fait sourire l'homme. Ils viennent de se faire reconduire à la frontière. Histoire de territoire. Mais, dans son cœur qui trébuche, il sait qu'il aurait pu y laisser sa peau.

Ils remontent le lit glacé de la Husky sur quelques centaines de mètres à la recherche d'une brèche dans la berge. Le musher freine l'équipage quand il en aperçoit une sur la droite. Le chien de tête aussi l'a repérée et s'apprête à s'y engouffrer, mais un si brusque virage risque de provoquer un nouveau dérapage. Les chiens ne ralentissent jamais, on doit les ralentir. Soit le frein, soit l'état de la neige, soit la fatigue. Mais d'eux-mêmes, dès le frein lâché, ils se lancent au galop et gardent l'allure le plus longtemps possible.

L'homme ne veut pas verser en laissant les chiens attaquer la berge en biais à pleine vitesse. Il les positionne à la perpendiculaire de la rive avant de les lancer.

— Allez, les chiens, allez !

Quatre heures du matin. Moins cinquante. Douze heures qu'il les mène dans la tempête, et la vitesse des chiens n'a pas faibli. La même endurance. Il admire ses bêtes. Lui est perclus de douleurs. Les chutes et le froid lui tétanisent les muscles du dos. Les efforts pour sortir le toboggan des bassins de slutch, des congères ou des taillis lui ont déchiré les autres. Le froid lui a fendu les lèvres. Ses doigts gèlent malgré les sous-gants dans ses moufles. Tout son corps s'est raidi, mais les chiens, eux, roulent encore des épaules et s'enfoncent dans leur harnais avec la même énergie qu'au départ. Huit heures encore, a-t-il calculé. Cinq en ligne droite à se battre sur terre, et trois au grand galop à remonter la Peel gelée.

— Allez, les chiens ! Allez ! Allez !

Ils s'enfoncent encore dans des bourbiers de slutch. Plusieurs fois, le *brush bow* les fait bondir par-dessus des obstacles qui les auraient fracassés. Le blizzard a entassé ici et là, sur de longs faux plats, de la poudreuse dans laquelle les chiens brassent sans avancer. Alors l'homme doit descendre, chausser ses raquettes et damer une piste devant l'attelage. Ces efforts l'épuisent. Les chiens, eux, sont d'une endurance incroyable et leur meute fonctionne à merveille. Le chien de tête se révèle d'une intelligence et d'un instinct remarquables. Il obéit aux ordres du musher, mais, la plupart du temps, il sait trouver lui-même la meilleure trajectoire. Les deux chiens de pointe derrière lui, légers et habiles, guettent le moindre changement de direction pour entraîner tout l'équipage dans la bonne courbe. Derrière encore, les *swing dogs*, au rôle ingrat de bêtes de trait, apportent en permanence à l'équipage leur force et leur endurance pour garder la vitesse. Et les deux derniers, les plus proches du traîneau, les chiens de barre, déploient toute leur puissance pour arracher le toboggan à chaque démarrage, le sortir des ornières ou des congères à chaque accident, de la poudreuse profonde ou de la slutch à chaque enlisement. C'est ça, un équipage. Des mousquetaires. Trois, cinq, sept, neuf ou dix, peu importe : c'est un pour tous, tous pour un. Et l'homme est soudain fier d'appartenir à cette meute. Son cœur se réchauffe de ce qu'on nomme pour les chiens l'« envie d'aller ». Lui aussi est animé par cette envie. Quoi qu'il advienne. Le temps qu'il faudra. Quelle que soit la tempête. L'envie d'aller. Jusqu'au bout. Jusqu'à l'hôpital. Avec ses chiens. Pour Billy.

— Allez, les chiens, allez !

Quand un vieux couple de loups les escorte de nouveau sur plusieurs kilomètres, les chiens ne les regardent même pas, et l'homme les salue de la main. Les loups, surpris, s'arrêtent et les regardent disparaître. L'équipage progresse plus vite que prévu. Ils rejoignent le cours de la Peel avec une petite heure d'avance. Le blizzard commence à faiblir. Le chien de tête comprend les intentions du musher. Il remonte la berge de la rivière à la recherche d'un passage où ils pourront glisser sans risque sur la surface gelée, en décalant simplement leur course sur la droite, comme un train sur son aiguillage. Quand l'occasion se présente, le chien sait que l'ordre va venir.

— *Djeee ! Djeee !*

Le seul danger maintenant, ce sont les congères de neige molle dont le vent a plissé la surface glacée de la rivière. Mais les chiens sont lancés. Ils ont reconnu la Peel et savent qu'ils courent vers le nord. Vers chez eux, fiers après une traversée de vingt heures dans la tempête. Reconnaissants pour cette difficile mais belle course que l'homme leur a offerte.

Ils gagnent encore du temps sur la glace. Ils rejoignent Aklavik à l'heure la plus froide de la nuit, celle qui précède le lever du soleil. Il est 9 heures du matin. À la vue des premières lumières, les chiens deviennent fous d'impatience et s'emballent. C'est le dernier danger pour le musher, et le pire : s'engager à pleine vitesse dans les rues où le moindre virage est à quatre-vingt-dix degrés, sur une chaussée verglacée dans laquelle les freins mordent à peine.

— Billy ! Billy ! hurle-t-il longtemps avant de tourner dans la rue du dispensaire.

Au nom de l'homme blessé, le chien de tête ralentit sa course. Les autres chiens, surpris, se télescopent, et le musher les laisse se coordonner de nouveau avant de sauter des deux pieds sur le frein. Les chiens ont compris. Quand il relâche le frein pour ne pas basculer dans le virage, les chiens ont ralenti l'allure. Le musher, soudain épuisé, freine une dernière fois devant l'hôpital où trois ombres l'attendent dans l'aube blafarde qui se lève sur ce hameau perdu et croûté de neige. Il l'a fait. Vingt heures non-stop dans le blizzard. Deux infirmiers se précipitent pour s'occuper de Billy et le transporter à l'intérieur de l'hôpital. L'inspecteur Walker s'approche du musher hébété, sonné, vidé de toute force.

— Va dormir, McCoy, on va s'occuper des chiens.

Mais, dans un sursaut de courage, l'homme refuse.

— Non, c'est à moi de le faire. Occupez-vous de sauver Billy.

Walker sourit.

— Comme si tu ne l'avais pas déjà fait !

1

… COMME UN VITRAIL DE NOËL.

Mercredi 23 décembre 1931

Red Arctic n'est encore qu'un poste avancé. Une sorte de campement qui se sédentarise. Une douzaine de cabanes en rondins, une vingtaine de tentes dispersées dans la neige, et une église sur une colline tondue par un blizzard millénaire.

Linda Bauwen décore le sapin de Noël du poste de la police montée de la Gendarmerie royale, quand elle aperçoit les Indiens à travers les vitres verglacées. Deux hommes. Deux Loucheux, comme disent les coureurs de bois. Des *Gwich'in*, des « gens », comme ils se nomment entre eux. À la fois simple et tellement prétentieux, songe-t-elle chaque fois qu'elle entend ce nom. Ce n'est pourtant pas vraiment la saison pour voir ces « gens » à Red Arctic. L'hiver, ils se dispersent dans la toundra pour trapper. Ils ne se rassemblent l'été que pour les grandes chasses et, de temps en temps, pour leurs fêtes païennes.

Ces deux-là sont deux robustes trappeurs. Ils sont habillés et coiffés de fourrure, et la pointe de leur tunique en peau dépasse sous leur veste épaisse. Leurs chiens, efflanqués, langue pendante, récupèrent de l'effort. Il fait un bon moins quarante, et ils doivent venir de loin. Leur traîneau est chargé de peaux.

Beaucoup trop tôt dans la saison pour en tirer un bon prix, se dit Linda.

Elle accroche au sapin quelques boules de verre et une guirlande de papier argenté, tout en gardant un œil sur les deux Loucheux. Linda a la prétention, même si c'est un péché d'orgueil, de se croire bonne chrétienne. Elle s'efforce d'aimer les uns et les autres presque autant que le veut le Christ, mais elle a du mal avec les Loucheux.

Il y a deux générations encore, c'était la nation sauvage des Athapascanes. La terreur des Inuits, qu'ils éventraient et laissaient se dessécher sur les berges des rivières en avertissement aux autres Esquimaux. Avec des clans redoutés : les Hommes, les Cris des bois, les Peaux pointues. Ou encore les Couteaux jaunes, les Flancs de chiens, les Mangeurs de caribous et autres Peaux de lièvres. Et les fameux Loucheux, que les colons surnomment les « Querelleurs ». Aujourd'hui tous convertis à l'amour de Jésus-Christ, notre Seigneur au nom du Père, et du Fils, et du Saint-Esprit, Amen ! Linda Bauwen se signe, sans comprendre comment elle peut appartenir à la même chrétienté que ces descendants de sauvages.

Quand un des Loucheux lève les yeux vers ses rideaux, elle ne peut réprimer un mouvement de recul. Le temps de revenir à la fenêtre, les Loucheux sont déjà chez elle, dans l'unique bureau du détachement de la Gendarmerie royale, où son petit chef de mari même pas officier les accueille par leur prénom de chrétiens et s'étonne de les voir revenir si tôt dans l'hiver.

— Salut, Gérard, salut, Patrick, qu'est-ce qui vous amène si tôt dans l'hiver ? Des ennuis ?

— Non, c'est juste que c'est Noël, dit un des Loucheux d'une voix râpée par le grand froid et le mauvais alcool. Comme on a déjà pas mal de peaux, on commence à vendre plus tôt, cette année. On s'est dit qu'on en profiterait pour assister à la messe de minuit.

Bauwen n'est pas né de la dernière neige. On ne s'inflige pas plus de cent quinze kilomètres de piste à traîneau par ces températures pour venir prier le bon Dieu. Il connaît les Indiens. Rien n'est jamais dit la première fois. Alors il fait comme si.

— C'est vrai que la messe est belle, dans notre grande église, mais Noël, c'est que dans deux jours, mon gars.

— Je sais. On va camper près de la rivière en attendant.

— Très bien. Je passerai vous voir. Sinon, vous trappez où ?

— Sur la Rat River.

— Et tout se passe bien, là-bas ?

Les Indiens ne sont jamais expressifs. Les Loucheux encore moins. Mais même si Harry Bauwen n'est en poste à Red Arctic que depuis un an, au grand désespoir de sa femme qui regrette Aklavik, sa « petite capitale », il a assez glissé ses toboggans et chaussé ses raquettes dans ces terres australes pour déchiffrer leurs silences.

— Quoi ?

— Non, rien, soupire Patrick en fuyant son regard. C'est juste ce type, ce trappeur, qui s'est installé là-bas l'été dernier.

— Un trappeur ? Quel trappeur ? Je le connais ? Il a l'air de quoi, ton trappeur ?

— Pas très grand, mais solide, plutôt blond, ténébreux, le nez bizarre : petit et en trompette.

— Ça ne me dit rien. Et il s'est passé quoi, avec ce trappeur ?

— Il s'en est pris à nos pièges. Il y a une semaine, quand on est passés pour les relever, ils n'étaient plus là où on les avait posés.

— Il a volé vos pièges ?

— Non. Il les a désarmés et il les a balancés dans les arbres.

— Pourquoi il aurait fait ça ?

— Il a dû penser que notre ligne de trappe empiétait sur la sienne.

— Et c'était le cas ?

— Notre peuple trappe sur la Rat River depuis toujours.

Bauwen n'est pas dupe. En langue des Querelleurs, ça veut dire « oui ». Ces deux-là n'ont pas hésité à poser leurs pièges à proximité de ceux du chasseur au nom de la présence séculaire de leurs ancêtres sur ces terres. Un conflit de voisinage à la sauce coloniale.

— Il est où sur la Rat ?

— Treizième grande courbe après celle qui vire plein ouest quand tu la remontes. Sur la berge droite, à l'intérieur du méandre.

— C'est bon, j'enverrai Billy et Barnhard jeter un coup d'œil après Noël. Pas envie de me coltiner cent vingt kilomètres de traîneau par ce froid. Je ne peux pas faire faux bond à Linda, c'est moi qui cuisine la bûche.

La pâtisserie est la seconde passion de Harry Bauwen après la gendarmerie. Les mauvaises langues prétendent qu'il a acheté son affectation à Aklavik à coups de gâteaux : anniversaires, fiançailles, mariages, promotions…

— Un truc pour le reconnaître : il a les bras trop longs, précise l'autre Loucheux.

— Comment ça, trop longs ?

— Trop longs, quoi ! Quand il est debout, ses doigts touchent ses genoux.

Alors Harry Bauwen se souvient. L'été précédent, dans la grande tradition des Territoires du Nord-Ouest, l'évêque de la région du Mackenzie a eu vent par ses ouailles et son curé de la présence d'un nouvel arrivant à Fort McPherson, sur la Peel River. Il en avait fait prévenir Howard Walker, inspecteur à la tête du bureau de la Gendarmerie royale à Aklavik, qui avait à son tour demandé à Harry Bauwen, constable en charge du poste avancé de Red Arctic, d'aller jusqu'à Fort McPherson pour voir ce qu'il en était.

Quatre-vingts kilomètres à cheval en deux jours, à travers une toundra spongieuse infestée de moucherons suce-sang et de maringouins, ça, il s'en souvient. Comme il se souvient aujourd'hui de cet homme aux longs bras qui avait planté sa tente à l'écart de la communauté. La quarantaine, des yeux bleus comme des lacs clairs. Et ces bras trop longs, en effet.

Bauwen s'approche et reste sur son cheval.

— Salut, mon gars.

L'autre ne répond pas, occupé à trier son matériel de trappe.

— Tu peux me répondre, tu sais, je ne te veux aucun mal, je veux juste m'assurer que tout va bien.

Pas de réponse.

— On ne m'a pas menti, alors… Tu n'es pas vraiment une pie jacasse, toi, hein ? Il paraît que tu as débarqué ici sur un radeau en descendant la Peel River. Tu trappais où, l'hiver dernier ?

— Je viens des Grandes Prairies et je vais trapper sur la Rat River, c'est tout ce qu'il y a à savoir.

— Et ton accent, il vient d'où ?

Pas de réponse. Bauwen attend un peu en regardant le trappeur s'affairer. Bonne poigne, bonne musculature, solide sur ses appuis. Des gestes précis.

— Comme tu veux, mon gars, alors laisse-moi juste te dire une chose : ici, je ne veux pas d'embrouille, compris ? T'en fais pas, t'en as pas. C'est ça, la règle. Et si tu vas trapper sur la Rat, n'oublie pas qu'il te faut un permis délivré soit par Red Arctic, soit par Aklavik. Compris ?

Le trappeur ne répond pas, et Bauwen pousse son cheval à faire demi-tour.

— Tu respectes ça, et tu n'auras pas d'ennuis avec la police.

Il retient sa monture quand il entend le trappeur lui répondre.

— Moins je les vois, mieux je me porte.

— Qui ça ?

— Les policiers.

— Alors tu sais ce que tu as à faire, mon gars. Bonne journée à toi.

Bauwen s'éloigne, et le trappeur ne lui rend pas son salut.

Ce dont se souvient aussi Bauwen, ce sont les informations qu'il glane à Fort McPherson. Tous les témoignages concordent. Ce type est décidé, il a de l'argent, et il ne parle à personne. Au magasin Northern Trader, il a acheté cash un fusil de chasse calibre 16 et une boîte de munitions, et à celui de la Hudson's Bay pas mal d'équipements neufs. Bauwen, lui, se contente ce jour-là de récupérer au Hudson's Bay ce qu'il a commandé pour préparer ses fameux cakes de Noël.

Deux jours plus tard, le constable Harry Bauwen est de retour au poste de Red Arctic et se met aussitôt au travail. Billy et Barnhard, les seuls gendarmes sous ses ordres, ne demandent qu'à l'aider à la cuisine, mais il les envoie en patrouille voir si des Loucheux du coin n'en sauraient pas un peu plus sur ce drôle de trappeur. Linda, elle, se contente de lever les yeux au ciel et de se trouver quelque occupation loin de la cuisine.

Sur la table, Bauwen a soigneusement aligné dans l'ordre tout ce qu'il a rapporté de Fort McPherson, et commence par dénoyauter et écraser les deux kilos de dattes séchées qu'il arrose abondamment d'un demi-litre de bon *rye whisky*. Il noie deux kilos de raisins de Corinthe dans le reste de l'alcool et laisse macérer les deux préparations, le temps de s'offrir une bonne sieste après ses quatre jours de cheval.

Quatre heures plus tard, il surprend Billy le doigt dans la purée de dattes et lui promet toutes les pires patrouilles de l'hiver.

— Alors, des choses sur ce type ?

Sans attendre la réponse, Bauwen mélange les dattes et les raisins dans une grande bassine, rince à l'eau fraîche un kilo et demi de fruits variés et d'ananas confits, les ajoute dans la bassine et brasse le tout à la spatule.

— Il a acheté un canoë en écorce au cousin d'un Loucheux et a quitté Fort McPherson le lendemain de votre visite.

Bauwen écoute sans répondre, et Billy le regarde ajouter un kilo de cerises confites dénoyautées rouges et vertes au mélange.

— Toujours entières, les cerises, toujours entières !

— Et pourquoi ?

— Tu verras quand tu goûteras. Et alors, le type a descendu la Peel River jusqu'à la Rat, c'est ça ?

— Oui. Brooks, le gars qui tient le comptoir commercial au confluent de la Husky et de la Peel, l'a vu passer.

— Il lui a parlé ?

— Le type ? Non. Brooks dit qu'il ne s'est même pas arrêté.

— M'étonne pas, grogne Bauwen en réservant son épais mélange. Barnhard, rends-toi utile, bats ce kilo de beurre dans ce grand saladier, tu veux ?

— Pourquoi pas moi ? se vexe Billy.

— Parce que c'est toi qui parles et que je ne tiens pas à ce que tu me salopes ma recette. Donc c'est bien notre bonhomme qui trappe sur la Rat River. À la bonne heure !

— Oui, enfin presque. Quatre jours plus tard, Brooks le voit rappliquer en remontant la Peel. Le type avait manqué l'embouchure de la Rat et avait descendu la Peel dix kilomètres au-delà de chez Brooks.

— Si cet idiot s'était arrêté chez Brooks au lieu de jouer les aventuriers, il aurait su qu'il faisait fausse route, se moque Bauwen en battant une vingtaine d'œufs dans un autre récipient.

— C'est ce que Brooks lui a dit quand il s'est arrêté au comptoir cette fois-ci.

— Il a parlé avec Brooks ? s'étonne Bauwen.

— D'après un Loucheux qui achetait du sel là-bas, oui. Brooks lui aurait expliqué comment trouver l'embouchure de la Rat en remontant la Peel, mais l'autre, en regardant la carte affichée chez Brooks, aurait fait son prétentieux. Il a décidé de passer par Driftwood Creek en faisant du portage d'une eau à l'autre.

Bauwen, qui mélangeait ses œufs au beurre battu, suspend son geste.

— Il a un canoë en écorce ? Il pourra le porter ou le tirer si nécessaire, mais il l'éventrera sur les rapides de Driftwood Creek. Ces fichues eaux blanches ont broyé les canots et coûté la vie à des dizaines de pauvres types pendant la ruée vers l'or du Klondike. Même ceux qui naviguaient avec des embarcations taillées dans des troncs de cotonniers préféraient se coltiner le portage sur les rochers plutôt que d'affronter ces rapides. Stupide trappeur, borné comme un âne…

Contrarié, Bauwen reprend sa recette et confie cette fois à Billy le soin d'ajouter huit cuillères à café de jus de citron à son mélange.

— Il est où ?

— Quoi ? Tu crois que je l'achète pressé, peut-être ?

Billy coupe un citron et le presse. C'est un jeune gendarme tout frais émoulu de la formation, originaire de Montréal. Sa langue maternelle est utile au détachement, car un grand nombre de trappeurs sont des coureurs de bois d'origine française. Bauwen l'aime bien. Son côté novice, un peu cowboy. Un futur bon constable à dégrossir. Ce côté rouleur de mécaniques surtout, malgré son gabarit de poids plume.

— L'autre, en tout cas, il l'était, pressé. Paraît qu'une semaine après seulement, il se construisait déjà une cabane en rondins à vingt-cinq kilomètres en amont de la Rat River.

Bauwen n'en revient pas. Ce type a donc passé tous les portages et tous les rapides avec son canoë en écorce surchargé.

— Et les quatre tasses de sucre, les deux tasses de mélasse et les six tasses de farine, elles vont y aller toutes seules, dans le mélange ? Concentre-toi sur ce que tu fais, Billy.

Le jeune constable ajoute les ingrédients dans la pâte épaisse et compacte que malaxe Bauwen. Il admire les muscles des avant-bras de son chef qui se tendent comme des câbles sous l'effort. Il a bon espoir de devenir un jour un expert comme lui. Pas de la pâtisserie, des Territoires du Nord-Ouest.

— S'il s'est installé sur la Rat, on va lui laisser passer l'hiver. On en saura plus sur lui quand il reviendra vendre ses fourrures à Fort McPherson, chez Brooks ou à Aklavik.

Bauwen verse six cuillères de levure et une livre de noix de pécan à la préparation. Il a doublé des moules avec du papier ciré et en remplit aux deux tiers deux grands et dix petits qu'il enfourne dans l'équipement principal du bureau de la Gendarmerie royale de Red Arctic : le four.

Linda Bauwen épie leur conversation depuis la chambre où elle coud. Elle ne pardonnera jamais à son mari d'avoir refusé le galon de caporal au motif qu'il ne voulait pas hériter de la paperasse qu'imposait ce grade. Résultat, on lui a donné les responsabilités d'un caporal, mais sans le grade ni le salaire, et il n'a pas échappé à la paperasse. À Red Arctic, en plus ! Un hameau, à peine plus qu'un avant-poste, qui ferait passer Aklavik pour une capitale. Et le voilà qui fanfaronne devant ses jeunes recrues, à démouler ses cakes aux fruits de Noël et à les envelopper soigneusement dans plusieurs couches de tulle de lin imbibé de *rye whisky*.

— J'ai toujours pas compris pourquoi les cerises confites doivent être entières, avoue Billy.

Sans répondre, Bauwen charge les bras de Barnhard et Billy des gâteaux encore chauds et les guide jusqu'au cellier où il les range dans une armoire fermée à clé.

— Ceux-là sont pour l'année prochaine. Pour les cerises, je te montre sur un cake de l'an dernier.

Il ouvre une autre armoire, comme on ouvre un coffre de bijoutier, prend un petit gâteau parmi les dizaines entreposées et sort le poignard de chasse qui ne le quitte jamais, comme tous les hommes dans ces contrées sauvages.

— Vous en avez fait trois fois plus l'an dernier ? s'étonne Barnhard.

— Non, j'en fais autant chaque année, mais ces cakes se conservent trois ou quatre ans. À condition de changer régulièrement le tulle imbibé de *rye whisky*.

Pendant qu'il regarde Bauwen découper trois tranches du vieux cake, Billy l'imagine venir la nuit en catimini, malgré les loups et les ours, démailloter ses cakes, vérifier amoureusement leur texture et les panser à nouveau dans leur tulle imbibé d'alcool, comme des nouveau-nés fragiles.

— Et voilà pourquoi ! jubile Bauwen.

Dans le cellier sombre, il tient entre le pouce et l'index une tranche de cake devant la fenêtre. Dans la texture du gâteau, des rondelles translucides, rouges et vertes, lumineuses dans la lumière, comme un vitrail de Noël.

2

… À L'ABRI DU BLIZZARD.

Samedi 26 décembre 1931

Les fêtes passées, Bauwen envoie Billy et Barnhard demander des explications au ténébreux trappeur. Deux jours de traîneau et un thermomètre à moins trente, mais ça formera les gamins. Et puis, s'il n'en a pas le galon, c'est quand même lui, le caporal !

Les deux Loucheux ne sont pas du voyage. Officiellement, ils sont déjà repartis, mais le mot s'est répandu dans le campement autour du hameau qu'ils préféraient attendre que la Gendarmerie royale soit allée dire deux mots au trappeur qui les nargue avant de retourner sur leurs terres. Tout le monde a compris qu'ils en avaient peur et avaient préféré s'éclipser la veille au soir.

Où sont passés les vaillants guerriers d'antan, éventreurs d'Esquimaux ? se moque en silence Linda Bauwen.

La piste entre Red Arctic et Fort McPherson est tracée par le récent passage de quelques équipages. Les sept chiens emmènent Billy et Barnhard jusqu'aux rives de la Peel en une petite dizaine d'heures. Ils profitent d'un bon lit et d'un repas généreux à Fort McPherson et repartent dès le lendemain, avant le lever du soleil. La température tombe encore, et le vent glacial et rasant se renforce, mais ils suivent la rivière, et les chiens aiment cette course effrénée sur son lit gelé. Sans obstacle particulier, ils rejoignent l'embouchure de la Rat où ils campent pour leur deuxième nuit, dérangés dans leur sommeil par les chiens que le hurlement des loups, loin au bout de la plaine enneigée, rend nerveux. Le lendemain matin, ils partent quelques heures avant l'heure blanche et remontent la Rat River. Ils reconnaissent l'endroit dès qu'ils l'aperçoivent. Un très large méandre qui se referme presque sur lui-même et dessine une presqu'île avec, isolée au beau milieu, la cabane.

À l'aurore, vers 10 heures en cette saison, Barnhard arrête l'équipage à l'abri de la berge qui surplombe la rivière de deux bons mètres. Il s'occupe d'ancrer le traîneau pendant que Billy trouve un moyen d'escalader la rive. Le trappeur a fait du beau travail. Au-delà des buissons qui bordent la levée, un rideau d'aulnes, sur un seul rang, épouse le contour de la rivière et masque un peu la cabane construite à une vingtaine de mètres à l'intérieur. C'est à la fois ouvert et protégé. Jones est là. Une paire de raquettes contre le mur, à gauche de la porte, et, depuis la cheminée, un léger filet de fumée bleue zigzague au gré des vents vers le ciel nacré par l'aube.

—Jones, c'est la Gendarmerie royale.

Rien ne bouge. Ni dans l'immensité glacée qui les entoure, sous ce ciel infini chargé de tant de neiges à venir, ni dans la cabane.

—Jones, on sait que tu es là. Tes raquettes sont devant ta porte et ta cheminée fume. On veut juste te parler.

Après s'être occupé des chiens et du traîneau, Barnhard rejoint Billy.

—Jones, c'est la Gendarmerie royale, tu dois nous ouvrir.

La cabane ne mesure pas plus de deux mètres sur trois. Massive. Solide. Tout en rondins entiers coupés dans des troncs d'épinettes. Comme il n'avait pas vraiment eu le choix des arbres, certains troncs sont torves, et Jones a comblé les interstices avec du torchis. Une seule ouverture sur le pignon, face au sud. Une fenêtre pas plus grande qu'une meurtrière à côté d'une porte bien trop petite pour un homme de taille normale. Barnhard fait remarquer à Billy que le mur face aux vents d'hiver a été renforcé.

—Belle cabane, Jones, mais il faut nous ouvrir, maintenant, insiste Barnhard.

Comment un homme peut-il vivre là-dedans ? se demande Billy.

Les murs ne font guère plus d'un mètre cinquante de haut. Avec la pente du toit, la hauteur maximum à l'intérieur ne doit pas dépasser un mètre quatre-vingts. À condition de rester bien au milieu.

—Jones, si tu n'ouvres pas, on va devoir entrer de force, menace Billy.

Pas le moindre écho, et, avec le vent qui se lève, le froid commence à leur mordre le nez.

—On ne peut pas, murmure Barnhard.

—On ne peut pas quoi ?

—Entrer de force. Pâtissier ne nous a pas donné de mandat. On ne peut pas forcer sa porte.

Billy n'avait pas pensé à ça. Cent quinze kilomètres par moins trente degrés pour ça !

—Tu es sûr qu'il est là, au moins ? Il est peut-être allé pisser dans les bois.

Billy contourne la cabane pour revenir vers le pignon. Adossé aux rondins, il risque un œil à l'intérieur par la fenêtre et se jette aussitôt en arrière pour rejoindre Barnhard en courant.

— Il est là, l'enfant de salaud. Tu aurais vu son regard : droit dans le mien, sans peur, sans expression. Ce fumier nous entend très bien.

— Alors pourquoi il ne nous demande pas de foutre le camp ? Pourquoi il ne dit rien ?

Billy doit avouer qu'il n'en a pas la moindre idée, mais si le type continue de se moquer de la Gendarmerie royale, il va lui montrer à qui il a affaire. Barnhard propose de retourner au traîneau, à l'abri de la berge, pour faire le point.

— On ne part pas, Jones, on va juste boire et manger quelque chose de chaud, mais on reste là. On ne bougera pas d'ici tant que t'auras pas ouvert.

Billy veut trouver un moyen de faire sortir Jones. Grimper sur le toit et boucher la cheminée avec quelque chose pour l'enfumer. Briser la vitre pour qu'il se gèle. Tirer des coups de semonce. Mais Barnhard l'en dissuade. Tout ça reste illégal. Sans mandat et sans comportement menaçant de Jones, ils ne peuvent rien faire. Alors ils remontent vers la cabane et tentent à tour de rôle, pendant plus de deux heures, dans le vent qui durcit et la neige qui s'en mêle, de convaincre Jones de leur ouvrir. Avant de finir par renoncer.

— Jones, tu vas nous forcer à revenir avec un mandat qui nous permettra d'enfoncer ta porte ou de détruire ta cabane. Ça ne vaut pas la peine d'en arriver là, tu ne crois pas ? Sois raisonnable. On veut juste te parler, cinq minutes, pas plus, et après on te laisse tranquille.

Pour toute réponse, la main de Jones referme un maigre rideau sur la petite fenêtre.

— Sale con ! grogne Billy. Allez, viens, Barnhard, on dégage. Je te garantis que cet ours va m'entendre quand on reviendra avec le mandat.

Ils rejoignent la rivière, furieux contre l'autre fou qui doit les regarder lever le camp avec un sourire en coin derrière son rideau. Ils harnachent les chiens et redescendent la Rat River. Déjà, la nuit s'annonce sous un ciel qui ne peut plus retenir sa neige. De lents flocons espacés, gros comme du duvet d'édredon, hésitent à toucher le sol. Ils restent en suspension et s'enroulent au moindre souffle, en valses lentes, avant de s'abattre en rideaux opaques et d'étouffer ce qu'il restait du jour. Billy décide qu'ils ne retournent pas à Red Arctic. Pâtissier ne leur a pas délivré de mandat parce qu'il n'en a peut-être pas l'autorité. Autant aller le chercher au poste de commandement d'Aklavik. Ça rallonge leur route de cinquante kilomètres, mais la piste n'emprunte que des rivières gelées et permet aux chiens de tirer sans peine un toboggan avec deux hommes dessus. Et puis ils pourront débarquer en pleine nuit chez Brooks pour faire étape, se restaurer et dormir au chaud, à l'abri du blizzard.

3

… LE BLIZZARD AFFÛTAIT SES RAFALES.

Lundi 28 décembre 1931

— Il n'a rien dit ?

— Non, pas un mot. Même pas son nom. Cet enfant de salaud s'est foutu de nous en silence pendant plus de dix heures.

— Vous êtes sûrs qu'il était dans la cabane ?

— Je l'ai aperçu par la fenêtre.

— Qu'est-ce qu'il faisait ?

— Rien. Il me regardait. Après, il a tiré le rideau.

— Il était armé ?

— Je n'ai pas eu le temps de voir, mais il a certainement une arme, c'est un trappeur.

L'inspecteur Walker cherche à faire entrer chaque élément du récit de Billy dans les cases de la procédure. Walker est un homme d'ordre et de loi. L'agencement de son bureau en témoigne, rangé comme celui d'un colonel. Rien ne traîne. Une place pour chaque chose, et chaque chose à sa place.

— Est-ce qu'il s'est montré menaçant ?

— Sa cabane est menaçante. C'est un fortin en rondins. Il était là, dedans, sans craindre l'assaut.

— Vous avez tenté de passer en force ?

— Non, bien sûr que non, même si j'aurais volontiers enfoncé sa porte.

L'inspecteur Walker lève les yeux vers Billy.

— Et qu'est-ce qui t'aurait donné le droit de le faire ?

— Refus d'obéir à un ordre de la Gendarmerie royale, refus de décliner son identité, attitude irrespectueuse envers des représentants de l'ordre, comportement belliqueux et suspect…

— Ce ne sont pas des raisons suffisantes, Billy, mais elles le deviendront avec le mandat de perquisition que je vais te délivrer. Tu y retournes pour demander à ce type son permis de trappe. S'il ne te répond pas, ou s'il n'ouvre pas, alors tu auras le droit de forcer la porte pour vérifier qu'il est en règle. Tu y retournes demain avec Barnhard. Giavelli et McCoy viendront en renfort avec un autre équipage de chiens, au cas où Jones devrait venir s'expliquer ici. Partez demain à la première heure si vous voulez réveillonner avec nous. Martha va cuisiner des tourtières à la viande.

C'est clair, c'est net, c'est du Walker. Rien à discuter. Cent trente kilomètres de traîneau en pleine neige par moins quarante, et autant pour revenir à Aklavik, avec ou sans Jones. Ce maudit trappeur lui aura pourri sa fin d'année, c'est le moins qu'on puisse dire. Billy va sortir pour transmettre les ordres à Barnhard quand Walker le rappelle.

— Billy, passe par l'armurerie. Que chaque homme s'équipe d'un fusil. On ne sait jamais.

Billy sorti, Walker va se servir un verre d'eau à la cuisine où sa femme Martha prépare des saucisses de caribou.

— Tu es certain de vouloir renvoyer Billy là-bas? Il m'a l'air bien remonté, ce gamin. Et même si ce Jones n'a pas de permis de trappe, est-il vraiment nécessaire de lui envoyer quatre hommes armés alors que la tempête se lève?

— Après la visite de Billy et Barnhard, il pourrait décider de disparaître pour aller commettre d'autres méfaits ailleurs, et c'est moi qui serais tenu pour responsable. Il dépend de notre juridiction, on va faire notre devoir.

— Sornettes! se moque Martha. Billy et Barnhard ont mis deux jours pour revenir ici, et ton Jones aura eu tout le temps de prendre la poudre d'escampette s'il le voulait, mais où veux-tu qu'il aille par moins quarante avec ce blizzard?

— C'est un trappeur, il peut disparaître quand bon lui semble.

— Inspecteur Walker, ton Jones n'a pas d'équipage de chiens et les rivières sont gelées, comment veux-tu qu'il se carapate?

— Écoute, Martha, dans cette maison, c'est peut-être toi qui commandes, mais dans cette province, c'est encore moi. La loi exige un permis de trappe, alors j'exige un permis de trappe. Point.

Il repose le verre sur la table et quitte la cuisine.

— Ça ne peut pas attendre après les fêtes? Un peu de répit ne fera de mal à personne. Laisse ce Jones tranquille, ce n'est qu'un permis de trappe, après tout!

— La loi, c'est la loi.

Le lendemain, au cœur de la nuit, sous une neige drue et lourde, les deux équipages se préparent. Les chiens jappent et hurlent à la course, pendant que les mushers les harnachent. Les chiens de tête, impatients, menacent de mordre ceux qui s'empêtrent dans les lignes et retardent le départ. McCoy, dont l'équipage est de loin le meilleur, s'est agenouillé près de son chien de tête et semble lui murmurer la route à l'oreille. Descendre la Peel River sur une vingtaine de kilomètres, couper au sud-ouest à travers les terres, passer la Husky, récupérer la Rat et rejoindre au plus vite la cabane de Jones. Billy n'est pas d'accord. Il préfère rester sur la Peel jusqu'à son confluent avec la Rat et remonter le cours de la rivière jusqu'à la cabane.

— La route est plus longue, mais les chiens iront plus vite. On atteint la cabane demain, on repart le jour même, et on peut espérer être de retour à Aklavik pour le réveillon.

McCoy n'ose pas le contredire, mais il sait que Billy peut faire une croix sur son réveillon au chaud. La température a chuté à moins cinquante pendant la nuit. La neige tourbillonne dans les rafales et des bourrasques soudaines la tirent à l'horizontale. Elle cingle les yeux et ponce les pommettes. Même le cours verglacé des rivières va devenir dangereux. Le vent y sculptera des congères traîtresses et la neige estompera le contour des berges. Quand ils relèvent les ancres de neige et relâchent les freins, McCoy prend d'office la tête du convoi. Il n'a confiance qu'en lui-même et en ses chiens. Il lève le bras droit et l'abaisse pour donner le signal du départ. Les chiens de barre, deux vigoureux malamutes d'Alaska, arrachent le toboggan d'un puissant coup de reins, aussitôt relayés dans leur effort par les *team dogs*, deux groenlandais robustes qui donnent aussitôt de la vitesse au traîneau. Barnhard mushe l'autre traîneau, et les deux équipages disparaissent dans la nuit sous le regard de Walker, satisfait, impeccablement sanglé dans son uniforme à cette heure avancée de la nuit.

Quand il devient évident qu'ils ne pourront rejoindre la cabane de Jones sans escale, tant le vent est violent, McCoy sait que Billy va vouloir s'arrêter au comptoir de Brooks pour passer la nuit. Mais les chiens de Barnhard sont bien moins puissants que les siens, et Billy ne peut pas rattraper McCoy pour lui dire de s'arrêter. Quand il passe le comptoir en réveillant les chiens de Brooks qui aboient, McCoy s'amuse de ce qui n'est pas qu'une ruse.

— On ne passe pas la nuit chez Brooks ? s'étonne Giavelli.

— Non. Si Jones est aussi tordu que le prétend Billy, mieux vaut bivouaquer à l'embouchure de la Rat River et la remonter tôt le matin pendant qu'il fait encore nuit. Jones n'a pas de chiens pour donner l'alarme et nous pourrons plus facilement le surprendre.

Quand l'équipage de Barnhard et Billy les rejoint au campement, McCoy a déjà attaché ses chiens à une ligne tendue entre deux saules et leur a donné à chacun un kilo de viande congelée et les caresses qu'ils méritent. Il a pris le temps d'inspecter leurs pattes et leurs coussinets, et les a remerciés tour à tour pour cette belle course en leur ébouriffant le poil. Il a aussi tendu une toile entre deux autres troncs pour protéger la tente du vent. Le feu est allumé. Il a mis de l'eau à bouillir pour le café.

Barnhard s'occupe de son attelage, et Billy vient se réchauffer près du feu.

— On aurait pu dormir au chaud chez Brooks.

— On aurait pu, mais j'ai déjà expliqué à Giavelli qu'il faut arriver tôt si on veut surprendre Jones.

— À mon avis, il a déjà déguerpi, dit Barnhard engoncé dans son anorak en peau, le visage étamé par le froid, les sourcils perlés de glaçons.

— Pourquoi se serait-il enfui ? s'amuse McCoy. Il n'a rien fait sinon refuser d'ouvrir sa porte à des gendarmes sans mandat.

— Moi, je parie qu'il sera parti, insiste Barnhard.

— J'espère bien qu'il sera encore là, bougonne Billy, histoire de lui apprendre la politesse et le respect envers la Gendarmerie royale.

— J'espère surtout que tout se passera bien et que tout le monde gardera son calme, conclut McCoy qui retourne voir si tous ses chiens ont bien mangé.

Ils attendent que le feu ait fait assez de braises pour dîner. McCoy perce quatre œufs à la pointe, en aspire un peu de blanc et les enterre sous la braise. Quatre pommes de terre dans du papier huilé, dans la braise aussi, et pareil pour quatre bons gros steaks de caribou entrelacés de lanières de lard. Ils mangent en silence, puis se glissent chacun dans leur tente que le vent glacial chahute en gémissant.

Ils se réveillent à 5 heures, soit cinq heures avant le lever du soleil. La nuit est totale. La neige a cessé et le vent est tombé, mais chacun sait que ce n'est qu'une accalmie. Le blizzard est là, tapi en embuscade dans les montagnes plus au nord, et les épie. McCoy s'est levé le premier et a allumé le feu. Le temps que les braises soient prêtes, il a nourri ses chiens d'une demi-ration. Assez pour les préparer à l'effort de la course à venir jusque chez Jones. Le reste les calmera dès l'arrivée à la cabane pour qu'ils n'alertent pas le trappeur.

Les quatre hommes petit-déjeunent en silence, le corps serré par le froid de la nuit. Saucisse et boudin sur la braise.

Ils décapitent une pomme de terre à moitié cuite, l'évident un peu, cassent un œuf à l'intérieur, ajoutent quelques éclats de cheddar, la referment et la remettent à cuire. Une fois restaurés, ils vérifient leurs armes et lèvent le camp.

Trois heures plus tard, McCoy pose un pied sur le frein et agite son bras droit de haut en bas pour signaler à Barnhard qu'il ralentit. Ils ont atteint les premiers méandres de la Rat River qui redescend vers le sud-ouest. Ils ne sont plus qu'à quatre ou cinq kilomètres de la cabane du trappeur. Le temps est blanc, de partout. Ciel, nuages, terre, rivières. Par chance il ne neige plus, et les hommes se repèrent facilement. Bientôt, après un brusque virage qui contorsionne la rivière vers le sud-est, McCoy devine que le prochain méandre dessine une large courbe autour d'une sorte de presqu'île. Il pose ses deux pieds sur le frein et lève le bras pour signaler qu'il s'arrête. Le traîneau de Barnhard et Billy rejoint le sien.

— C'est bien là, confirme Barnhard.

— Et ce con n'a pas décampé.

De la berge en contrebas, ils n'aperçoivent pas encore la cabane, mais Billy désigne du menton un filet de fumée bleue qui monte droit vers le ciel dans l'air glacé.

— D'accord. On laisse les chiens à l'abri de la berge et on repart dès qu'on a vérifié le permis de Jones, déclare McCoy.

— J'y vais, dit Billy. Je l'ai vu et je saurai le reconnaître. Restez en couverture à l'abri de la berge.

Il escalade la rive, protégé par le rideau d'arbres, et marque un temps d'arrêt. La cabane est telle qu'il l'a quittée quelques jours plus tôt. Les mêmes raquettes posées près de la porte, la cheminée qui fume. Pas une empreinte dans la neige. Ni fraîche ni ancienne. À croire que ce Jones n'a pas mis le nez dehors depuis quatre jours.

Billy arme son Lee-Enfield et s'engage à découvert, droit vers la cabane.

— Jones, j'ai un mandat, cette fois. Ouvre cette porte ou je la fais sauter.

— …

— Je compte jusqu'à trois, Jones, et après je tire.

— …

— Un… deux… trois !

Une seule détonation pour deux coups de feu qui claquent en même temps, et l'air glacé se brise comme un bloc de verre. Le tir de Billy fait voler en éclats le loquet. Celui de Jones transperce la porte et le ventre de Billy.

À l'abri de la berge, McCoy, Barnhard et Giavelli restent sidérés par la soudaineté des tirs. Un vent tournant rabat sur eux l'odeur de la poudre, et ils se précipitent vers la cabane en ouvrant le feu à leur tour. De l'intérieur, Jones réplique. Il a pratiqué des ouvertures dans les joints en terre entre les rondins, et les gendarmes sont surpris de la rapidité et de la précision avec lesquelles il répond à leurs tirs. Billy semble salement amoché, mais il est conscient. Il cherche à se traîner à l'abri. McCoy le voit ramper jusqu'au coin de la cabane, dans un angle mort, pour échapper aux tirs de Jones. Quand il se redresse pour rejoindre la berge, McCoy comprend qu'il va devoir revenir dans la ligne de tir de Jones et s'exposer. Il fait signe à Barnhard et Giavelli d'arroser la cabane d'un tir nourri et profite de la diversion pour rejoindre Billy qui trébuche dans la neige souillée de son sang. Dans leur dos, la fusillade cesse. Barnhard et Giavelli rechargent leurs fusils. Jones le comprend aussi et change de position. Le coup de feu claque et la balle frôle l'oreille de McCoy au moment même où il saute de la berge. Il a pris Billy dans ses bras et s'est laissé tomber sur le dos, tête en bas, faisant de son corps une luge pour son compagnon blessé. Ils glissent de la berge sur la rivière gelée et, quand il essaie de se dégager, McCoy constate que la blessure de Billy est grave. Le sang coule abondamment, ses heures sont comptées. Il lui ordonne de rester allongé sur le dos, l'attrape par le col de sa veste et le tire jusqu'à son traîneau qu'il allège de tout ce qui n'est pas indispensable à leur survie. Il hisse Billy qui grogne de douleur dans le sac à chien, l'enveloppe de couvertures et le sangle. Quand il est prêt, il siffle Barnhard et Giavelli pour leur dire de récupérer tout ce dont il s'est débarrassé. Lui emmène Billy d'urgence à Aklavik en coupant par les terres.

— Tiens bon, Billy. Mes chiens et moi, on va te tirer de là.

Dans le feu de l'action, aucun des quatre hommes ne s'aperçoit que la neige et le vent ont repris, et que le blizzard affûte ses rafales.

4

… Walker prend sa décision.

Vendredi 1er janvier 1932

L'inspecteur Walker passe le premier de l'an au dispensaire, à veiller Billy. Une chambre surchauffée au confort spartiate. Le blessé a repris connaissance. La balle – du .22 Long Rifle à en croire l'orifice de pénétration – a traversé la poitrine de bas en haut, frôlant le foie et perforant la pointe du poumon, pour ressortir dans le dos, sous l'omoplate. Par chance, selon le docteur Söderlund, Billy a reçu une balle en plomb non chemisée. Une munition qui ne se retourne pas ou ne se fragmente pas à l'intérieur du corps après l'impact. Par chance encore, la balle n'a touché aucun os, se glissant deux fois par miracle dans les espaces intercostaux. Et, par chance enfin, les températures extrêmes ont réduit le risque hémorragique. Seule la plaie au poumon a nécessité la pose d'un drain.

Walker a recueilli les premiers témoignages des trois autres hommes, choqués par la fusillade et épuisés par la course de retour. Aucun ne comprend vraiment ce qui s'est passé.

Tous se souviennent du décompte de Billy et du coup de feu. C'est tout. Après, ils ont battu en retraite et rapatrié Billy au plus vite.

— Billy, pourquoi Jones a-t-il tiré ?

— Je n'en sais rien. Je me suis approché de la cabane, j'ai dit que j'avais un mandat, et il a tiré à travers la porte.

— Les autres affirment que tu as compté jusqu'à trois.

— Oui. Je lui ai laissé une chance d'obtempérer.

— Ou sinon ?

— Je l'ai prévenu que sinon, j'entrerais de force comme le mandat m'y autorisait.

— Et il a tiré.

— Oui. Il a tiré.

— Et comment serais-tu entré, sinon ?

— J'aurais enfoncé la porte.

Au-delà des rideaux brodés de la chambre du blessé, l'inspecteur Walker regarde un jour sale et maussade se lever sur cette triste journée. Un homme blessé à ce point, ce n'est pas rare. À Aklavik, le bon docteur Söderlund rafistole des gaillards lacérés par des ours en colère, broyés par des troncs mal abattus, défigurés par des explosifs ou piétinés par des ravages. Sans compter les noyés, les tombés, les brûlés. Les gueules de rixes et les fractures de bar. Mais, cette fois, ce n'est pas un de ces hommes abrutis de solitude ou de cupidité qui s'est fait déchiqueter le ventre. C'est un homme à lui. Un de ses gars. Un de ceux qui, d'habitude, vont sauver les gueules cassées dans les crevasses de glace ou les campements de bûcherons.

Triste matin, songe-t-il en regardant par la fenêtre.

Il connaît ces cieux de neige, prompts à ensevelir le monde et à l'étouffer dans un silence de ouate qui rend fou. Il connaît le grand blanc, traître et sournois. Il connaît les *racks* de glace qui bâclent de barricades les rivières qui se gèlent, et le tonnerre de leur débâcle. Il connaît les montagnes, les collines, les bois. Il connaît les lynx, les ours et les loups. La martre, le pécan, le vison, la fouine et la belette. Il connaît les Indiens. Les Loucheux, les Cris, les Mohwaks. Et il connaît surtout les trappeurs. Les coureurs de bois et leurs cabanes. On n'enfonce pas ces portes-là d'un coup d'épaule. Une porte de trappeur, ça ne s'ouvre que vers l'extérieur, de sorte que les ours ne la forcent pas en s'appuyant de tout leur poids dessus et que le trappeur ne se retrouve pas piégé dans sa cabane face à un fauve en furie et affamé.

Billy, comment tu comptais t'y prendre pour forcer sa porte ? Que lui as-tu dit ? Qu'as-tu menacé de faire ?

Il ne pose pas les questions à Billy. Il soupire et sort de la chambre, résigné. Ce qui est fait est fait, et force doit rester à la loi. Cette loi qu'il représente et qui l'oblige. Jones a tiré sur un de ses hommes et c'est un crime. Tant pis pour lui.

Le soir au dîner, Walker reste silencieux, contrarié par ce qu'il va entreprendre. Martha le devine.

— Tu n'es pas obligé d'y aller, Howard. C'est l'hiver, il fait moins quarante, et il n'a ni chiens ni canoë. Où veux-tu qu'il aille ? Attends des jours meilleurs. Attends que les hommes se calment.

— Pourquoi remettre ça à plus tard ?

— Tu le sais très bien. On a tiré sur un des leurs, ça va tourner à la chasse à l'homme. Il n'avait rien fait, ce Jones. Tu n'es même pas certain qu'il n'avait pas de permis de trappe.

— Il n'est inscrit ni ici ni à Red Arctic.

— Et alors ? Depuis quand on est fusillé quand on n'est pas en règle, dans ce pays ? Vous pouviez le surprendre à n'importe quel moment quand il serait sorti relever ses pièges. Tu ne trouves pas un peu disproportionné d'envoyer chez lui quatre types armés de fusils pour un foutu permis de trappe ?

— Les Loucheux se sont plaints.

— Les Loucheux ? Les *Querelleurs*, tu veux dire ! As-tu seulement vérifié qu'il avait empiété sur leurs lignes de trappe ? Combien de fois ces Indiens ont cherché des noises aux coureurs de bois ? Tu sais bien qu'ils se considèrent chez eux sur ces terres.

Walker repousse son assiette de fèves au lard. Martha ne comprend pas. Elle ne peut pas comprendre. Elle ne l'a peut-être jamais compris. La police, ça ne marche pas comme ça. Après la plainte des Loucheux, Jones n'a pas répondu à la première visite de la gendarmerie et il a tiré sur un agent à la seconde. Voilà les faits. Peu importe ce qui a déclenché ce dérapage. Une tentative d'homicide sur un représentant de la Gendarmerie royale. Il a déjà signalé la blessure de Billy au quartier général d'Edmonton, comme l'exige la procédure. Maintenant, son boulot est d'arrêter l'homme qui a tiré sur un gendarme. Point.

Dans la nuit, entre des rêves agités, Walker prend sa décision.

5

… DU PETIT BOIS D'ALLUMAGE.

Lundi 4 janvier 1932

Walker prend la tête d'une expédition de six hommes répartis en six équipages au départ d'Aklavik. Les constables Barnhard, Giavelli et McCoy, qui connaissent déjà les lieux, et deux trappeurs volontaires, Leroy et le géant Walsh. L'inspecteur Walker demande aussi par radio à Bauwen, du poste de Red Arctic, de les rejoindre avec trois hommes, à mi-chemin, au comptoir de Brooks. Avec Charlie Brown, le guide indien.

Onze hommes et soixante-trois chiens au total. Deux jours pour rejoindre la cabane et interpeller Jones, et deux jours pour le ramener à Aklavik, plus un jour de sécurité au cas où, à raison de cent vingt kilos de viande par jour pour les animaux et onze pour les hommes. Sept cents kilos de nourriture. C'est ce qu'il faudrait. Plus les équipements, les tentes, les raquettes, les armes, les munitions. Une expédition.

L'inspecteur Howard Walker à sa tête. Quand les freins lâchent les chiens, les hommes aperçoivent Billy, le visage tourmenté, qui les regarde partir derrière la fenêtre du dispensaire.

— On va lui faire la peau, Billy! hurle un des trappeurs.

Walker dit au revoir à Martha d'un signe de la main. Elle lui répond d'un triste mouvement de tête, comme s'ils allaient au-devant du désastre. Puis les toboggans tournent dans la rue principale et disparaissent dans le néant que devient sous la neige n'importe quel village de ce pays une fois passé la dernière rue. La ville retrouve son calme. Il est 8 heures du matin. Le jour ne se lèvera que dans deux heures, et la nuit avale la folie des hommes.

Il leur faut plus de douze heures pour rejoindre le comptoir de Brooks par la rivière gelée. L'équipage de McCoy ouvre la piste dans une neige polie par le blizzard. Les cinq autres le suivent, espacés d'une vingtaine de mètres. Plusieurs fois, des mushers inattentifs, aveuglés par le grand blanc ou par leurs cils qui se givrent, ne maîtrisent pas leurs chiens trop rapides dans un méandre trop serré. Éjecté par la force centrifuge, le toboggan part dans un long dérapage et se cogne à la berge, entraînant avec lui les chiens qui hurlent. Il faut chaque fois décharger le traîneau, le redresser, arrimer la cargaison, et démêler les chiens qui se battent, empêtrés dans leurs harnachements, furieux de voir les autres équipages les dépasser.

D'autres fois, les caprices du vent amassent des tapis de poudreuse épais de plus d'un mètre. Les chiens affolés s'y enlisent jusqu'au garrot. Les mushers doivent chausser leurs raquettes et damer la piste devant l'équipage jusqu'à la prochaine glace. Mais le moral est bon. Les hommes sont nombreux et bien armés pour débusquer Jones. «Pour Billy», hurlent-ils de temps à autre dans la nuit pour se donner du courage.

Ils rejoignent le comptoir de Brooks tard dans la nuit et installent leur campement derrière le magasin, abritant leurs tentes du vent qui forcit. Bauwen et ses hommes ne sont pas encore arrivés, et la petite troupe en plaisante. Pâtissier doit encore être à ses fourneaux.

— Tarte aux baies de Saskatoon, salive un musher.

— Tartelettes au beurre, espère un autre.

— Pain de viande ou gâteau de pommes de terre au chocolat, lance un troisième, l'eau à la bouche.

Bien au chaud dans la petite salle à manger de Brooks, ils boivent et parlent fort, mais Walker ne les écoute que d'une oreille distraite. Il pense à Jones. Est-ce que ce fou furieux sera encore là-bas, dans sa cabane, à les attendre ? Il essaie de s'en faire une image. Un ermite fruste et taciturne, d'après Bauwen, isolé depuis au moins six mois dans sa cabane, ne parlant à personne. Les coureurs les plus solitaires finissent toujours par échanger quelques mots avec un autre homme de passage. Ne serait-ce que par entraide. Par souci de survie. À Jones, on ne connaît aucun lien. Même les Loucheux qui se sont plaints de lui et disent en avoir peur, même eux n'ont jamais entendu le son de sa voix. S'il n'est pas idiot, il doit bien se douter que la Gendarmerie royale ne peut pas laisser son crime impuni. Qu'ils vont revenir avec des renforts. Alors que va-t-il faire ? Les attendre et se rendre ? Se barricader et les forcer à l'assaut ? Leur tendre des embuscades en chemin ?

Martha a peut-être raison, tout compte fait, il serait préférable que tu aies décampé, Jones…

— Vous pensez à Jones ? demande McCoy.

— Oui.

— Moi aussi. J'avoue ne pas comprendre ce type. Après ce qu'il a fait à Billy, j'espère qu'il aura fichu le camp en Alaska. Les hommes ne lui laisseront aucune chance.

— La question est plutôt de savoir si lui leur en laissera une.

— Vous pensez vraiment qu'il pourrait tenter de nous résister ? On sera onze, avec deux chargeurs de dix chacun, deux cent vingt munitions, comment pourrait-il tenir ?

— Il est dans une cabane en rondins solide comme un fortin, au milieu d'une clairière dégagée, et on ne sait ni de combien d'armes et de munitions il dispose, ni de quelle quantité de provisions.

Brooks a entendu leur conversation et s'en mêle.

— Si vous voulez mettre toutes les chances de votre côté, il faut le faire sortir de son Fort Chabrol.

— C'est quoi, un Fort Chabrol ?

— Un siège qui s'éternise… Ça s'est passé à Paris, il y a une trentaine d'années. Vous n'avez jamais entendu parler de cette affaire ? Un type s'est barricadé dans un immeuble de la rue Chabrol et a résisté trente-huit jours contre les forces de police.

— Trente-huit jours ? On ne pourrait jamais tenir un tel siège, soupire l'inspecteur Walker.

— C'est pour cette raison qu'il faut le faire sortir de son repaire. Et j'ai ce qu'il vous faut.

— Quoi donc ? se moque Walker. Une baguette magique ?

— Pas une baguette, non, mais des bâtons. Des bâtons de dynamite.

— De la dynamite ? demande Walker, soudain intéressé. Combien ?

— Assez pour faire de son fortin du petit bois d'allumage.

6

… D'ATTAQUE, J'AVAIS BIEN COMPRIS.

Mardi 5 janvier 1932

Le blizzard s'est engouffré dans la nuit. Il a plaqué des croûtes de glace sur tout ce qui lui résistait. Hommes, tentes, animaux. La température est tombée sous les moins quarante. Les chiens se sont roulés en boule dans des creux de neige, leur queue épaisse rabattue sur leur museau. À travers elle, l'air qu'ils respirent se réchauffe. McCoy s'occupe des chiens des autres mushers qui restent au chaud. Quand comprendront-ils que leur vie peut dépendre demain de ces compagnons de course ?

Les hommes prennent garde à ne pas respirer directement l'air glacé. Les cristaux de neige leur abraseraient les bronches au point de leur faire cracher du sang. Tous portent une cagoule ou un foulard pour se protéger le nez. Ils tournent en rond autour du comptoir, et l'inspecteur Walker tente de dissimuler son inquiétude. Le temps pourrait bien les coincer ici quelques jours. Sûr déjà qu'ils ne pourront pas repartir aujourd'hui. C'est un blizzard long. Un blizzard qui prend son élan à des centaines de kilomètres. Ils en ont pour vingt-quatre heures au moins. Sans compter que Bauwen et ses renforts ne sont toujours pas arrivés. Ni le guide indien.

À plus de trente kilomètres de là, le traîneau de Bauwen se fracasse dans un trou d'air et ses cakes valdinguent à travers la tempête. Des trous dans le sol que la neige drossée par la tempête ne comble pas vraiment. Soufflée par-dessus, elle les recouvre peu à peu d'une fine couche de glace qui finit par les masquer. Les chiens les sentent et les évitent, se prévenant entre eux. Ou passent dessus sans les briser. Mais les lourds traîneaux s'y plantent et s'y cassent. Ce n'étaient ni les bons chiens ni le bon toboggan. Un simple traîneau panier qui n'a pas résisté. Il maudit Barnhard d'être reparti à Aklavik après la visite chez Jones, le privant de son meilleur équipage. Maintenant, il est condamné à réparer en plein blizzard. Comme ils sont au cœur d'un bosquet de saules, Bauwen décide de camper. L'homme qui l'accompagne l'aide à tendre une bâche entre deux troncs pour couper le vent et la neige, et ils montent chacun leur tente avant de récupérer les cakes.

Le deuxième équipage les rejoint beaucoup plus tard, alourdi par le guide indien, qui s'est fait déposer à Red Arctic par un autre Loucheux de son camp.

—J'espère que Walker et ses hommes sont à l'abri chez Brooks, parce qu'il ne va pas pouvoir compter sur nous avant demain soir.

Ils déchargent le traîneau accidenté et le retournent pour le réparer. Comme s'il enrageait de cette toile qui le gêne, le vent fait tourbillonner des cristaux de glace et leur brûle le visage. Le froid a décapé leur peau que la bise glacée ponce à vif. Charlie Brown ne leur est d'aucun secours, et Bauwen voit bien qu'il est ivre. Il n'a sans doute pas dessoûlé depuis le nouvel an, il y a quatre jours déjà. Par chance, les deux auxiliaires sont efficaces et parviennent à rafistoler le traîneau, après trois heures d'efforts. Mais Bauwen préfère ne prendre aucun risque. Ils ne repartiront que le lendemain au lever du jour, vers 10 heures, pour rejoindre le comptoir de Brooks dans la nuit. Il n'aurait jamais dû écouter le pisteur et couper à travers bois. Il aurait dû s'en tenir à son idée de descendre le cours du Mackenzie glacé jusqu'à son premier affluent sur la gauche. Ils n'auraient eu que quelques kilomètres à parcourir sur terre.

Loucheux de malheur, qui mange plus que les autres, boit de l'alcool malgré le grand froid, et ne participe à rien sous prétexte qu'il est l'Indien sur ses terres ancestrales.

Grâce à la poudre d'écorce, un des auxiliaires a allumé un feu. Le petit bois mort, ils l'ont cassé, comme du verre, à même les arbres, mais Bauwen avait surtout chargé six bûches sur son toboggan, au cas où. La nuit, dans sa minuscule tente où il ne tient même pas assis, il allume une pipe et pense à Walker. Toute cette expédition pour arrêter un seul homme qui n'est même pas sorti de sa cabane. Y a-t-il la moindre chance que ce bougre de Jones soit encore là, après ce qu'il a fait à Billy ? A-t-il seulement compris à quel point ces hommes haineux vont s'acharner sur lui ? En meute, les hommes ne sont pas des loups. Ils ne respectent pas les consignes et la stratégie de l'alpha. Être en bande leur donne un courage malsain. Ce n'est pas une force organisée, mais un assemblage de violences individuelles. Walker n'aurait jamais dû prendre la tête d'une telle équipée. Il ne pourra rien contre la démesure de leur vengeance.

Dans la très relative chaleur de sa tente, dans les volutes odorantes et sucrées de son tabac, Bauwen repense à sa rencontre avec Jones, l'été précédent : « Pas d'ennuis avec la police. »

Pauvre Jones, tu en as, maintenant, des ennuis. Te voilà fait comme un rat. Qu'est-ce qui t'a pris de tirer sur Billy ?

Puis Bauwen se souvient des mots de Jones : « Moins je les vois, mieux je me porte ». Il s'en veut de ne pas s'être rendu lui-même à la cabane. Jones le connaissait, il l'avait déjà vu, ils s'étaient parlé. Peu. Très peu. Mais parlé quand même. Il n'aurait pas dû y envoyer Billy avec la fougue de sa jeunesse, son manque d'expérience et l'arrogance qu'affichent ceux qui portent l'uniforme en début de carrière. Par chance, il n'y a pas eu mort d'homme, même si Billy est mal en point. Mais si tout ça dégénère, sûr que lui, Bauwen, s'en voudra.

Le lendemain, le ciel est toujours en berne. Le vent est un peu tombé, mais la neige est plus lourde. Elle colle aux patins des traîneaux et aux raquettes des hommes. Bauwen estime qu'il leur reste une trentaine de kilomètres et qu'il leur faudra pas moins de huit heures dans cette glu. Ils s'affairent en silence, vérifient une dernière fois les attelles sur le traîneau rafistolé et disparaissent dans un grand blanc, derrière l'épais rideau de flocons mouillés qu'un vent de face leur gifle en plein visage. Ils n'ont pas fait un kilomètre que leurs vêtements sont déjà croûtés de glace.

Walker ne peut pas en vouloir à Bauwen quand les deux traîneaux arrivent enfin, deux heures après la tombée de la nuit. Trop tard. Ces hommes-là sont épuisés. Trop risqué aussi de débarquer chez Jones en plein noir. Personne ne sait de quoi il est capable. Ils partiront vers 5 heures, pour arriver à la cabane au lever du soleil. Peut-être sera-t-il encore engourdi de sommeil et qu'ils pourront le prendre au dépourvu.

Après le dîner, Walker s'isole avec Bauwen.

— Vous qui lui avez parlé, qu'est-ce qu'il fait, d'après vous ? Est-ce qu'il se rend compte qu'après avoir tiré sur un des nôtres il ne nous laisse pas le choix ? Se peut-il qu'il nous attende ?

— Je n'en sais rien, Walker. Jones ne m'a dit que deux choses : un, il ne veut pas d'ennuis avec la police ; deux, moins il nous voit, mieux il se porte.

— Comment ça ?

— Il ne supporte pas la police. Peut-être qu'il a eu maille à partir avec des collègues par le passé, qu'il a été accusé à tort ou qu'il a été victime d'une injustice…

— Et c'est pour cette raison qu'il aurait tiré sur Billy ?

— Billy ne s'y est peut-être pas pris comme il fallait pour l'aborder. Je regrette de ne pas y être allé moi-même. Je n'aime pas du tout ce qui se prépare.

— Vous allez juste demander des comptes à un trappeur qui a tiré sur un gendarme, rien d'autre, Bauwen.

— C'est bien plus que ça, maintenant. Vos hommes ont soif de vengeance. Jones a dû voir une sorte de provocation dans la démarche de Billy. Si ça se trouve, il nous attend de pied ferme dans sa cabane. Comment tiendrez-vous vos hommes, si c'est le cas ?

— Je ne laisserai à personne l'honneur de l'arrêter après ce qu'il a fait.

— L'honneur ? Vous en faites donc une affaire d'honneur ? Alors c'est déjà pire que ce que je pensais.

— Je ne vous comprends pas, Bauwen. Vous êtes gendarme, oui ou non ?

— Sauf votre respect, Walker, je considère que cette expédition est une erreur. Entre le tempérament de Jones et la tempête, ça risque de tourner à la catastrophe. Il vaudrait mieux laisser du temps au temps. Ne pas aller chercher Jones maintenant. Il finira peut-être par avoir des remords, qui sait ? On pourrait garder un œil sur lui grâce aux Loucheux et aux autres trappeurs de la région, et l'arrêter plus tard, quand l'agitation sera retombée.

— Vous savez bien que je ne peux pas faire ça, Bauwen.

— Et pourquoi pas ?

— Parce que je suis un officier de la Gendarmerie royale. J'ai un devoir à accomplir.

— Honneur et devoir, on en est donc là, murmure Bauwen.

Walker ne relève pas. Soudain, le vent forcit et le froid leur mord les reins malgré leurs vêtements de fourrure.

— Il me reste à décider comment, murmure Walker comme pour lui-même.

— Comment quoi ?

— Comment m'y prendre une fois là-bas. Deux possibilités : ou on l'assiège, ou on prend d'assaut sa cabane.

— Attendez déjà de voir s'il est toujours dans les parages.

— Décidément, vous avez l'air d'espérer très fort qu'on arrive trop tard.

Cette fois, Bauwen devine le reproche dans la voix de l'inspecteur. Presque le soupçon d'une trahison.

— Ce qui me plairait, inspecteur, c'est de ne pas avoir trop de cadavres sur les bras.

— Rassurez-vous, Bauwen, je ne ferai prendre aucun risque inutile à mes hommes.

—Je parlais de tout le monde, inspecteur, Jones compris.

—Jones ne compte plus, Bauwen. Il s'est mis hors la loi en tirant sur un gendarme, tant pis pour lui.

—Sur l'un des quatre gendarmes armés jusqu'aux dents qui ont essayé de forcer sa porte pour contrôler son permis de trappe ?

—Ils avaient un mandat.

—Oui, je sais. Ils avaient la force et la loi avec eux, mais regardez où cette histoire de permis nous a menés : huit équipages, une soixantaine de chiens, presque une douzaine d'hommes prêts à en découdre, inspecteur, pour un simple contrôle de routine !

—Mais de quel côté êtes-vous, Bauwen ? Force doit rester à la loi, un point, c'est tout. Quand on l'aura arrêté et remis aux juges, ça sera à eux de tirer au clair les tenants et les aboutissants de cette affaire. Pas à nous. Bonsoir, Bauwen, et n'allez pas semer le trouble dans l'esprit des hommes avec ce genre d'élucubrations. Demain, je veux tout le monde d'attaque.

—D'attaque, oui, inspecteur. D'attaque, j'avais bien compris.

7

… Jones pourrait comprendre…

Jeudi 7 janvier 1932

À 5 heures du matin, Walker bat le rappel des troupes. Lui-même a peu dormi. Le blizzard qui les a bloqués chez Brooks et le retard de Bauwen lui ont coûté deux précieux jours de vivres. Ils doivent atteindre la cabane dans la journée, mais un autre tourment a froissé sa nuit d'un mauvais sommeil. Et si Jones les attendait ? S'il était assez fou pour risquer une embuscade ? Un bosquet, une congère sur la berge en hauteur ? Il pourrait les piéger dans sa ligne de mire, sans abri immédiat, au beau milieu de la Rat River gelée.

Quand il est allé réveiller Charlie Brown, ce matin, Walker lui a fait part de ses craintes. Selon le Loucheux, il existe à travers les terres une ancienne piste de trappe indienne qui pourrait les conduire jusqu'à la cabane de l'assassin de Billy en évitant la rivière et le piège de ses berges.

— Billy n'est pas mort, lui a rappelé Walker. Est-ce que cette piste est sûre ?

Le Loucheux marque une pause de quelques secondes, il hésite, se remémore l'itinéraire.

— Il faudra passer trois petits canyons dans lesquels il pourrait tout aussi bien nous tendre une embuscade, mais le risque est plus limité que sur la rivière. S'il décide de nous tirer à vue, il n'y aura aucune possibilité de repli : la Rat sera un vrai stand de tir.

Alors, au dernier moment, Walker ne donne pas l'ordre de descendre la Peel jusqu'à l'embouchure de la Rat, mais de la traverser pour rejoindre l'autre berge et de couper à travers les terres. L'armada est impressionnante. Huit équipages lancés dans le désert blanc, sous un ciel lourd et menaçant comme un édredon gorgé de neige. Quatre heures difficiles pour les chiens et les hommes. Quatre heures pour rien. Quand ils atteignent enfin la Rat, c'est au dernier méandre avant qu'elle pique plein sud vers son confluent avec la Barrier River. Soit plus de dix kilomètres en amont de la cabane. Walker fulmine contre le pisteur Loucheux et la bande d'incapables qu'est devenu son peuple. Une journée de chemin en trop, une journée de fatigue en plus, une journée de vivres en moins. Et une croix sur l'effet de surprise. Walker se résout à repousser l'intervention au lendemain pour s'assurer que toutes les conditions seront de nouveau réunies.

— On peut en tirer avantage, suggère Bauwen. Deux d'entre nous pourraient partir en reconnaissance, s'assurer que Jones ne s'est pas enfui. S'il est encore là, on descend la Rat River. S'il s'est embusqué, comme vous le redoutez, ça ne peut être qu'en aval de sa cabane. Il ne s'attendra pas à nous voir débarquer depuis l'amont.

Walker est du même avis, mais il refuse d'envoyer des éclaireurs.

— Qu'il soit là ou pas, on le découvrira bien assez tôt. S'il est dans les parages, je ne veux pas prendre le risque qu'il repère nos éclaireurs.

Il ordonne aux hommes d'établir le campement et de bien se reposer. Ils passeront à l'action demain, une heure avant le lever du jour. Bauwen distribue ses cakes de Noël pour économiser les vivres.

Le soir, au bivouac, les hommes boudent Charlie Brown et remercient Pâtissier en improvisant une veillée de Noël. Le vent est tombé d'un coup, un froid glacé a figé la nuit. Les hommes restent engoncés dans leurs vestes épaisses, bottes aux pieds et moufles aux mains, le nez dans un foulard de laine ou dans la fourrure de leur capuche. C'est l'heure critique des solitudes où la froidure saisit les âmes, à se demander ce qu'on fait, par moins quarante, à quatre jours de traîneau de chez soi, à se geler en attendant de donner l'assaut à la cabane d'un fou qui n'hésitera pas à canarder.

Alors, pour se réchauffer, les hommes disent tout haut ce qu'ils feront à Jones s'ils lui mettent la main dessus. Malgré le regard lourd de reproches de Bauwen, l'inspecteur Walker n'a pas le courage de les faire taire.

Le vent n'a pas repris de la nuit. Ni la neige. C'est d'abord une aube blanche qui se lève, et qui rosit jusqu'à l'aurore. Pendant quelques minutes, le ciel se nacre et s'irise d'un matin prometteur. Mais des nuages laineux ne tardent pas à l'étouffer. Les équipages sont prêts sur le cours gelé de la Rat et les hommes sont tendus. Ils vont descendre la rivière jusqu'à une centaine de mètres de la cabane, laisseront les chiens sous bonne garde et continueront à pied. Avant de donner le signal du départ, l'inspecteur Walker pense à Jones une dernière fois.

Ne fais pas de bêtise, Jones, laisse-toi faire, je me porte garant de ta sécurité. N'envenime pas les choses. Pas de piège, pas de provocation, d'accord ? Ne tire pas sur mes hommes. À dix contre un, tu n'as aucune chance. Rends-toi, Jones, et tout ira bien.

— Rends-toi, Jones, je suis l'inspecteur Walker. Il ne te sera fait aucun mal.

Ils sont arrivés à hauteur de la cabane en longeant la rive gauche de la rivière, dissimulés par la berge haute. Comme le large méandre isole la clairière sur trois côtés, Walker a réparti ses hommes de façon à l'encercler. Ordre de se hisser jusqu'en haut de la berge, sans se faire voir, en restant caché derrière le maigre rideau d'arbres qui la borde. Walker est étonné par la petite taille de la cabane, mais aussi par sa robustesse. Ce fou est bien là. De la cheminée s'élève un mince filet de fumée que le vent disperse aussitôt. Ses raquettes sont contre le mur, sous la fenêtre étroite comme une meurtrière, près de la porte trop petite pour un homme.

— Jones, inutile de résister. Laisse-toi faire et personne ne sera blessé.

Le silence qui lui répond pèse sur la clairière. Les hommes resserrent leur prise sur leur arme, à l'affût du moindre mouvement. Walker leur fait signe de prendre la cabane en tenaille. Accompagné de Bauwen et de McCoy, Walker sort de son abri par la berge sud. D'autres trappeurs se montrent aussi sur les berges est et ouest. Ils n'ont pas fait un pas que Jones ouvre le feu. Plusieurs balles, tirées depuis le plancher de la cabane, dirait-on. Les hommes se jettent à terre dans la neige et Walker ordonne de riposter. Une grêle de balles crible la cabane et Walker enrage : elles entament à peine les lourds rondins.

— Ce fou nous attendait, murmure McCoy en faisant feu, allongé à côté de Walker. J'ai comme l'impression qu'il a creusé d'autres postes de tir dans le torchis, en différents endroits.

— Possible, répond Bauwen. Et vu la taille de sa cabane, il peut se défendre de tous les côtés presque sans se déplacer.

Les hommes sont surpris par la rapidité et la précision des tirs de Jones. Dans un premier temps, ils y répondent par un feu nourri. Puis, une fois leur peur maîtrisée, ils se concertent. Ils vont faire diversion. Pendant que certains tirent d'un côté de la cabane pour occuper Jones, d'autres essaient de progresser du côté opposé. Mais le trappeur est vigilant. Il a une stratégie, lui aussi : il ne tire que sur ceux qui s'approchent pour les repousser. La fusillade prend la tournure d'une guerre de tranchées. Pendant plus de trois heures, toutes les tentatives d'approche sont découragées par les ripostes de Jones. Il ne tire qu'en réponse à leurs attaques, à l'économie, et les force chaque fois au repli. Il ne laisse personne s'approcher à moins de quinze mètres.

— On dirait qu'il a condamné sa fenêtre avec une planche. Une table, peut-être. Sa cabane est imprenable, ça peut durer des heures s'il a suffisamment de munitions.

— Bauwen, redescendez à l'abri de la berge et faites le tour sur la gauche avec deux hommes. La seule façon d'en finir, c'est de trouver un moyen de forcer sa porte. Des tirs de part et d'autre de la cabane pour détourner son attention, et un volontaire qui se précipite jusqu'à la porte en profitant d'un angle mort.

— Moi, dit McCoy.

Il essaie plusieurs fois, bravant le feu de Jones. Après la première tentative, il revient se mettre à l'abri, blême comme la neige d'avoir entendu une balle siffler à son oreille. Mais il recommence, encore et encore, à en perdre le souffle. Jusqu'au moment où, deux heures plus tard, profitant de ce que Jones recharge ses armes, il atteint enfin la porte, fait sauter le loquet d'un coup de crosse et ouvre la porte en grand. Il se jette sur le côté et esquive de justesse les tirs que Jones déclenche aussitôt. De loin, Walker a cette image effrayante d'un homme couché à terre, vêtu d'une veste et d'une toque de raton laveur, une arme dans chaque main, et qui le fixe de ses yeux gris-bleu où se lit une détermination sans faille. Un visage impassible. Sans aucune rage. Aucune peur. Presque serein.

Le temps que chacun reprenne ses esprits, Jones a déjà barricadé la porte, et McCoy s'empresse de se mettre à couvert.

— C'était quoi, ces revolvers ? s'inquiète Walker.

— J'en sais rien, répond McCoy. Ça sonne plutôt comme des fusils…

Walker réfléchit et demande aux hommes de cesser le feu. Pris par l'action et l'adrénaline, personne n'a vu passer le temps. Il est presque 16 heures. Six heures qu'ils se mitraillent, et la nuit leur tombe dessus. Il a compris, au regard de Jones, que le trappeur ne rendra pas les armes. Ce type se battra jusqu'à son dernier souffle. Il va falloir le déloger. Il laisse Bauwen en observation et donne l'ordre à ses hommes de redescendre à l'abri des berges.

— Il faut en finir, maintenant. On est fatigués, on est frigorifiés, et on va bientôt être à court de munitions. On doit le faire sortir de son repaire coûte que coûte.

— Et vous avez un plan ?

— La dynamite de Brooks et la nuit, voilà les deux atouts qu'il nous reste. On attache des bâtons deux par deux pour qu'ils aient plus de poids, on tresse les mèches entre elles, et on les balance comme des grenades.

Les hommes, épuisés et vexés par la résistance de Jones, approuvent cette solution radicale. Qu'on fasse exploser sa cabane, c'est tout ce qu'il mérite. Qu'on en finisse avec lui. Qu'il saute avec, s'il y tient. Après tout, ce criminel a failli tuer Billy.

— Dans la nuit, Jones va repérer la flamme avant même qu'on allume la mèche et nous tirer comme des lapins, murmure McCoy.

— On les allumera à l'abri de la berge et on détournera son attention par un tir sur le côté avant le début du feu d'artifice.

— Si on ne déglingue pas sa cabane au premier ou au deuxième coup, il comprendra notre ruse, et le prochain qui lancera la dynamite aura du souci à se faire.

— C'est pour ça qu'il faut réussir du premier coup, assène Walker. Un volontaire ?

— Moi, dit encore McCoy.

Les autres s'étonnent et le regardent avec admiration. Faut-il qu'il ait été ami avec Billy pour prendre tous ces risques.

Walker approuve et répartit les rôles, puis disperse ses hommes sur les trois côtés de la berge. Sans se montrer, Walker crie à Bauwen de rester où il est. C'est à lui que revient la mission de neutraliser Jones s'il sort de sa cabane.

Pourquoi est-ce que tu tiens tant à ce que j'abatte moi-même ce pauvre bougre, inspecteur ? Tu ne prendrais pas un malin plaisir à m'exposer au danger pour me faire payer mes propos de l'autre soir ? Si tu forces Jones à sortir de sa cabane, je lui tire dans les jambes pour pouvoir le prendre vivant. Et s'il sort les mains en l'air, foi de Bauwen, je tire dans les jambes de celui qui lui tire dessus.

Quelques minutes plus tard, Walker allume la mèche des deux bâtons de dynamite que tient McCoy, siffle pour déclencher le tir d'un des trappeurs sur la berge ouest, et dès la réplique de Jones, McCoy se redresse et balance l'explosif.

La détonation les sidère. Sèche et violente dans l'air glacé, elle leur cogne dans les oreilles. Mais quand le nuage de poudreuse se disperse, la cabane est toujours là. Solide. Sans le moindre dommage. Les deux lancers qui suivent font long feu. Par défaut de l'amorce, ou parce que la mèche s'éteint dans la neige. Le quatrième explose à mi-hauteur de la cabane sans faire bouger le moindre rondin.

— Le souffle se disperse trop, explique McCoy. Il faudrait coincer les bâtons dans la structure même. À l'encoignure des rondins ou sous le toit.

Walker préfère essayer encore une fois, mais comme McCoy se lève pour lancer l'explosif, Jones tire et sa balle frôle sa joue. La dynamite part en arrière sur la berge et explose sur la glace, au beau milieu de la rivière.

— Il nous repère à la lueur de la flamme. Il sait quand je vais me lever pour balancer la dynamite, et notre coup de feu ne fait plus diversion, il le prévient. Toujours volontaire, McCoy ?

— Non. Je vais voir les chiens. Écoutez-les hurler, toutes ces explosions les paniquent. Il faut les nourrir et les calmer, sinon ils vont finir par se battre et se blesser.

— D'accord, allez-y. Walsh, c'est toi le plus grand, c'est toi qui t'y colles. On va allumer la flamme, siffler, tirer depuis une autre berge, sauf que la dynamite partira d'ailleurs. On va préparer une charge de trois bâtons avec une mèche longue, et tu vas te poster sur la berge ouest. Elle est plus proche de la cabane et protégée par quelques bosquets. Dès que tu entends

Jones tirer, alerté par la lueur de notre briquet, toi, de ton côté, tu allumes la mèche et tu cours déposer l'explosif sur le toit, le plus près possible de la cheminée, puis tu te mets à couvert derrière la berge.

Il est minuit passé quand ils tentent le coup. La fatigue, le froid et la faim ont eu raison de la ferveur des hommes, mais la violence de l'explosion les ramène à la réalité. La détonation semble dix fois plus forte qu'avec deux bâtons, et Jones ne répond plus aux tirs. Quand la neige se dissipe, la déception leur tombe sur les épaules comme une enclume : l'explosion n'a fait qu'arracher la cheminée et ouvrir un trou dans le toit. Le seul véritable effet de la dynamite est d'avoir nettoyé la toiture de son épaisse couche de neige.

Découragé, Walker rassemble encore une fois ses hommes sur la rivière.

— Je peux balancer un bâton par le trou du toit et faire exploser tout le bazar, propose Walsh. Et lui avec.

— Pas question, coupe Bauwen. Si tu veux mon avis, Jones a déjà pensé à ce cas de figure et il est assez malin pour avoir trouvé une solution. Tu tiens vraiment à ce que la dynamite te pète à la figure ?

— Je suis prêt à prendre le risque, répond le trappeur. Je n'ai pas d'ordre de mission, moi, je peux faire ce que je veux, et ce que je veux, c'est avoir ce type.

Cette fois encore, Bauwen ne peut pas s'empêcher d'intervenir.

— Tu n'es plus un trappeur depuis que tu as été enrôlé comme auxiliaire civil. Tu dois respecter les ordres et la procédure de la Gendarmerie royale. Si tu dégommes Jones, ça sera un assassinat.

— Et la légitime défense, Bauwen, qu'est-ce que vous en faites ? intervient Walker.

— À onze contre un avec dix kilos de dynamite contre deux fusils ?

— Mais il est de quel côté, Pâtissier ? s'étrangle un trappeur. Retourne à tes cupcakes, si tu préfères !

Bauwen l'allonge pour le compte d'un direct au menton.

— Bauwen ! aboie Walker. Vous croyez vraiment qu'on a besoin de ça ? Merde, ça va faire douze heures qu'on assiège cette satanée cabane et que ce fou nous tient en échec. J'ai besoin de la détermination de tous mes hommes.

— Parce que vous aussi, vous doutez de la mienne ?

Walker ne répond pas, et tous les hommes le regardent ficeler les derniers bâtons de dynamite en fusionnant les mèches.

— Dernier essai. Cette fois, je mets le paquet. Avec ça, Jones va être sonné par la puissance de l'explosion. Si la porte ne s'ouvre pas, on la force. Burton, vous aveuglerez Jones avec votre lampe pendant que je le désarme. On le neutralise et on l'embarque. C'est notre dernière chance, alors on termine le travail et on rentre.

La chance de la dernière chance, comme on dit. Walker envoie la charge par en bas, comme une boule de bowling, et tous les hommes plongent dans la neige ou à l'abri de la berge, les mains sur les oreilles. Walker a mal calculé la longueur de ses mèches. La charge explose en l'air, juste à l'encoignure de deux murs et du toit, là où les rondins s'assemblent. La détonation est d'une violence inouïe. Elle casse la nuit comme une glace qui rompt. Les chiens glapissent de peur et s'aplatissent sur la glace. Walker et Burton se précipitent, mais quand la poudreuse et la fumée se dissipent, la stupeur les arrête net dans leur élan. La cabane n'existe plus. Elle s'est effondrée. Plus un mur debout. Jones ne peut avoir survécu sous un tel chaos de troncs et de rondins. Un curieux silence fige la scène sous la clarté glacée d'une lune translucide comme un glaçon.

— Merde alors, murmure Burton, sidéré, en balayant les débris à l'aide de sa lampe torche.

Elle lui explose entre les mains au premier coup de feu de Jones. Le deuxième déchire la veste de Walker, et les deux hommes se plaquent au sol et rampent à reculons vers la berge en hurlant aux autres de les couvrir. Aussitôt, les ruines de la cabane crépitent sous la mitraille. Une fois à l'abri de la berge, Walker ordonne de cesser le feu.

Mais quel homme peut avoir survécu à ça ? Quel homme peut résister à l'explosion de six bâtons de dynamite et ouvrir le feu avec une telle précision dans les secondes qui suivent ? C'est qui, ce type qui le pousse, lui, l'inspecteur Walker de la Gendarmerie royale, vétéran de la Grande Guerre, à la piteuse retraite qui s'impose ? Voilà près de quatorze heures qu'ils sont sur place !

La moitié des hommes ont pour ordre de surveiller les ruines de la cabane, les autres iront dormir deux heures après avoir nourri les chiens. Mais McCoy s'est déjà occupé de tous les équipages. Il a rassuré les chiens un par un, après chaque explosion, et leur a donné ce qui restait des bas morceaux de caribou congelés. Deux heures plus tard, ceux qui se sont reposés remplacent les autres. À l'aube, ils lèvent le camp et repartent pour Aklavik. Walker n'a d'autre choix que de suivre la rivière et de faire étape chez Brooks pour nourrir ses hommes et ses chiens. C'est une armée défaite. Des vaincus rescapés qui ne veulent pas parler de leur honteuse bataille. Les hommes mangent en silence et se requinquent d'une mauvaise eau-de-vie. Et tous sont obsédés par l'image de ce Jones que personne, à part Bauwen, n'a jamais vu.

— Bauwen, qu'est-ce qu'il veut ? demande Walker, un mug de café bouillant dans ses moufles.

— Il nous l'a dit plusieurs fois, inspecteur. Il ne veut pas avoir affaire à la police. Tout ce qu'il veut, c'est qu'on lui foute la paix.

— À ce stade, il devrait comprendre que ce n'est plus possible.

— Selon nos règles, inspecteur, pas selon les siennes. Lui, il trappait tranquillement depuis six mois sans rien demander à personne. Là-dessus, deux Querelleurs le dénoncent sans même lui avoir adressé la parole, et un gendarme un peu trop zélé, un fusil à la main, s'invite chez lui pour fouiller sa maison. De son point de vue, il ne fait que se défendre.

— Contre nous ? Contre la Gendarmerie royale ?

— Contre un système qu'il a fui et qui s'acharne contre lui. Vous savez comme moi combien d'hommes désespérés ont débarqué sur nos terres depuis la crise. Et pas dans l'espoir de trouver de l'or, comme ceux du Klondike. Juste pour se faire oublier, tourner la page, fuir ce système qui les a broyés, ne plus dépendre de personne. Ça ne vous a jamais tenté, inspecteur ?

— Jamais, grand Dieu, ne me dites pas que vous…

— Mais bien sûr que oui. Et même assez souvent… Chaque jour que Dieu fait, pour dire vrai.

— Mais Linda ?

— Oui, bien sûr… Linda. C'est elle qui me maintient dans cette vie-là. Mais si je la perdais, qu'est-ce qui me retiendrait ? Imaginez ce que Jones peut avoir dans la tête, si le système lui a pris sa femme ou sa famille. La crise, une faillite, des saisies, la misère. L'asphyxie des crédits, l'arbitraire des créanciers, l'acharnement des banques… Après avoir fui tout ça, vous croyez vraiment qu'il ne se battra pas à mort pour garder la seule chose qui lui reste ? Cette liberté solitaire, cette pénitence volontaire qu'il s'impose peut-être ?

— Mais nous ne sommes pas comme ça, nous, Bauwen !

— Nous, non, mais lui, si. Et s'il n'y a pas de place pour quelqu'un comme lui dans notre société, nos lois, nos règlements, nos procédures n'ont pas de place pour lui dans sa conception de sa liberté. C'est un coureur de bois, et croyez-moi, Walker, l'acharnement de cet homme à survivre n'a rien à voir avec la peur de mourir. Il se défend contre un système qui s'acharne contre lui.

Walker termine son café.

— Je ne vous comprendrai jamais, Bauwen. Pas étonnant qu'on ne vous ait jamais nommé caporal.

— Détrompez-vous, on me l'a proposé. C'est moi qui ai refusé.

— Et pourquoi ?

— Sauf votre respect, inspecteur, pour des raisons que vous ne pourriez pas comprendre.

— Mais que Jones, lui, pourrait comprendre, je suppose, se vexe Walker.

— Oui, Jones pourrait comprendre…

8

… UNE VOIX DERRIÈRE EUX.

Dimanche 10 janvier 1932

— C'était très risqué, fait remarquer Martha Walker. Il aurait pu tuer plusieurs d'entre vous. Si vous y retournez, c'est ce qui se passera. Et si vous ne l'arrêtez pas, vous allez faire de lui une légende.

— Ce n'est pas une légende, c'est juste un trappeur rendu fou par des mois de solitude. Tu sais très bien ce que c'est, on appelle ça la fièvre de la cabane.

— Il n'est pas fou, Howard, rends-toi à l'évidence. Il a résisté pendant dix-huit heures à votre assaut et il vous a forcés à vous replier jusqu'à Aklavik.

— Le blizzard nous a coûté plusieurs jours de provisions, surtout pour les chiens. C'est la seule raison pour laquelle nous avons dû battre en retraite.

Martha sert le petit déjeuner. Pancakes et saucisses aux haricots. Sur la table, un journal local fait déjà son gros titre sur « Le trappeur fou de la Rat River ». Pas grand-chose. Juste un résumé de l'affaire. Walker a donné l'ordre à ses hommes de ne répondre à aucun journaliste, même si les rumeurs vont bon train dans les deux bars du bourg. Billy est le seul à avoir apporté son témoignage dans la presse.

— Si tu veux mon avis, ce n'est pas Jones qui va devenir une légende, c'est Billy. En attendant, moi, je vais arrêter ce criminel.

— Combien d'hommes vas-tu entraîner cette fois ? On parle d'une trentaine. Dis-moi que ce n'est pas vrai…

Walker ne répond pas et mange ses haricots, les yeux dans son assiette.

— Seigneur Dieu ! soupire Martha.

— Il n'a plus de cabane. S'il est resté sur place, je l'affamerai avec la moitié des hommes pendant que l'autre moitié se reposera et approvisionnera le camp de base. On pourra tenir tout l'hiver s'il le faut.

— Et s'il est parti ?

— Alors je formerai trois groupes. Un pour le camp de base, un autre pour le camp opérationnel à mesure qu'on se déplacera, et un dernier pour la traque.

Martha lui ressert un bol de café. Derrière la colère de sa femme, il sait bien qu'il y a la peur. Elle se fait du souci pour lui. Elle connaît son caractère. Intransigeant sur la loi, rigide même, et sévère avec lui-même. Si cette traque va trop loin, elle sait qu'il prendra des risques. Et si ça dure, il en fera une affaire personnelle. Il voudra venger lui-même l'honneur de la Gendarmerie royale. Howard Walker ainsi fait. C'est comme ça qu'elle l'a aimé et qu'elle l'aime encore. Et comme ça qu'elle pourrait le perdre.

— Tu devrais inviter Bauwen à dîner, dit-elle en s'efforçant de sourire. Il s'arrangera pour nous apporter ses délicieux gâteaux. Tu savais que les hommes l'ont surnommé Pâtissier ?

— Il n'est pas là, je l'ai laissé là-bas avec Burton pour surveiller Jones, réplique Walker en se levant de table.

Bauwen s'attendait à ce que l'explosion ait soufflé la cabane, mais elle s'est plutôt effondrée sur elle-même. Les rondins s'empilent en une pyramide instable, la poutre maîtresse du toit pèse sur le tas. Seuls les deux montants de la porte sont restés debout, deux totems solidement fichés dans la terre gelée. Bauwen se dit que personne ne peut survivre là-dessous. Pas même Jones. Surtout après le blizzard furieux qui les a forcés à rester à l'abri de leurs tentes ensevelies sous la neige trois jours durant. Jamais Bauwen n'avait vu un ciel d'hiver se matelasser d'autant de nuages sales et lourds de neige. Ils avaient fini par se déchirer aux pointes noires des sapins, déversant des flocons gros comme le poing qui avaient enseveli l'horizon. Puis le vent s'était levé et avait affolé la neige dans un grand blanc étouffant, effaçant tout repère. Ils avaient dû se terrer trois jours et deux nuits, ne quittant la tente que pour nourrir les chiens.

Bauwen garde le souvenir de la fusillade, après le dynamitage, quand tous pensaient Jones mort ou blessé, et qu'il avait surgi, son fusil à la main. Il préfère rester prudent. Ils passent une journée loin au-delà de l'autre berge, à fouiller les ruines et les sous-bois à la jumelle, en tirant une balle de temps en temps pour pousser Jones à répliquer. Ils ne s'approchent que le lendemain, après le lever d'une aube triste et pâle comme un linceul, convaincus que Jones s'est enfui.

— Par le Christ, voilà comment tu nous as eus, alors ! murmure Bauwen quand ils explorent les ruines.

Le faisceau de sa lampe sonde les rondins disloqués, et Bauwen pointe le sol de la cabane, excavé sur toute sa longueur, formant une tranchée d'un bon mètre de large et de la moitié en profondeur.

— Jamais vu ça, s'étonne Burton. Il avait creusé sa propre tombe dans sa cabane ou quoi ?

— Au contraire, explique Bauwen, fasciné par l'ingéniosité de Jones, c'est cette tranchée qui l'a sauvé d'une mort certaine. Dedans, il était à l'abri de nos tirs, du souffle de la dynamite et de l'effondrement de sa cabane.

— Tu veux dire qu'il a creusé ça pour nous attendre ?

— Non, ce type est bien plus malin qu'on ne le pense. Souviens-toi de ce que nous a raconté Billy. Il ne comprenait pas comment un homme de sa carrure pouvait vivre dans une cabane aussi petite. Eh bien, voilà l'explication : cet abri est bien plus grand à l'intérieur qu'il ne le paraît de l'extérieur. Sous le faîte du toit, il y avait en vrai près de deux mètres trente, alors qu'on estimait la hauteur à un mètre quatre-vingts à peine.

— Ça ne fait pas de Jones un génie, murmure Burton, de mauvaise foi.

— N'empêche qu'il s'est évité d'avoir à chercher et manipuler des troncs plus longs, donc plus lourds. En plus, il a dû se servir de la terre qu'il a récupérée pour isoler son toit et préparer le torchis qui comblait les espaces entre les troncs. Ce Jones est un homme de ressource et d'expérience. Je n'avais encore jamais vu une cabane comme ça…

— Il gagnait peut-être en hauteur, mais il perdait en largeur. Pourquoi ne pas avoir creusé sur tout l'espace au sol ?

— Pour donner de la stabilité aux murs en rondins. Et puis, à bien y réfléchir, ça devait lui servir de couchette d'un côté et de rangement de l'autre.

Convaincus que Jones a quitté les lieux, Bauwen et Burton déblayent les rondins pour inspecter les vestiges de la cabane. Ils n'y trouvent rien. Aucun indice sur Jones, qui il a été ou ce qu'il va faire maintenant. Pas de vivres, pas d'affaires, pas d'outils. Rien.

— Il n'aurait pas pu récupérer tout ce qu'il a emporté en fouillant les débris après l'explosion, murmure Bauwen, pensif.

— Ce qui veut dire ?

— Qu'il se tenait prêt à partir avant notre assaut ! Il a tout emporté, même son sel et sa poudre de tendre pour allumer ses feux. Il n'a rien laissé derrière lui. Ce n'est pas une fuite, Burton, c'est un départ.

— S'il est si malin, pourquoi n'est-il pas parti avant qu'on lui tombe dessus ?

— Je viens de te le dire, Burton. Ce type ne nous fuit pas et il nous le fait savoir. Son message est clair : « Je pars quand je veux, et je vais où je veux. »

— Et s'il avait été tué dans l'explosion ?

— Son message serait resté le même.

Burton essaie de comprendre, en vain. Son regard se perd sur la cime tragique des arbres noirs et nus comme des fusains. Un mince filet de fumée bleue. À peine perceptible. À quelques centaines de mètres tout au plus. Un feu de camp.

— Malin, hein ? se moque Burton en armant son fusil.

— On devrait attendre les autres, murmure Bauwen.

— La donne a changé, Pâtissier. Il est dans la nature, maintenant. Ce n'est plus lui qui nous attend, c'est nous qui le traquons.

Bauwen scrute le paysage. Les repères, le sens du vent, la menace des nuages.

—D'accord, je passe devant et on y va. Si on ne l'a pas trouvé dans une heure, on revient à la cabane. Et si on lui met le grappin dessus, c'est une arrestation, Burton, pas une partie de chasse.

—Pour qui tu me prends? se vexe l'autre.

—Pour ce que tu es, Burton : un trappeur, pas un gendarme.

Chaussés de leurs raquettes, ils se dirigent vers les bois décharnés et clairsemés, tournant le dos à la rivière. Les trois jours de blizzard ont meringué le sol d'une fausse glace qui crisse et cède sous leur poids. Ils marchent avec prudence depuis une demi-heure quand Bauwen fait signe à Burton de s'arrêter. À vingt mètres sur la droite, il désigne en silence un objet qui pend depuis la branche d'un aulne, à vingt centimètres du sol. De ses yeux écarquillés, Burton lui demande ce que c'est.

—Un piège à fouine, murmure Bauwen.

—Ça? s'étonne à voix basse le trappeur incrédule.

—J'en ai déjà vu chez les Français du Québec. C'est un piège de pauvre.

—Comment ça fonctionne?

—Une grosse boîte de conserve vide à l'envers, l'ouverture en dessous. Une grosse tapette à rat avec un appât de viande fixé à l'intérieur. C'est tout simple.

—Mais pourquoi la suspendre au-dessus du sol?

—Quel genre de trappeur tu es, Burton? Tu ne comprends donc pas?

— Pour garder la tapette à l'abri de la pluie ou de la neige, c'est ça ?

— C'est ça. Ce piège restera propre toute l'année s'il le faut. Je suis prêt à parier qu'il a badigeonné sa viande de glycérine pour qu'elle ne gèle pas.

— La belette se dresse pour mordre dans la viande et clac ! Elle est prise au piège. Malin. Il nous nargue en continuant à trapper tranquillement à cinq cents mètres à peine de la cabane…

Bauwen fait signe à Burton de se taire et d'écouter. Pas très loin devant eux résonnent des coups réguliers. Hache contre bois gelé.

— Par l'honneur du Christ, jure Burton, ne me dis pas qu'il prend le temps de se reconstruire un fortin !

Ils avancent en silence dans la neige épaisse, guidés par les coups de hache et, bientôt, par l'odeur âcre d'un feu de camp. Quand les coups s'arrêtent, ils se couchent dans la neige, prêts à tirer. Ils restent immobiles pendant dix minutes, l'oreille tendue, à essayer de deviner ce que cache ce soudain silence.

— Un geste et vous êtes morts, menace une voix derrière eux.

9

... ONZE BOUCHES INUTILES.

Samedi 16 janvier 1932

On dit dans les rues d'Aklavik que Howard Walker se prépare à la guerre. Que la région tout entière va s'y jeter. Quand le Loucheux pousse ses chiens dans la rue principale, elle est encombrée d'équipages de familles et de trappeurs malgré la nuit arctique. Les chiens se chamaillent. À l'entrée du bourg, il a déjà remarqué un camp de tentes et de huttes indiennes. Il continue jusque dans la rue du quartier général de la gendarmerie où les Blancs en armes le regardent comme encore un de plus. Des trappeurs font la queue devant la gendarmerie. Il repère un autre Loucheux, un peu à l'écart. Il attend Dieu sait quoi, comme seuls les Indiens savent le faire.

— Que se passe-t-il ? Que font tous ces gens ici ?

— Tu n'as pas été prévenu ? L'inspecteur a alerté tout le territoire par radio de la présence du trappeur fou. Ce type est dangereux, il tire sur tout ce qui bouge, et il sait viser. La peur s'est répandue à la vitesse du blizzard, et toutes les familles isolées et les coureurs de bois du territoire sont venus se réfugier à Aklavik.

Le Loucheux dévisage l'homme d'un air inquiet.

— Si tu as besoin de provisions, fais-les tout de suite, bientôt les magasins seront vides, avec l'expédition qui se prépare.

Le Loucheux jette un dernier regard sur le chaos qui agite ce hameau de bois et de neige. Tout ça pour ce fou qui balançait ses pièges dans les arbres ! S'il avait su, il n'aurait rien dit. Il traverse la rue et se dirige vers la gendarmerie.

— Eh, toi, à la file indienne ! lance un trappeur moqueur avec méchanceté.

— De toute façon, ils ne recrutent pas d'Indiens, fait remarquer un autre.

— Ce Jones, c'est du trop gros gibier pour des piégeurs de belette.

Le Loucheux les laisse dire et se dirige vers un gendarme à l'entrée.

— J'ai un message pour l'inspecteur Walker.

— De la part de qui ?

— De Jones.

Le gendarme marque sa stupeur, puis entraîne le Loucheux jusqu'au bureau de l'inspecteur. Une fois que l'Indien s'est expliqué, Walker est furieux.

— Et tu crois que ça m'amuse ? Tu crois que tout ça n'est qu'une plaisanterie ? Je pourrais te jeter en prison !

— Et alors, ce sont vos hommes eux-mêmes qui m'ont pris pour lui. Ils étaient prêts à prendre d'assaut mon campement. Je les ai surpris en position de tir à vingt mètres de ma hutte où dormaient ma femme et mon fils !

— Ce n'est pas une raison pour plaisanter avec ça. Quel est le message de Bauwen, alors ?

— Il dit qu'ils vont quadriller les alentours de la cabane pour essayer de trouver une piste. S'ils en trouvent une, ils laisseront des jalons pour que vous les rejoigniez. Il dit aussi que, une fois le camp de base installé, il faut que vous alliez vous-même jusqu'à la cabane avec quelques hommes. Il y a apparemment des choses intéressantes à relever dans les débris.

— Pourquoi ne nous ont-ils pas contactés plus tôt ? Jones a au moins trois jours d'avance sur nous, maintenant.

— Par là-bas, on a été bloqués par le blizzard pendant ces trois jours.

— Tant mieux, au moins Jones aura été retenu, lui aussi.

— Non. Jones a profité du blizzard pour s'éloigner au plus vite.

— Qu'est-ce que tu en sais ?

— Un Loucheux aurait fait la même chose.

— Tu crois que Jones a du sang indien ?

— Jones est comme nous. Il se sent seul et rejeté sur son propre territoire.

— Il sait ce qu'il a à faire pour mettre fin à cette folie : il lui suffit de se rendre.

— À qui ? À votre régiment de trappeurs ? À vos lois qui exigent des permis pour chasser ? Et pourquoi pas à la reine, tant que vous y êtes !

— Aux règles qui s'appliquent sur notre territoire ! hurle Walker, excédé.

— Sur quoi ?

— Sur notre territoire ! répète l'inspecteur.

— Sur quoi ?

Walker se rend compte de ce qu'il vient de dire et à qui il l'a dit. Il ne répond pas et congédie le Loucheux d'un geste dédaigneux.

Walker se concentre de nouveau sur la liste des hommes qui peuvent l'accompagner dans cette expédition. Avec Bauwen et Burton déjà sur place, il prend dans son équipe Oakland et surtout Giavelli, qui se considère déjà comme un vétéran de la première bataille de la Rat River. À ces hommes, il ajoute six trappeurs volontaires. Des gars forts en muscle et en gueule, réputés pour des bagarres de bar. Et pour la première fois dans l'histoire de la Gendarmerie royale, il s'adjoint deux techniciens radio, Campbell et O'Connor, avec un nouvel équipement qui devrait permettre de communiquer entre les différents groupes.

Le 16 janvier, la troupe part en empruntant la piste tracée par McCoy pour rapatrier Billy. De nouveau six équipages, douze hommes et quarante-deux chiens, de quoi tenir les loups à distance, même si, dans la tempête qui les engloutit une heure après leur départ, on sent rôder leurs ombres blanches. Il leur faut deux jours pour rallier l'embouchure de la Rat River, avec un bivouac à découvert dans la fureur des vents, et des tours de garde pour déjouer les attaques de loups. Le deuxième jour, Walker choisit l'endroit le plus abrité pour installer le camp de base et tente d'en informer Aklavik par radio. Sans succès. Il renvoie alors un équipage qui retourne signaler l'emplacement au reste de la troupe et commencer le transfert de vivres et de munitions.

Ils sont à moins de quinze kilomètres de la cabane par la rivière gelée. Une petite dizaine à vol de corbeau. Dès leur arrivée, Walker compose quatre équipes de deux hommes qui se disperseront à partir des ruines de la cabane à la recherche de traces dans la toundra sans ciel. En priorité les petits canyons de la Rat River, propices aux bivouacs protégés du vent, et les cabanes abandonnées qui pourraient servir d'abri.

—Si l'inspecteur n'avait pas semé la panique en poussant tout le monde à se réfugier à Aklavik, on aurait peut-être moins de refuges à vérifier, bougonne un des hommes.

—C'est le comble ! fulmine un autre. Ce fumier est peut-être bien au chaud dans la cabane qu'une famille aura désertée, avec des couvertures, des vivres et un bon feu, pendant qu'on le traque dans la tempête par moins quarante.

Le deuxième jour, Bauwen et Burton rejoignent le camp de base.

—Qu'est-ce que c'est que tous ces Loucheux ? s'étonne Bauwen.

—J'en ai recruté onze pour nous aider à repérer une piste, explique Walker. Vous avez trouvé quelque chose ?

—Non. Sa piste de trappe, mais il n'a pas relevé ses pièges depuis longtemps. Vous êtes allé jusqu'à la cabane ?

—Non. Pas de temps à perdre avec ça. Il est dans la nature, maintenant, la cabane n'a plus d'importance.

—Vous avez tort, inspecteur. C'est très instructif sur le genre d'homme que peut être Jones.

—Jones est un trappeur solitaire et obtus que la fièvre des cabanes a rendu fou. Je sais que vous l'admirez, Bauwen, mais pour la dernière fois je vous ordonne de ne plus vous exprimer à ce sujet.

—Il n'en reste pas moins que vous auriez dû vous rendre à la cabane, ne serait-ce que pour en observer la porte.

—Quoi ? Qu'est-ce qu'elle a, cette foutue porte ?

—Elle est transpercée par deux coups de feu.

—Et alors ?

—Alors celui qui la traverse en son centre, tiré de l'intérieur de bas en haut, est de toute évidence celui qui a blessé

Billy. L'autre, par contre, a été tiré de l'extérieur et de haut en bas pour détruire le loquet.

— Je vous croyais expert en pâtisserie, Bauwen, pas en balistique.

— Ce n'est pas de la balistique, inspecteur, c'est du bon sens. Jones s'est défendu d'un tir de Billy dans le loquet de la porte. Billy vous a menti. Non seulement il a tiré, mais il a tiré le premier. La légitime défense est du côté de Jones, dans cette affaire. Ce qui a mis le feu aux poudres, c'est la faute et le mensonge d'un des nôtres.

La fureur de Walker surprend Bauwen.

— Vous la fermez, Bauwen ! Billy était dans son droit. Il avait un mandat en bonne et due forme et il pouvait utiliser la force en fonction des circonstances qu'il était seul à pouvoir estimer. Encore un mot et je vous mets à pied pour insubordination.

— Et après ? Vous me mettez votre chapka sur les yeux et vous me faites fusiller par un peloton de trappeurs ? Vous n'êtes plus en France dans les tranchées, inspecteur, revenez à la réalité : Billy vous a menti, et vous perpétuez ce mensonge pour organiser votre chasse à l'homme.

— Ce n'est pas n'importe quel homme : il a ouvert le feu plusieurs fois sur des gendarmes et des volontaires.

— Oui, sur les gars qui ont détruit sa cabane à coups de dynamite pour vérifier qu'il était bien en règle.

— C'est la loi, Bauwen. Que ça vous plaise ou non, on va mettre ce rebelle hors d'état de nuire.

— Vous finirez par l'avoir, c'est sûr. Le contraire serait humiliant, avec une telle armada. Pourquoi pas un bombardier, hein, tant que vous y êtes ?

Walker a du mal à contenir sa rage et se retient d'assommer le vieux Bauwen d'un coup de poing.

— C'est une chance pour la Gendarmerie royale que vous ayez refusé le grade de caporal, Bauwen. Je veillerai personnellement à ce qu'on ne vous le propose jamais plus.

— Faites comme bon vous semblera, inspecteur. Vous me rendrez l'immense service de ne jamais avoir à vous ressembler.

Pendant cinq jours, dans la tempête qui se déchaîne, les hommes arpentent la toundra glacée sans trouver la moindre trace de Jones. Le froid et le temps entament vite leur enthousiasme.

C'est souvent le cas pour les va-t'en guerre, s'amuse Bauwen qui les écoute se décourager. *S'il veut passer en Alaska, qu'il y aille. Que les Amerloques se débrouillent avec lui.*

Trois jours sans ciel ni horizon plus tard, Walker doit admettre qu'il va de nouveau être à court de provisions.

Ne crois pas à ta victoire, Jones, tu n'as que ta bouche à nourrir, alors que moi, j'ai trente hommes et soixante-dix chiens. Ce n'est pas une autre reculade, n'en tire aucune gloire.

— Vous parlez tout seul, inspecteur ?

— Je faisais un point sur la logistique, Bauwen.

— C'est ce dont je voulais vous entretenir. Il nous reste des provisions pour deux ou trois jours si tout le monde reste. Pourquoi ne pas les répartir sur quatre ou cinq hommes qui poursuivront les recherches, et rapatrier les autres sur le camp de base ? On pourrait organiser le ravitaillement par la rivière gelée avec Aklavik.

— C'est justement ce à quoi je pensais. Puisque vous êtes le seul à l'avoir vu et que vous prétendez si bien le connaître, vous allez continuer les recherches, Bauwen. Vous gardez Burton avec vous, et je vous donne Neville et le sergent Campbell avec la radio pour me tenir informé. Je vais laisser O'Connor, l'autre radio, au camp de base et remonter avec les autres faire le plein de vivres à Aklavik. On sera de retour dans cinq jours, si le temps le permet. En cas de problème, repliez-vous sur le camp de base pour établir le contact radio avec Aklavik.

— Je peux garder les pisteurs loucheux ?

— Pour ce qu'ils ont pisté ! Ils ne font plus partie du groupe. Je les ai virés ce matin. Je ne vais pas nourrir onze bouches inutiles.

10

… ET SE PRÉCIPITE SUR EUX.

Lundi 18 janvier 1932

Les monts Richardson sont une frontière entre les Territoires du Nord-Ouest et le Yukon. Un prolongement nord-sud des Brooks Mountains d'Alaska. Rien de bien terrible en été. Une série de montagnes érodées qui s'empilent pour former une barrière haute de mille deux cents mètres à peine. Rases, sans arbres, terrain de jeux des caribous et des grizzlis, des mouflons, des bœufs musqués et des élans.

En hiver, c'est une autre affaire. Les deux cols deviennent infranchissables par quarante ou cinquante degrés sous zéro. Le blizzard, prenant son élan sur la toundra enneigée, recouvre les falaises d'une épaisse gangue de glace. Au sommet chauve de ces monts, le vent est si violent qu'il soufflerait un homme jusqu'à Fairbanks. En hiver, aucune bête ne s'y risque. Aucun homme non plus. Sauf Jones.

Bauwen fait comme il l'a recommandé à Walker. Il reprend les recherches à partir de la cabane de Jones.

Qu'est-ce que tu fais, Jones ? Tu n'as pas peur de nous, tu t'es préparé, tu as pris tout ce dont tu avais besoin pour survivre. On est nombreux, lourds, bruyants, repérables, désorganisés. Toi, tu es seul. Tout ce dont tu as besoin, c'est d'une longueur d'avance sur nous. Pas dans la neige, donc. Sur la rivière, alors ? C'est ça, Jones ? On a laissé tellement d'empreintes entre ta cabane et la Rat que tu n'as eu qu'à mêler tes traces aux nôtres pour redescendre. Pas vrai, Jones ? Tu te déplaces sur la rivière gelée, toutes tes traces gommées par des jours et des nuits de blizzard. Et tu la remontes, bien sûr, vers les monts Richardson où elle prend sa source, à l'entrée de la passe nord.

Bauwen et ses hommes cherchent la trace de Jones pendant plus d'une semaine, même si, la moitié du temps, un blizzard tranchant les force à se terrer à l'abri sans bouger.

Le mercredi 26 janvier, profitant d'une légère accalmie, Bauwen fait signe à ses trois compagnons de rejoindre la rivière et de la remonter. Deux hommes le long de chaque berge, là où les traces seront profondes et lisibles si Jones cherche à sortir du lit de la Rat. Au premier soir, Bauwen veut en informer Walker, mais le froid intense a mis la radio hors d'usage.

C'est dans la clarté blafarde du jour suivant que Burton remarque une première empreinte. Un creux presque imperceptible dans la neige. Une forme oblongue, là où la neige n'est pas tassée de la même manière. Peut-être un pas. Bauwen allume sa torche et inspecte la surface de son faisceau rasant. Et une deuxième empreinte s'esquisse. Juste un peu plus loin. Décalée. Cette fois, pas de doute, ce sont des pas. Ils grimpent la pente jusqu'à la berge. Les hommes encaissent une décharge d'adrénaline qui met leur cœur en tambour. À quelques mètres, la trace d'une raquette. Puis d'autres qui s'éloignent de la rivière. Bauwen reconnaît le dessin des raquettes de Jones qu'il avait observées à la jumelle pendant le siège de la cabane. C'est bien lui. Ils sont sur sa piste.

Désolé, mon gars, on est sur toi.

Les traces sont anciennes, à peine visibles. Quatre jours, peut-être. Et voilà que la neige tombe avec la nuit. Ils chaussent leurs raquettes et suivent la piste aussi longtemps qu'ils le peuvent. Mais le temps se durcit et les hommes doivent abandonner la traque pour monter le camp. Ils ont à peine installé les tentes et allumé le feu qu'une silhouette surgit de la nuit et se précipite sur eux.

11

… Salaud de Jones !

Samedi 30 janvier 1932

Deux coups de feu, là où la Bear River rejoint la Rat. La veille. C'est ce que raconte le coureur loucheux dont le cœur trébuche encore d'avoir failli mourir. Quand il a surgi de la nuit, Bauwen et ses hommes ont braqué leurs armes sur lui. Par chance, ils faisaient ronfler un large feu dont la lueur a permis à Bauwen de voir que ce n'était pas Jones.

— Jones, sûrement. Il chasse pour se ravitailler.

— Il ne va quand même pas tenter de franchir les Richardson…

La voix de Burton ne peut cacher une pointe d'admiration pour l'audace du fugitif.

— Qui sait ? Il a déjà démontré qu'il ne recule devant rien.

— Ce serait suicidaire, fait remarquer le radio.

— Qui nous dit que cet homme ne cherche pas la mort ? murmure Bauwen.

— Un *police suicide*, vous croyez ça ? Pour ce que j'en sais, ceux qui tentent ça se jettent armés à blanc sur une escouade de flics pour être mitraillés sur place. Ils ne s'infligent pas le froid et la faim des jours entiers…

— Peut-être que Jones n'a pas la rage de ceux qui se sont fait acculer dans un combat sans issue. Peut-être qu'il veut démontrer, avant qu'on l'abatte, qu'il était meilleur homme que nous. Meilleur trappeur, en tout cas.

— On n'est pas là pour l'abattre, corrige Burton.

— Bien sûr que si, répond Bauwen. Toute cette traque est organisée en conséquence, et chacun le sait. Même Jones le sait, j'en suis persuadé.

— Qu'allez-vous faire, alors ? s'inquiète le Loucheux.

— J'étais partisan de le laisser à son sort. Après tout, Billy n'est pas mort. Mais les ordres sont de le repérer. Tout ce que j'espère, c'est de pouvoir l'arrêter avant l'arrivée de la cavalerie.

— Cet homme sera meilleur mort, tranche le Loucheux.

— Ferme-la ! s'emporte Bauwen. Et n'oublie pas que toute cette mascarade de justice commence par la plainte d'un Loucheux qui trappait trop près de la ligne de Jones.

— Ce n'est pas ce qui se dit. Jones n'avait pas de permis. Et, sans permis, pas de ligne de trappe. Mes frères ont bien fait de le dénoncer. Cet homme est un danger pour nous tous.

— Il ne l'était pas, et s'il l'est devenu, c'est à cause de nous. On va remonter la Rat demain jusqu'à l'embouchure de la Bear, et tu nous conduiras là où les coups de feu ont été entendus.

Cette fois encore, le froid interdit toute communication radio avec Aklavik pour prévenir Walker qu'ils ont peut-être une piste. Bauwen demande au sergent de démonter la batterie et la glisse sous la lourde veste doublée de fourrure avant de s'endormir pour la réchauffer. Trois heures plus tard, il réveille le sergent pour remonter la batterie et tenter d'établir le contact avec Aklavik. La radio fonctionne, mais personne ne répond. Le sergent suppose que l'homme de veille s'est endormi. Personne n'est équipé de radio sinon les autorités, et aucune autorité n'appelle Aklavik de nuit. Pour dire quoi ? Bauwen peste en silence contre ce type qu'il imagine ronflant dans une pièce surchauffée des bureaux de la Royal Canadian Corps of Signals. Quand ils essaient une nouvelle fois, une heure plus tard, la batterie est de nouveau hors service. Alors Bauwen et le sergent Campbell se rendorment pour les deux heures de sommeil qu'il leur reste. Dans leur tente de toile, dans un trou de neige, par moins quarante degrés. Moins cinquante, en tenant compte du vent qui se lève.

Bauwen a réveillé ses hommes à 6 heures. Une heure pour avaler un copieux petit déjeuner et lever le camp. Deux heures pour atteindre l'embouchure de la Bear River, et une heure de battement au cas où. Il veut être sur place au lever du jour. Le Loucheux leur indique la direction dans laquelle les coups de feu ont été entendus, puis les abandonne sans un mot pour se perdre dans le poudrin. Bauwen et ses hommes se dirigent alors vers les monts Richardson à travers un brouillard de cristaux en suspension. La moindre bourrasque décape leurs pommettes et leur sable les yeux. Le moindre poil se gaine de givre. Il y a maintenant quelque chose d'angoissant à s'aventurer dans ce grand blanc sans aucun point de repère. Bauwen mène la marche.

Si tu as l'intention de rejoindre les Richardson, la passe McDougall est ton seul espoir. Il faut que tu prennes à l'ouest. Si on marche plein nord, on finira par croiser ta trace et on ne sera plus qu'à deux jours de toi.

— Là ! s'exclame Burton.

Une empreinte de raquette. Le dessin de celle de Jones. À peine recouverte. Moins de vingt-quatre heures.

Je te l'avais bien dit, mon vieux Jones !

— Bauwen, vous êtes sûr qu'on marche plein nord ?

Bauwen vérifie avec sa boussole et confirme. Puis, soudain, il comprend l'étonnement de Burton : l'empreinte indique que Jones ne va pas vers l'ouest, en direction des monts Richardson, mais vers le sud-est.

Que se passe-t-il, Jones, tu abandonnes les Richardson ? Tu as bien raison, c'était suicidaire de tenter la passe McDougall en plein hiver. Personne ne l'a jamais fait, même avec l'équipement adéquat. Ça vaut mieux pour toi, Jones. Retourne à la rivière, tu as raison. Reviens et rends-toi, qu'on en finisse, toi et moi, avec cette traque imbécile dans ce froid d'enfer. Tu dois être aussi exténué que nous. Peut-être plus. Alors, si on te tombe dessus, ne fais pas l'idiot. Viens t'expliquer bien au chaud, à Aklavik. Tu as laissé cette trace pas plus tard qu'hier, Jones. On arrive, on est sur toi.

Ils suivent les empreintes malgré le temps qui se détériore. Quand elles les ramènent à la Rat River, les quatre hommes n'en reviennent pas. Pendant qu'ils progressaient vers la Bear River à l'ouest, Jones était redescendu loin derrière eux. Il aurait pu croiser leur route plusieurs fois. Ou tomber nez à nez avec eux sur la rivière gelée.

Qu'est-ce que tu fais, Jones, hasard ou maladresse ? Ou alors tu joues avec nous et tu as tiré ces deux coups de feu vers le nord juste pour brouiller les pistes et nous mettre sur la mauvaise voie. Tu serais capable de ça, Jones, vraiment ?

Bauwen regroupe ses hommes.

— S'il nous croit perdus au nord dans le poudrin, il est possible qu'il en profite pour se reposer et se nourrir un peu.

Peut-être qu'il a joint l'utile à l'agréable et que, en plus de nous éloigner, il a tué un lièvre arctique ou un renard. Il faut surveiller les signes de feu ou de bivouac.

Mais il est 16 heures et la nuit tombe déjà. Bauwen envoie Burton et le trappeur Neville suivre la trace tant qu'ils le peuvent et jalonner la piste de repères pour progresser plus vite le lendemain. Avant même d'installer le bivouac, Bauwen commande au sergent de tenter une liaison avec Aklavik. Sans succès.

Burton et le trappeur reviennent deux heures plus tard. La piste est claire et les traces lisibles. La chance est avec eux. Le poudrin ne fera pas disparaître les traces dans la nuit. Jones redescend vers le sud-ouest en direction d'une autre rivière, la Barrier River.

— Peut-être a-t-il renoncé à franchir les Richardson par la passe nord et qu'il se dirige vers la passe sud.

— Ça lui ferait un sacré bout de chemin en plus.

— On verra ça demain. On reprendra la piste une heure avant le lever du jour en suivant les jalons pour gagner du temps sur lui. Dormez bien, prenez des forces. Demain, avec un peu de chance, on en aura fini avec cette chasse à l'homme.

Le lendemain, au bout de la piste jalonnée, ils repèrent les marques des raquettes de Jones et les suivent. Elles ne continuent pas jusqu'au confluent de la Barrier. Un peu avant, les empreintes de Jones traversent la Rat vers le sud et Bauwen soupçonne une ruse. Sur la glace, plus de traces repérables, et Jones pourrait remonter ou descendre la rivière, les forçant à se séparer en deux groupes. Mais Burton est allé voir droit sur l'autre berge et les empreintes de Jones sont là. Il n'a fait que traverser, et maintenant sa piste continue en remontant le cours d'un ruisseau sans nom. Le temps s'est calmé, même si d'épais nuages masquent encore le soleil et maintiennent la température autour de moins quarante. Ils suivent la piste pendant trois heures, sur huit kilomètres. Le temps s'est figé dans une accalmie crayeuse, feutrant le paysage d'une blancheur sans éclat. Ils en profitent pour repérer la piste de loin dans leurs jumelles, et Bauwen fait signe aux autres de s'arrêter et de garder le silence. Loin devant, les traces conduisent vers un de ces petits bosquets denses et touffus, légèrement en creux, au pied d'une falaise de vingt mètres marbrée de glace. Un de ces improbables environnements où des espèces survivent et se reproduisent sur quelques arpents protégés du vent.

Bauwen fait comprendre aux autres qu'aucune trace ne semble ressortir de ce bosquet. Il disperse ses hommes d'un geste pour encercler ce qui pourrait bien être le bivouac de Jones. Burton traverse le ruisseau jusqu'à l'autre berge, un peu en hauteur. Le trappeur Neville contourne le bosquet en direction de la falaise et trouve un point d'observation en surplomb. Bauwen invite le sergent Campbell à rester à l'abri derrière lui pour le couvrir.

De loin, Neville fait signe à Bauwen. Il ne voit rien, mais il entend quelque chose. Il mime un homme qui tousse. Bauwen évalue leurs chances. La falaise empêche tout retrait. Neville et Burton protègent les flancs depuis des positions en hauteur. Lui et le sergent bloquent toute sortie. D'un autre côté, Jones – si c'est lui – est protégé par une barricade d'arbres denses et de troncs tombés.

Bauwen décide que c'est le bon moment. D'un geste, il prévient les autres de se tenir prêts et il y va.

Il n'a encore rien dit, il n'a pas fait trois pas que Jones tire et que Bauwen s'effondre. Depuis l'autre berge, Burton aperçoit le fugitif. Il tire à son tour et voit Jones tomber entre les troncs.

—Je l'ai eu ! hurle Burton. Je l'ai touché !

—Couvrez-moi, je vais chercher Bauwen ! crie Campbell.

Aussitôt, un feu croisé éclate les branches et les troncs du bosquet. Dans le vacarme, Bauwen crie qu'il va bien, qu'il n'est pas touché. Le sergent va quand même l'aider à se relever en vidant le chargeur de son fusil au hasard en direction du bivouac.

Bauwen devine que Neville et Burton se préparent à les retrouver et leur ordonne de rester à leur poste.

—Bizarre, il n'a pas tiré une seule balle, murmure le sergent.

—Jusqu'ici, il a toujours riposté.

—Vous pensez que Burton l'a eu ?

—Peut-être, ou peut-être qu'il est blessé.

—Qu'est-ce qu'on fait, alors ?

—Rien, on attend. S'il est blessé, le choc, la douleur et le froid finiront par avoir raison de sa résistance. Allez prévenir Neville et Burton qu'on ne bouge pas une oreille pendant au moins deux heures.

Le sergent rejoint les deux autres, et ils approuvent la tactique de Bauwen d'un geste de la main. Commence alors l'attente. Depuis son abri, le vieux Bauwen s'adresse à Jones.

—Jones, je suis le gendarme Bauwen, on s'est rencontrés à Fort McPherson, l'été dernier. À quoi tu joues, Jones ? Tu me tires dessus alors que je suis le seul dans toute cette meute à ne pas te vouloir de mal. Tu n'as aucun moyen de sortir d'ici. Tu dois être à court de provisions. Nous, on a de quoi tenir trois jours. D'ici là, les renforts seront sur place. Il vaudrait mieux que tu te rendes maintenant. Tu m'entends, Jones ? Rends-toi, mon gars. Et si Burton t'a blessé, ne va pas mourir ici comme une bête dans ce bosquet. On va te soigner en attendant les secours. Tu as eu ce que tu voulais, Jones. On sait ce que tu vaux. C'est bon, tu n'as plus rien à prouver. Rends-toi, je te protégerai.

Pas de réponse. Par prudence, Bauwen attend quand même deux bonnes heures comme il l'a prévu, pendant lesquelles Jones ne donne pas le moindre signe de vie. Pas un tir, pas un mot, pas un mouvement. Burton ne l'entend même plus tousser. Déjà 15 heures. Dans une heure, le jour s'éteint. Le ciel s'alourdit déjà de cette teinte mate et crémeuse qui annonce le retour de la tempête. Bauwen fait signe à ses hommes de resserrer leur étau sur la position de Jones. Neville redescend l'éboulis au pied de la falaise. Burton traverse le ruisseau. Bauwen et le sergent Campbell s'exposent à découvert, le fusil à la hanche. Aucune réaction de Jones, alors ils avancent.

Merde alors, tu es mort, mon gars ? Tu crois vraiment que ça valait le coup ? Tu crois que mourir…

Jones surgit d'entre les arbres et tire. Burton, Neville et le sergent plongent à couvert, mais Bauwen reste debout face à Jones et tire deux fois par réflexe, au jugé, son fusil à la hanche. Jones trois fois, l'arme à l'épaule. Aussitôt, les autres se retournent pour répliquer aux tirs de Jones, mais le trappeur a disparu et Bauwen est au sol, face dans la neige.

— Couvrez-moi ! hurle Campbell.

Il court, le dos courbé, pour aider Bauwen à se replier, quand il aperçoit la neige rougie par le sang.

— Bauwen est touché ! hurle-t-il en se jetant à plat ventre derrière le corps inerte.

Il creuse la neige pour dégager les chaussures de Bauwen et noue les lacets entre eux pour en faire une poignée. Il en a tiré comme ça, des corps, en France, dans la boue des charniers de la guerre, jusqu'à l'abri des tranchées. Il rampe à reculons, comme à l'époque, protégé par la mitraille du feu nourri de Burton et de Neville. Quand il glisse à l'abri d'une congère, il a déjà compris que Bauwen est mort. Une balle en pleine poitrine. Salaud de Jones !

12

… ET SE PRÉCIPITE VERS LA SALLE DE RADIO.

Dimanche 31 janvier 1932

Le soleil ne se couche pas. Il ne s'est pas montré de la journée. La clarté du jour se noie juste dans la nuit qui se glisse entre les ombres. La nuit ne tombe pas, c'est un mensonge, elle monte de la terre, sournoise, et surprend les hommes qui la cherchent encore dans le ciel. Le corps sans vie de Bauwen à l'abri, Burton, Neville et le radio se dispersent et tirent à feu croisé sur le bosquet. Le refuge de Jones est si petit et leur feu si nourri qu'ils sont certains de le toucher, ne serait-ce que par ricochet.

Plus tard, entre les troncs d'un bouquet d'arbres, de l'autre côté du ruisseau, pendant que Burton continue de tirer, Neville et le sergent Campbell construisent une plate-forme de fortune, en hauteur, pour y hisser le corps déjà gelé de Bauwen à l'abri des charognards. Puis les trois hommes se concertent et Neville est désigné pour aller prévenir Walker de la mort de Bauwen.

Neville se met en route aussitôt. Deux heures plus tard, il redescend la Rat River au cœur de la nuit quand il devine la lueur d'un feu de camp à proximité de la cabane détruite de Jones. O'Connor et Giavelli sont là, envoyés par Walker pour aider le groupe Bauwen. Quand ils apprennent la mort de Pâtissier, les deux nouveaux venus décident de se séparer. O'Connor continuera seul pour rejoindre Burton et le sergent, et Giavelli accompagnera Neville à Aklavik malgré la tempête qui s'annonce.

Il leur faut un peu plus de vingt-quatre heures pour rejoindre Aklavik à travers un des pires blizzards qu'ils aient connus. La ville est enterrée sous une épaisse croûte de neige, les maisons arc-boutées contre les assauts d'un vent hystérique. Chaque bourrasque est un assommoir. Dans les rues désertes, des rubans de neige s'agitent au ras du sol comme des serpents haineux, puis se redressent en lanières de fouet et leur cinglent le visage. Le vent frise les toits de lambrequin d'un givre abrasif qui poudroie dans les rares éclairages ouatés par la neige. Aux fenêtres, quelques guirlandes. Des restes de sapins de Noël. Un ou deux «*Happy new year*» qui s'entêtent. S'ils savaient, ces bienheureux endormis sous leur duvet…

Ils tambourinent à la porte du quartier général jusqu'à ce que l'inspecteur lui-même, depuis la fenêtre à guillotine de son appartement de fonction, au premier étage, à moitié vêtu, s'inquiète de ce boucan d'ivrognes.

— Bauwen est mort, hurle Neville, Jones l'a eu!

Dix minutes plus tard, les trois hommes sont dans la cuisine, et Martha, que les coups à la porte ont réveillée, elle aussi, leur sert du café et les reliefs d'une tourte à la viande.

—Seigneur Dieu, vous avez fait cent vingt kilomètres d'une seule traite par ce vent de glace ! Et les autres, là-bas, à veiller le mort dans cette froidure de fin du monde !

Elle les fait se déshabiller et met à leur disposition des vêtements de son mari qui se fait raconter les circonstances de la mort de Bauwen.

—Le pauvre… Je l'avais pourtant prévenu que Jones n'était qu'un tueur sans scrupule.

—Burton était certain de l'avoir touché.

—Ce type est un pervers. Il a piégé Bauwen par son silence. Il a fait le mort, Bauwen y a cru… et voilà, c'est lui qui est mort, maintenant !

—Il faut y aller, inspecteur. Jones est acculé au pied d'une falaise abrupte, haute d'au moins vingt mètres et plaquée de glace. Burton et le sergent Campbell, avec le renfort de O'Connor, l'empêchent de sortir du bosquet. Il faut le prendre maintenant et le faire payer pour Bauwen et Billy.

Walker est d'accord. Il envoie prévenir le trappeur Oakland, l'agent spécial Barrett et le révérend Murphy de se tenir prêts à partir dès 8 heures le lendemain, pour rejoindre le groupe de Burton.

—C'est tout ? s'étonne Neville. Jusqu'ici, Jones n'a tiré que pour se défendre, mais après nous avoir forcés trois fois à battre en retraite, il pourrait bien se décider à nous attaquer. Ils ne sont que trois, là-bas, et les trois autres n'arriveront pas avant deux jours.

—Je sais, mais je ne peux faire mieux. Demain, on formera un groupe plus important et on s'établira au camp de base à l'embouchure de la Rat. Je vais demander de l'assistance par radio. Que tous les volontaires se regroupent à Fort

McPherson ou chez Brooks pour nous rejoindre au camp de base. Reposez-vous en attendant.

Walker aussi essaie de se reposer, au côté du corps chaud de Martha qui ne dort pas non plus. Elle pense à Linda Bauwen qui ne sait encore rien, à moins que les Loucheux aient déjà propagé la rumeur jusqu'à Red Arctic et qu'elle soit en pleurs, seule, dans son lit qui restera désormais à moitié vide.

Lui pense à Jones. À Jones et à Bauwen. À ses mots que Bauwen ne voulait pas entendre. Finalement, c'est Bauwen qui le paie de sa vie. Lui qui lui reprochait d'en faire trop, lui qui se moquait : « Et pourquoi pas un bombardier ? »

Walker bondit hors du lit et se précipite vers la salle de radio.

13

… CORPS ET ÂME DANS LE GRAND BLANC.

Mardi 2 février 1932

Depuis la guerre, Wright marchande sa légende. C'est lui, le bleu de l'aviation canadienne que poursuivait Manfred von Richthofen, l'as des as de la Luftstreitkräfte, le pilote du célèbre triplan Fokker, quand l'avion du fameux Baron rouge a été abattu. Par Arthur Roy Brown, un camarade pilote canadien profitant de ce que Wright jouait les appâts. En fait, von Richthofen, on l'établira plus tard, aurait été bêtement abattu depuis une tranchée par « Snowy » Evans, un jeune soldat australien.

Il n'en reste pas moins que Wright a échangé quelques voltiges et quelques rafales avec le Baron rouge. Le jour où il a été descendu, la mitrailleuse de Wright s'était enrayée, le poussant à battre en retraite. Mais cela a suffi à sa légende qu'il a monnayée à son retour au Canada contre quelques spectacles de voltige aérienne à travers le pays. Son avion : sa femme, sa fille, sa maîtresse, comme il dit. Son inséparable. Un Bellanca CH-300 Pacemaker. Une beauté, une fougueuse, une endurante. Sans un désaccord de dernière minute entre l'avionneur et le pilote, c'est sur une version précédente du Bellanca que Lindbergh aurait dû traverser l'Atlantique pour la première fois en 1927. Le Bellanca est bel et bien l'avion de l'époque, et Wright, si fier d'en piloter un, s'est lui aussi taillé une autre légende en réalisant deux ans plus tôt la première livraison postale dans le Grand Nord canadien. La plus longue et la plus périlleuse liaison aéropostale du monde.

Mais il gagne surtout le cœur du public un an plus tôt, quand une épidémie de diphtérie menace de décimer la petite communauté des cinq cents habitants de Fort Vermilion, dans le nord de l'Alberta, en plein hiver. Les tentatives d'acheminer le sérum par voie terrestre se sont soldées par un échec. La livraison par avion est la dernière chance d'arrêter l'épidémie. Wright et son copilote se portent volontaires et embarquent le vaccin pour un vol épique : huit cents kilomètres à travers le blizzard, à bord du seul appareil disponible, un Avro Avian anglais. Un petit biplan ultraléger construit en bois toilé et propulsé par un cinq cylindres de soixante-quinze chevaux à peine et avec deux cockpits ouverts, par une température ressentie de moins quatre-vingts degrés.

À leur arrivée à Fort Vermilion, comme à leur retour à Fort McMurray, les deux pilotes, paralysés par le froid, leurs vêtements gelés cartonnés de glace, doivent être extraits de leur cockpit en position assise par plusieurs hommes. Avec moins de quatre litres de carburant dans le réservoir.

Wright est désormais une légende. D'autant plus qu'il renouvelle une dizaine de fois ces *mercy flights*, ces « vols de charité », véritables missions humanitaires, et continue d'ouvrir des routes postales à travers le Canada.

Mais, cette fois, il répond à l'appel du superintendant de la police d'Edmonton au titre de la société commerciale qu'il vient de créer. Deux mille cinq cents kilomètres en plein hiver. Il en faut plus pour l'effrayer. Surtout quand il s'agit de mettre un criminel hors d'état de nuire.

Le 2 février, Wright décolle de Fort McMurray avec son mécanicien Jack Claudel et l'agent de la police montée Riley, nommé pour remplacer Bauwen. À cent quatre-vingt-dix kilomètres-heure, Wright compte répartir ses treize heures de vol sur deux jours. Pourtant, après une heure dans de bonnes conditions, par moins trente-cinq degrés, le Bellanca rouge se perd dans un blizzard qui le force à se poser à l'aveugle sur la glace de la Slave River, près de Fort Smith. À quatre cent vingt-cinq kilomètres à peine de Fort McMurray. À plus de deux mille kilomètres d'Aklavik. Personne ne les ayant vus ni entendus dans la tempête, il leur faut plus d'une heure pour rejoindre la première maison, au risque de se perdre corps et âme dans le grand blanc.

14

… QUE RIEN N'EFFRAIE.

Mardi 2 février 1932

L'aube ne vient pas. C'est le même blizzard, jauni par l'éclairage, qui a hurlé toute la nuit. L'interminable et lugubre plainte du vent. Dans la nuit, ils ont entendu Oakland, Barrett et le révérend Murphy se mettre en route avec deux équipages de sept chiens. Maintenant, c'est à eux d'y aller. Walker, Neville, Giavelli, McCoy et deux autres trappeurs, avec quatre équipages. Les deux premiers pour deux hommes, les deux autres pour un homme et des provisions. Après quatre heures d'une course folle à travers un vent de glace acéré, devant le comptoir de Brooks, ils récupèrent trois autres hommes : Hatcliff et Castillo, deux trappeurs, et Brooks lui-même, qui insiste pour aider à mettre la main sur cette ordure et venger Pâtissier. Une heure plus tard, venus de Fort McPherson, deux autres trappeurs, Walsh et Mitchell, les rejoignent à l'embouchure de la Rat River.

Malgré les conditions glaciales, Walker ne laisse aucun répit à ses hommes. Après une courte halte au camp de base pour répartir les provisions et les munitions, six équipages repartent aussitôt à travers les terres gelées. Ils se relaient en tête pour ne pas fatiguer les mêmes chiens à ouvrir la piste dans la neige. Souvent, les hommes doivent tasser l'épaisse couche de neige avec leurs raquettes pour permettre aux chiens de poursuivre leur course. Les traîneaux tombent dans des trous d'air, dérapent sur des bosses verglacées, cognent contre des troncs couchés sous la neige, mais les hommes, la rage au cœur, ne lâchent rien. Même les chiens semblent mettre toute leur hargne à courir pour venger Bauwen. L'équipée rejoindra le groupe de Burton en deux jours. Deux jours de grand blanc et de vents furieux, de froids vertigineux, de clarté sinistre, et des nuits pareilles, la lumière de ouate en moins. Au dernier bivouac, par chance, la nouvelle radio embarquée par Walker lui permet de communiquer avec Aklavik, et les nouvelles sont bonnes. La réflexion de Bauwen sur le recours à un bombardier a fait son chemin, et Walker a obtenu l'accord de l'état-major à Edmonton. Un avion de reconnaissance aérienne a été mis à leur disposition, avec un pilote, un mécanicien et un homme qui connaît bien la région. Même s'il décolle de Fort McMurray, à deux mille cinq cents kilomètres de là, avec à peine six heures de clarté par jour et des tempêtes à répétition, le pilote pense pouvoir rallier Aklavik en deux jours. Il leur faudra une journée de plus pour les rejoindre, mais les hommes de Walker pourront compter sur un appui aérien dès le surlendemain. Le pilote est, paraît-il, un as de l'aviation qui a gagné ses galons pendant la guerre en Europe, un héros de l'aéropostale que rien n'effraie.

15

… ENCORE 1 300 KILOMÈTRES À PARCOURIR.

Mercredi 3 février 1932

Très tôt, profitant d'un semblant d'accalmie et d'une vue un peu dégagée, les trois hommes regagnent le Bellanca, suivis de quelques habitants de Fort Smith. Mais il leur faut encore plus d'une heure pour dégager la glace qui alourdit l'avion, réchauffer le moteur et reconnaître la piste sur la rivière gelée pour éviter les congères accumulées par le vent durant la nuit. Wright fait plusieurs allers-retours sur la glace pour damer la piste de ses patins avant d'embarquer Claudel et Riley pour le décollage. Comme la veille, la première heure est plutôt facile. Les six cylindres en étoile du moteur donnent toute leur puissance à travers un ciel de glace. Pour éviter de se perdre autant que pour rester à l'abri des bourrasques, Wright suit le cours de la Slave River à très basse altitude. Il ne s'autorise à couper au-dessus des terres, d'un méandre à l'autre, que lorsque la rivière reste visible. Son plan de vol est simple : une longue diagonale nord-ouest jusqu'à Aklavik.

Mais la météo contrarie ses plans : le temps se gâte de nouveau un peu avant qu'ils ne survolent Slave Lake. Une tempête soudaine les plonge dans un épais duvet de flocons qui tourbillonnent dans le tourment de l'hélice et s'agglutinent sur le cockpit. Une neige lourde, collante, qui s'accumule et que l'essuie-glace peine à évacuer avant de se bloquer tout à fait, forçant Claudel à l'actionner à la main depuis l'intérieur. Dans ses bras, Wright sent les commandes se raidir et le Bellanca s'alourdir de plusieurs dizaines de kilos en quelques minutes. Dessous, le lac a disparu sous une couverture de nuages. Au-dessus, le ciel pareil. Wright et Claudel restent imperturbables. Riley, lui, s'efforce de contenir sa peur. C'est comme voler à travers un abattoir à volaille. Des tornades de plumes blanches et cet étouffement, cette suffocation qui vient à mesure qu'une croûte de neige se colle aux vitres et les enferme dans le cockpit. Wright décide de dévier de sa trajectoire initiale. Il ne sait plus exactement où ils sont au-dessus du lac. Il ne voudrait pas, en cas d'atterrissage d'urgence, se retrouver à glisser sur la glace vers une berge trop proche sans pouvoir freiner. Rien de pire que de se retrouver immobilisé sur un immense lac gelé à la merci du vent et du froid.

Une carte sur les genoux, Claudel cherche une alternative, mais Wright a déjà son idée. Il connaît par cœur le fleuve Mackenzie qui prend sa source dans Great Slave Lake, à l'ouest. Il l'a survolé plusieurs fois pour reconnaître le tracé des routes de l'aéropostale, jusqu'à son embouchure dans la mer de Beaufort, à cinquante kilomètres à peine au nord d'Aklavik. Il descend aussi bas que possible pour repérer le fleuve. Aucun relief vraiment dangereux sur les trois cents kilomètres qui séparent Great Slave

Lake des monts Mackenzie contre lesquels vient buter le fleuve du même nom. Wright veut rallier Fort Providence, à cent kilomètres de là. Et, si possible, Fort Simpson, à cent cinquante kilomètres. Il sait déjà qu'il n'ira pas plus loin. La proximité des monts, avec des sommets à près de trois mille mètres, rendrait toute tentative suicidaire dans de telles conditions.

Dès qu'il repère le fleuve Mackenzie, Wright glisse son avion à quelques dizaines de mètres de la glace et en suit avec application chaque méandre. Bientôt, ils survolent Fort Providence. Pour couvrir le vrombissement du moteur, Wright hurle à Claudel qu'il ne veut pas prendre le risque de se poser sur cette portion encombrée d'îles. Il met le cap sur Fort Simpson.

— Il faut gagner un maximum de temps, sinon Jones sera déjà mort et enterré quand on arrivera, crie-t-il dans l'habitacle.

— Tu penses qu'ils vont le tuer ? s'inquiète Claudel.

— Il a descendu un policier, répond Wright sur le ton de l'évidence.

— Ils tenteront de le prendre vivant, conteste Riley, ce sont des hommes de la Gendarmerie royale.

— Tu parles ! s'exclame Wright. D'après ce qu'on m'a dit, ce sont surtout des trappeurs. Ces gens-là, ça piège pour tuer.

— Un officier sera parmi eux.

— Oui, un seul, pour dix ou vingt trappeurs, c'est bien ce que je dis. Vous avez entendu l'appel de l'inspecteur Walker sur radio UZK ? « Appel à tous les volontaires : rejoignez-nous pour traquer l'assassin du gendarme Bauwen. Aidez-nous à avoir ce type. »

— Et alors ?

— Alors il n'a pas dit : « Aidez-nous à l'arrêter », ou « Aidez-nous à mettre la main dessus », il a dit : « Aidez-nous à avoir ce type. »

— C'est un appel à le descendre ?

— Pour un trappeur, oui, sans aucun doute.

Riley ne répond pas, et Claudel ne s'intéresse pas à la discussion. Lui ne se préoccupe que du bruit du moteur et de l'état de l'avion.

Ils se repèrent au confluent de la Liard River avec le Mackenzie. Wright quitte le fleuve pour remonter la rivière.

Wright pose le Bellanca sur un tronçon bien dégagé de la Liard, le long d'une berge déserte. Fort Simpson. Trois baraques et un improbable comptoir enterré sous la neige. Ils passent la nuit dans la cahute d'un trappeur silencieux qui pue la peau mal tannée et la graisse de phoque.

— Si ça se trouve, c'est Jones, murmure Wright en souriant.

Ça ne fait pas rire Riley qui n'arrive pas à fermer l'œil de la nuit. Jusqu'à Aklavik, encore 1 300 kilomètres à parcourir.

16

—

… PRÊTE POUR L'HALLALI !

Jeudi 4 février 1932

Quand l'équipée rejoint le groupe de Burton, sur les lieux du drame, le blizzard se calme à peine et ils sont dix-huit hommes en tout. Et personne en face. Après d'infinies précautions, la petite troupe a investi le bosquet. Une fois de plus, Jones leur a échappé. Burton, persuadé de l'avoir touché, fouille les taillis pendant une heure à la recherche d'une trace de sang. McCoy, qui vient d'arriver avec les autres, est sidéré par l'état des lieux après la fusillade. La violence a laissé une empreinte profonde dans la forêt. Les troncs sont criblés d'impacts de balles, les branches déchiquetées. Burton, Neville et le sergent Campbell reconnaissent avoir vidé au moins trois ou quatre chargeurs chacun sous trois angles différents. Plus d'une centaine de balles qui se sont fichées dans les arbres, ont ébréché la roche et ricoché sur la glace, sans toucher Jones une seule fois. Seul Walker ne s'extasie pas devant ce funeste miracle. Il en subodore un bien pire, la tête levée dans l'air glacé, le regard planté dans la falaise.

— Quoi ? s'inquiète McCoy.

— Jones n'est plus là et il n'a laissé aucune trace dans la neige, répond Walker sans quitter des yeux la muraille glacée.

— Et alors ?

— …

— Oh non, ne me dites pas qu'il a…

Les autres hommes, intrigués, se sont regroupés autour de Walker.

— Si. Il n'a pu s'échapper que par là-haut. Ce fumier a escaladé cette foutue falaise.

— Mais c'est impossible ! cherche à se convaincre Burton. Aucun homme ne peut faire ça. Aucun ! Le blizzard a soufflé pendant trois jours et trois nuits, ici. Je ne voyais même pas ma main tendue devant moi.

— N'empêche qu'il en a profité pour le faire, explique Walker.

— Je ne peux pas y croire, lâche le sergent Campbell.

— Il va bien falloir.

Walker scinde son équipe en groupes de trois. Une partie repère et explore les caches possibles. Les petits canyons creusés par le ruisseau à la saison des pluies. Des grottes érodées par le vent millénaire. Des abris précaires entre des rochers effondrés. Des ravines, des criques. Ils cherchent des traces de passage, des restes de bivouac, n'importe quoi. Deux autres groupes retournent trois cents mètres en arrière, loin des empreintes dont les hommes ont piétiné la scène, et contournent la falaise de chaque côté en décrivant deux demi-cercles dans la neige fraîche. Ils cherchent à couper les traces de Jones s'éloignant des lieux. Et ils en trouvent.

Des empreintes de raquettes, le long d'un ruisseau, juste avant la tombée du jour. De l'autre côté, en haut de la falaise, après avoir gravi des éboulis ! Ils rameutent le reste de la troupe et suivent la piste jusqu'à la surface d'un lac gelé où elle disparaît.

Tu sais ce que tu fais, pas vrai ? Tu choisis ton terrain. Ça t'amuse. Peut-être même que tu nous épies de là où tu es. Mais je t'aurai, Jones.

Pourtant, ce jour-là encore, Walker doit abandonner les recherches à l'approche de la nuit et installe un nouveau bivouac. Dix-huit hommes et une soixantaine de chiens. Une même meute prête pour l'hallali !

17

… AVANT DE REJOINDRE AKLAVIK.

Jeudi 4 février 1932

Curieusement, la nuit a été de cristal. À moins quarante-cinq degrés, le noir devient cassant. Cette curieuse impression que le monde entier se fige dans un bloc de menthe translucide. Que les rondins des cabanes, vitrifiés par le froid, pourraient voler en éclats au moindre choc. Quatre heures avant le lever du jour, les trois hommes avalent un copieux petit déjeuner de fèves au lard, de saucisses d'orignal et de pommes de terre à la braise avec des brocs de café insipide. Puis Claudel se charge de vérifier le moteur et de le réchauffer pour défiger l'huile, pendant que Wright et Riley évaluent l'état de la neige qu'ils dament à l'aide de leurs raquettes. Ils décollent sans difficulté deux heures plus tard, mais le ciel change aussitôt. Wright n'avait pas piloté dans des conditions aussi épouvantables depuis son *mercy flight* vers Fort Vermilion. Une tempête de neige haute et dense comme l'Everest. Un tourbillon de flocons que des bourrasques fantasques tordent en brusques tornades de cristaux de glace, jusqu'à trois cents mètres au-dessus du sol. Dans la seconde, plus aucune visibilité, ni du sol ni du ciel. Wright navigue aux instruments, les yeux rivés sur sa boussole et son altimètre. Il pense que le vent du nord, fusant depuis la banquise de la mer de Beaufort et canalisé par la chaîne des monts Mackenzie, est un vent rasant. Qu'il devrait suffire, pour s'en protéger, de monter à mille deux cents mètres dans les nuages, mais il n'a jamais été confronté à ce cas de figure. Là-haut, ce sont des vents d'ouragan. Des vents haineux de poudrin qui poncent la carlingue. Déchaînés, violents, rageurs. L'avion est malmené, le bruit du grésil sur le cockpit assourdissant. C'est une force surnaturelle, démesurée, obstinée, appliquée à les détruire. Plusieurs fois, le vent de face tabasse si fort que les trois hommes sont projetés vers l'avant, comme dans une collision, le corps meurtri par leur ceinture. Wright a beau donner toute la puissance du moteur, le carburateur ouvert au maximum, les vents contraires condamnent le Bellanca à faire du sur-place. Des tourbillons de neige enveloppent l'avion, et la ronde hystérique des flocons leur donne plusieurs fois l'illusion terrifiante qu'ils volent à reculons. Claudel et Riley ne disent plus rien. Ils se contentent de fixer Wright dont dépend leur survie. Le pilote décide de redescendre sous les nuages et de tenter un atterrissage d'urgence. Tout ce qu'il lui faut, c'est cent mètres de glace face au vent. Il descend par paliers de cent mètres tout en gardant son cap. Chacun scrute la tempête pour repérer le premier indice. C'est Claudel qui l'aperçoit. Dans le hourvari vertigineux du blizzard, quelque chose de plus blanc que le reste en dessous d'eux. Immaculé. Plat. Lisse. Immense.

— Le Mackenzie ? suggère Wright à voix haute.

— Trop grand ! hurle Riley, attentif, le nez contre la vitre glacée du cockpit. Trop large.

— Quoi, alors ? s'impatiente Wright.

Riley ne répond pas tout de suite, et les autres restent suspendus à son silence dans l'avion ébranlé par les coups de boutoir.

— Great Bear Lake. On doit être à hauteur de Fort Franklin.

— Merde alors, s'inquiète Claudel, on aurait dérivé de cent kilomètres à l'est ?

— J'ai pris un peu de marge pour rester à distance des monts Mackenzie, reconnaît Wright, mais je ne pensais pas m'en être éloigné d'autant. Vous êtes certain que c'est Great Bear Lake ?

— Aucun doute. Il n'y a pas d'autre étendue de glace aussi vaste avant la banquise de la mer de Beaufort.

Wright réfléchit tout en maîtrisant le Bellanca taloché par les vents. Le lac s'étend sur plus de deux cents kilomètres et du côté de Fort Franklin, il est encore large de cinquante kilomètres. Même protégé par sa rive nord, c'est une gigantesque patinoire sur laquelle les rafales ne rencontrent pas le moindre obstacle. Dans un tel ouragan boréal, le risque est trop grand de voir le Bellanca se faire retourner comme une galette à l'atterrissage. Wright préférerait se poser sur le Mackenzie. Il a souvenir d'une rivière qui s'y jette, à Fort Norman, et qui prend sa source dans le lac.

— Great Bear River, confirme Riley, à cinq kilomètres au sud-sud-est de Fort Franklin.

— Praticable ?

— Entre cinquante et deux cents mètres de large, si j'ai bonne mémoire, suffisamment encaissée pour s'abriter un peu du vent. Sur environ cent kilomètres entre le lac et le fleuve Mackenzie.

Wright vérifie ses cadrans et se décide dans la minute. Il descend jusqu'à repérer les quelques baraquements de Fort Franklin, presque ensevelis sous la neige, les dépasse vers le nord et revient plein sud après une large boucle.

— Le plus simple est de suivre les berges du lac, explique Claudel avant de comprendre que Wright s'y est déjà engagé.

Ils repèrent vite l'endroit où le lac donne naissance à la rivière.

— Les dix ou vingt premiers kilomètres sont sinueux, je crois, dit Riley. Ils traversent des gorges assez profondes. Après, c'est moins dangereux.

Wright décide de passer par-dessus les reliefs pour se coller à la rivière un peu plus loin. Quand ils la rejoignent, la tempête est toujours aussi féroce. Les mêmes volées de poudreuse les aveuglent, les mêmes coups de boutoir les tabassent. Mais Wright semble rassuré. Même s'il évite de justesse la cime de sapins surgissant du néant blanc face à eux. Même si, d'un brusque coup de manche, il contourne à temps un escarpement rocheux. Même s'il vire sur l'aile dans l'inconnu pour suivre un méandre qu'il est le seul à voir. Wright arrive malgré tout à en sourire et même à éclater de rire. Il se met à chanter à tue-tête quand il évite un obstacle inattendu ou déjoue la ruse d'une rafale qui l'assaille par surprise.

J'ai deux amours, mon avion et la vie,
Par eux toujours, mon cœur est ravi.

Ils débouchent enfin sur le fleuve Mackenzie après moins d'une heure de vol et un joyeux récital de Wright malgré la tourmente. Le Bellanca décrit une boucle au-dessus du fleuve gelé, large de trois kilomètres, et revient se poser face à la rive nord, contre un vent furieux de les voir lui échapper. L'avion glisse jusqu'à la berge, et quand Wright consulte sa montre et ses cadrans, il secoue la tête de dépit. Ils n'ont parcouru que quatre cent quatre-vingts kilomètres en quatre heures de vol. Cent vingt kilomètres-heure de moyenne, pour une fonceuse dont la vitesse de croisière est de cent quatre-vingt-dix kilomètres-heure dans des conditions normales.

Et il leur reste pas moins de huit cents kilomètres avant de rejoindre Aklavik.

18

… MON CŒUR EST RAVI.

Vendredi 5 février 1932

Moins quarante-cinq encore ce matin, mais la tempête s'est couchée. Elle ne s'est pas enfuie. Elle s'est juste tapie, en embuscade dans le lit des rivières ou entre les mélèzes. Elle souffle encore des rubans de poudreuse agités comme des vipères en colère, mais des cieux, elle a disparu.

Dans les dernières heures de la nuit, les trois hommes sont sortis déneiger le Bellanca. Wright veut profiter de la moindre clarté pour rallier Aklavik dans la journée. Son programme est ambitieux : six heures de jour, cinq heures de vol. Mais le déblaiement leur prend plus de temps que prévu. Près d'un mètre de neige lourde a matelassé l'appareil, et des congères se sont accumulées en concrétions de glace sur les patins et le train d'atterrissage. Pour réchauffer le moteur et fluidifier l'huile, Claudel a allumé un feu de braises sous le six soupapes en étoile. Heureuses de cette animation inattendue, les deux familles de Fort Norman et les quelques

Indiens qui campent autour dament une belle piste et assistent, silencieux et admiratifs, au décollage du Bellanca dans une aube d'opale glacée.

Wright profite de la relative accalmie pour couper de Fort Norman jusqu'à Aklavik. Après trois heures de vol à trois mille mètres d'altitude, alors qu'ils passent Red Arctic, Wright annonce son approche à Aklavik et apprend en retour que l'inspecteur Walker a laissé des instructions à son intention.

« Dites au pilote de me rejoindre directement au camp de base à l'embouchure de la Rat River, sans se poser à Aklavik. »

Contrarié, Wright vérifie ses cadrans et ses réserves de carburant, et fait demi-tour pour redescendre plein sud, guidé par Riley qui connaît bien la région, en direction du confluent de la Peel et de la Rat. Ils le survolent une première fois à trois cents mètres sans rien apercevoir qui ressemble à un campement. Wright fait un deuxième passage à basse altitude, les trois hommes le nez collé aux vitres du cockpit. Rien. Pas la moindre tente. Pas le moindre équipage de chiens. Wright se dit qu'avec tout leur retard, la troupe est peut-être déjà partie à la poursuite de Jones. Il descend à trente mètres pour chercher des traces dans la neige. Une piste. Un signe. Toujours rien. Comme il repasse encore une fois à la recherche de Walker et de ses hommes, la nuit boréale ourle soudain le ciel d'un crépuscule menaçant. Sous le Bellanca, le relief s'arase et les distances se délitent. L'ombre éteint la neige, puis efface le paysage. Wright, furieux, refuse de se poser au milieu d'une terre inconnue engloutie sous la nuit. Ils ont parcouru deux mille cinq cents kilomètres en quatre jours, affronté des tempêtes et survécu à un ouragan boréal, tout ça pour venir en aide à une bande de justiciers qui ne sont pas fichus de signaler leur campement. Ne serait-ce que par un cercle de neige foulée, un tissu de couleur au sommet d'un arbre ou un feu dans la nuit !

Wright fait demi-tour. Un brusque virage rageur qui surprend Claudel et Riley. Il met le cap sur Aklavik en priant saint Joseph de Cupertino, patron des aviateurs, que les blizzards des jours précédents n'aient pas dissimulé sous la neige des pierres ou des rochers contre lesquels le Bellanca pourrait se fracasser un patin à l'atterrissage.

— Comment un saint homme mort plusieurs siècles avant l'invention de l'avion a-t-il pu devenir le saint patron des aviateurs ? fait semblant de s'étonner Riley pour masquer la panique qui envahit le cockpit. Vous devez savoir ça, vous qui êtes pilote…

C'est Claudel qui répond, de peur que la question n'agace encore un peu plus Wright.

— Parce que ce saint Joseph-là lévitait en veux-tu en voilà. En fait, ce type était pilote et avion à la fois… Tous ceux qui risquent leur vie dans un coucou savent ça.

— Un bourrin, surtout, intervient Wright, moqueur. Si peu vif et tellement maladroit que les autres moines le surnommaient « frère âne ».

— N'empêche, reprend Claudel presque à contrecœur, il s'est trouvé un pape pour le canoniser parce que ses extases le mettaient en lévitation.

Wright atterrit sans problème, et, pendant qu'il se déharnache, Riley, admiratif, regarde tour à tour ces deux hommes capables de deviser de telles choses futiles en posant leur avion en catastrophe après un vol suicidaire à travers l'enfer blanc des tempêtes du Grand Nord. Il s'en étonne encore que Wright s'enfonce déjà dans la neige jusqu'aux genoux pour rejoindre le bourg tapi dans la nuit.

J'ai deux amours, mon avion et la vie,
Par eux toujours, mon cœur est ravi.

19

… D'UN SEUL COUP DE FUSIL.

Vendredi 5 février 1932

Il a fait comme les mésanges. Il a creusé dans la neige de la berge pour s'abriter. Une tanière où il se terre et qui l'abrite du vent. Le blizzard a effacé ses traces sur la rivière gelée. S'ils viennent, il n'a qu'à effondrer l'entrée de son refuge pour leur échapper. Il les a vus. Les hommes, les chiens, les traîneaux, rien ne lui échappe. Il les surveille. Ils ne l'auront pas. Il peut rester là des jours s'il le faut. Il n'a pas peur d'eux. Il n'a pas peur du froid et des tempêtes. Il n'a peur ni de la vie ni de la mort. Il n'a plus peur de rien. Pas même de leur avion qu'il entend passer sans le voir.

Elle est étourdie par cette incompréhensible absence. Ce manque béant. Ce vide soudain. Il n'y avait plus assez d'hommes pour envoyer un équipage lui annoncer la triste nouvelle. Linda est seule, désormais. Pour toujours. L'inspecteur Walker le lui a fait savoir par radio. Bauwen n'est plus. Sans lui, que deviendra-t-elle ? Elle devra sans doute quitter ce logement de fonction. Tout est confus. Son âme et son cœur se délitent. Sa vie n'est plus rien. Le monde à l'extérieur non plus. Seul flotte en elle ce désir nauséeux de se perdre. Comme cet avion qu'elle entend mugir dans la tempête.

Martha pense à Linda. Elle pense à Bauwen, elle pense à Walker, elle pense à Jones. À tous ces hommes et tous ces chiens, par moins quarante, dans ces tempêtes aux vents cruels. Aux armes, aux munitions, à la soif de vengeance. Tout ça pour un malheureux permis de trappe. Toutes ces vies recluses, recroquevillées sur elles-mêmes, ce huis clos dans le vide démesuré du Grand Nord. Toutes ces petites rivalités, ces misérables haines, ces mercantiles ambitions, ces disciplines imbéciles. Cette baudruche dans laquelle ils vivent, il faudrait que quelque chose la perce de l'extérieur. Cet avion, peut-être, que tout le monde attend.

Ce n'est pas sa faute. Ce n'est pas lui qui a envoyé Billy contrôler Jones. Bauwen a payé cette erreur de sa vie et Walker affirme qu'il n'y est pour rien. L'inspecteur agit au nom de la Gendarmerie royale, il sait ce qui lui reste à faire. Jones trappait sans permis. Il a blessé Billy, il a tué Bauwen. C'est Jones, le seul responsable de toute cette folie, pas lui. Walker ne fait que son devoir et il le fait bien. Qui d'autre aurait pu rassembler jusqu'à une trentaine d'hommes, douze équipages, quatre-vingts chiens, des tonnes de vivres, des fusils, des munitions ? Et qui d'autre que lui aurait pu obtenir un soutien aérien ? Walker espère que l'avion est équipé d'une mitrailleuse et de bombes lacrymogènes comme il l'a demandé. Il le saura bientôt. Il l'entend survoler le campement.

Les hommes, eux, ne savent plus trop quoi penser. Ils se rassurent entre eux. Aucun fugitif ne peut survivre à une telle troupe. Mais, sous les tentes giflées par le blizzard, dans leur solitude inquiète, face à eux-mêmes et à leurs peurs, sans le courage des autres, ils en sont moins certains. Jones a survécu au dynamitage de sa cabane, il les nargue depuis plus de dix jours, il a escaladé cette fichue falaise gelée en pleine tourmente, et aucun d'eux n'aurait survécu une seule nuit aux conditions qu'il affronte en solitaire depuis des jours. Il surclasse tous les coureurs de bois, tous les gendarmes de la police montée, tous les scouts et les pisteurs indiens. Aucun autre que lui n'aurait pu survivre à dix jours de blizzard. Les hommes n'avoueront jamais leur admiration grandissante pour Jones, bien sûr. Mais à quoi bon cet avion qu'ils entendent et que l'inspecteur Walker attend avec tant d'impatience ? Jones serait capable de le descendre d'un seul coup de fusil.

20

… MON CŒUR EST RAVI.

Samedi 6 février 1932

Ils ont dormi comme des souches, dans le confort duveteux d'un édredon en patchwork et d'une chambre surchauffée par le poêle en fonte, sans même entendre la tempête revenue à l'assaut du bourg. Un vent du nord claque ses tourbillons et charrie des aiguilles givrées à chaque coin de rue. Les habitants se terrent dans leurs maisons maçonnées de glace. Il faut que des voisins plus précautionneux viennent piocher à coups de pelle la gangue qui les emprisonne pour leur permettre d'ouvrir leur porte. Les chiens des équipages se pelotonnent entre eux et se protègent le museau de leur queue épaisse. Claudel se demande dans quel état il va retrouver l'avion, et Wright s'ils vont pouvoir décoller.

Cette fois, les informations sont plus précises. Walker aurait établi le camp de base non pas au confluent de la Peel et de la Rat, mais près de celui de la Rat avec la Husky, dans une crique, deux ou trois kilomètres au nord de la Peel. Riley et Wright repèrent les lieux sur une carte, pendant que Claudel et deux hommes de bonne volonté s'équipent pour aller préparer l'avion malgré la tempête. Wright veut profiter de la moindre accalmie pour prendre les airs. Il a aussi fait prévenir le docteur Söderlund. Au récit de l'incroyable course de traîneau pour rapatrier l'agent Billy, il a pensé qu'avec tous ces hommes exposés à la fois à des conditions extrêmes et au risque de fusillades, Walker aurait dû prévoir un médecin de permanence au camp de base.

Dehors, une neige pesante tombe en abondance. Claudel fait prévenir Wright que s'ils veulent tenter un décollage, ils doivent dégager la piste. Mais les conditions sont si mauvaises que dix hommes ne suffiraient pas à la tâche. Wright rejoint alors le Bellanca, lance le moteur que Claudel garde au chaud depuis des heures, et met juste assez de gaz pour faire glisser l'avion sur la Peel River glacée et en tasser la neige sous ses patins. Plusieurs fois. Des dizaines d'allers-retours. Plus de deux heures durant. Deux traces bien profondes sur une centaine de mètres, comme des rails dans la poudreuse.

— Pourquoi ne décale-t-il pas ses patins à chaque passage pour élargir sa piste ? hurle Riley venu voir où ils en sont, le visage enfoui dans sa capuche à fourrure déjà givrée comme un porc-épic de l'âge de glace.

— Il n'a besoin que de ces deux rails damés pour décoller. Il s'assure surtout que la neige ne cache aucun obstacle, hurle Riley contre le vent.

— Sous la neige, c'est la Peel gelée, comment pourrait-il y avoir des obstacles ?

Une rafale force Claudel à tourner le dos au vent avant de répondre.

— Ce petit kilomètre de rivière est situé entre deux méandres serrés. Les courants sont différents et les glaces qui se chevauchent forment des amas durs comme de la pierre. Sauf qu'avec la neige, on ne voit rien… S'il heurte un de ces racks de glace au décollage, il peut dire adieu à son avion.

Chaque fois que Wright passe devant eux, ils le regardent les saluer pour disparaître aussitôt derrière l'épais rideau de neige d'où ils attendent de le voir resurgir. Mais cette fois, dans la lueur mate du jour pisseux qui s'est levé deux heures plus tôt, ils l'aperçoivent de plus loin et devinent l'impatience de Wright au bruit du moteur qui s'énerve. Comme s'il l'avait deviné, le docteur Söderlund les rejoint, et Wright embarque au passage ses trois compagnons pour décoller dans le même mouvement.

L'avion monte en boucle à travers la tempête qui se disperse, puis met le cap quelques degrés à l'est du plein sud vers le confluent de la Peel et de la Husky. Wright est de bonne humeur. Ils sont enfin là où ils devaient être et vont pouvoir faire ce qu'ils sont venus faire : aider à la capture de Jones.

J'ai deux amours, ce pays et la vie,
Par eux toujours, mon cœur est ravi.

Mais, en survolant la zone indiquée, Wright n'aperçoit pas la moindre trace. Ni hommes, ni chiens, ni camp. À quoi joue cet inspecteur de malheur ? À quoi bon le faire venir de Fort McMurray, à deux mille cinq cents kilomètres de là, s'il n'est pas fichu de marquer une zone d'atterrissage ? L'humeur de Wright se dégrade à la vitesse d'une tempête boréale. Comme la veille, ils quadrillent les environs du confluent pendant plus d'une heure sans résultat.

— Si ce coureur fou trappait sur la Rat River, pourquoi ne pas la remonter ? Peut-être le poursuivent-ils de ce côté-là ?

La remarque du docteur semble sensée pour Riley qui connaît bien la région. Quitte à fuir la Gendarmerie royale, autant s'enfoncer dans des terres hostiles. Wright se range à cet avis et remonte la Rat à trente mètres du sol malgré la neige qui continue d'étouffer le paysage. Mais les vents sont tombés, et Wright peut prendre des risques.

Ils remontent la rivière par sa berge gauche jusqu'aux contreforts des monts Richardson sans détecter la moindre trace. Au passage, ils survolent la cabane dynamitée de Jones, et Wright tourne plusieurs fois autour pour mieux voir les dégâts.

— Et ce type a survécu à ça ? murmure Claudel.

— La vraie question, corrige Wright, c'est : ils ont vraiment fait ça ?

— Jones leur tirait dessus depuis son fortin, explique le gendarme Riley. C'était le seul moyen de le débusquer.

— Vraiment ? Dix kilos de dynamite ?

C'est en redescendant la rivière par sa rive droite que Wright les aperçoit, près du confluent de la Barrier River et de la Rat. Quatre hommes, allongés dans la neige, rampant vers la rive bourrelée d'un ruisseau. Wright les survole plusieurs fois, cherchant à deviner ce qu'ils observent. Un des hommes se retourne sur le dos et fait un signe de la main auquel Wright répond par un battement d'ailes. Puis il voit les hommes se relever, se regrouper et revenir sur leurs pas. Wright décide alors de se mettre en quête du campement de Walker. Il quadrille les alentours jusqu'à repérer des traces à peine visibles, mais nombreuses, qu'il remonte jusqu'à enfin apercevoir le camp, très en retrait de l'embouchure de la Rat. Il comprend alors que Walker n'est pas descendu jusque-là en suivant le cours de la rivière. Il a coupé par les terres et installé le campement loin des berges. Quel idiot ! Comment atterrir dans ces conditions ? Le terrain est bosselé de petites collines et offre peu d'espaces dégagés. Et la surface, lissée de glace par le blizzard, peut dissimuler des obstacles sur lesquels son avion risque de se fracasser : la tranchée d'un ruisseau, un tronc d'arbre couché, une souche, l'affleurement d'un rocher. Et cet inspecteur, qui pourtant l'attend depuis plusieurs jours avec ses hommes, n'a pas pensé une seule seconde à damer et délimiter une piste.

Wright et Claudel cherchent en rase-mottes une zone pour se poser et s'accordent pour une courte bande relativement plate entre deux collines. Personne, en dehors de Claudel, ne mesurera l'exploit technique de cet atterrissage. Surtout pas Walker, qui ne prend même pas la peine de venir à leur rencontre. Il laisse Wright et ses trois compagnons rejoindre le camp à travers un mètre de poudreuse, vitrifiée en surface, dans laquelle ils s'enfoncent jusqu'aux genoux quand la pellicule de glace craque sous leurs bottes.

L'inspecteur ne se montre pas très courtois. Aucune chaleur dans l'accueil de ces hommes qui viennent pourtant d'affronter cinq jours de vol dans des conditions chaotiques pour rejoindre son hasardeux campement. Il s'étonne même de leur retard qu'il leur reproche à demi-mot, puis de l'absence de mitrailleuse sur le Bellanca, des grenades, des lacrymos, et des vivres et munitions qu'ils n'ont pas embarqués.

En d'autres temps, ceux de la guerre par exemple, ou des exhibitions dans les foires du Manitoba et au-dessus des chapiteaux de cirque du Saskatchewan, Wright aurait déjà mis son poing dans la gueule de cet inspecteur. Mais le gendarme

Riley le devine et prend les devants pour désamorcer le conflit. Il se présente comme le remplaçant désigné par le quartier général du regretté Bauwen. Puis le docteur Söderlund intervient lui aussi pour arrondir les angles. Il rapporte à Walker que les vivres et les munitions sont prêts et que Wright les acheminera sur place dès le lendemain. Walker secoue la tête et se plaint de perdre encore un temps précieux que Jones va sûrement mettre à profit pour leur échapper.

— Pour une troupe qui traque un homme seul depuis bientôt deux semaines, vous ne devriez plus être à un jour près, réplique Wright. Maintenant, si vous trouvez que j'arrive trop tard pour être utile, je remonte tout de suite à Aklavik et je repars demain matin pour Fort McMurray.

Wright a parlé d'un ton désinvolte, comme s'il ne s'agissait même pas d'un désaccord. Mais personne n'est dupe de l'insolence de sa remarque. Et il laisse Walker se renfermer dans un silence de mauvaise foi avant d'insister.

— À la limite, comme il vous faut deux jours de toboggan pour remonter à Aklavik, un jour pour charger et encore deux autres jours pour redescendre, je veux bien vous déposer l'équivalent de dix traîneaux au passage demain matin avant de repartir vers le sud. Si ça peut vous dépanner. Moi, d'Aklavik à ici, ça ne me prend qu'une petite heure. Je vous laisse Riley et le médecin. Prenez le temps de réfléchir. Faites savoir par radio à Aklavik ce dont vous avez besoin en première urgence.

Walker ne veut pas céder. Pas tout de suite. Pas trop vite. Pas devant ses hommes.

— Attendez…

Mais quand l'inspecteur se décide, Wright et Claudel se sont déjà éloignés. Ils regagnent le Bellanca en creusant la neige, sans répondre ni se retourner, grimpent à bord, lancent le moteur et décollent.

J'ai deux amours, ma fierté et la vie
Par eux toujours, mon cœur est ravi.

21

… SOUS LES NUAGES BAS.

Samedi 6 février 1932

Le jour où l'avion se glisse sous les nuages lourds de neige et les survole, les quatre hommes menés par le gendarme McCoy sont à l'affût de Jones. La poudreuse a gardé les empreintes de ses raquettes le long d'un ruisseau gelé. Ils les ont suivies sur plus d'un kilomètre, redoutant l'embuscade à chaque méandre du ruisseau, surveillant les bourrelets de neige sur les rives, se méfiant des troncs noirs des arbres rares. Ils ne peuvent dire s'ils ont été rassurés ou inquiets de voir les traces quitter le lit pour gravir la berge. Ils se sont déployés et ont rampé avec prudence. Depuis que Jones a échappé à la fusillade de la falaise et tué Bauwen, la défiance est de mise.

Quand l'avion passe et repasse, McCoy, excédé, se retourne sur le dos pour lui faire signe de foutre le camp. Cet imbécile risque d'alerter Jones au moment même où ils ont une chance de le surprendre. Une semaine qu'ils attendent ce fichu zinc, et voilà qu'il surgit de nulle part, au pire moment, pour ruiner leurs efforts.

Quand l'avion s'éloigne, le premier homme passe la tête par-dessus un amas de neige et soupire de découragement. Quelques mètres plus loin, les traces disparaissent à la surface luisante d'une vaste étendue de glace irisée, bien trop dure pour que les empreintes de Jones y laissent la moindre trace.

— C'est pas Dieu possible ! s'emporte McCoy. Ce Jones connaît tous les Territoires du Nord-Ouest comme l'intérieur de sa besace ou quoi ? Comment fait-il pour sortir du lit du ruisseau comme ça, sans aucune hésitation, à l'endroit précis où commence la plaine gelée ?

Les autres, découragés, n'osent pas répondre. Au moins auront-ils demain une bonne raison pour revenir avec des renforts et chercher, à l'autre bout de la plaine verglacée, par où Jones en sera sorti pour reprendre sa traque. En attendant, ils décident de retourner sur leurs pas en redescendant le cours gelé du ruisseau pour rejoindre les chiens.

Par instinct, McCoy remonte plus haut que l'endroit où ils sont tombés par hasard sur les empreintes de Jones. Tout chez cet homme le fascine ; il veut en savoir plus. D'où venait-il avant de s'engager sur ce ruisseau sans même prendre la peine de brouiller ses traces ? Deux kilomètres plus loin, il a sa réponse. Les empreintes apparaissent au pied de la berge, sortant de nulle part. Sur la rivière, un éboulis de neige semble indiquer que Jones s'est laissé glisser jusqu'au ruisseau. Mais quand les hommes se hissent sur la rive, rien dans la neige vierge. Pas de trace, pas de piste, pas d'empreinte. Comme si Jones était tombé là depuis le ciel.

— Bon sang, murmure McCoy, c'est le diable, cet homme-là…

— Oui, ça y ressemble bien, répond le trappeur Castillo.

Il observe d'autres traces, à peine visibles, en aval. Celles qu'ils suivent et qui s'éloignent de la berge ont été pressées dans une fine couche de neige fraîche. Celles qu'il devine à présent ont été recouvertes par la même couche et se rapprochent de la berge.

— Il n'y a qu'une explication, alors, murmure McCoy en secouant la tête, incrédule : Jones a bivouaqué ici.

Les autres, stupéfaits, regardent autour d'eux. Un paysage figé, désolé et engoncé dans la glace et la neige. Pas la moindre trace de bivouac.

— À croire que ce type est sorti tout droit de la berge, enrage Castillo.

À ces mots, McCoy se précipite vers l'éboulis et y enfonce la jambe jusqu'à la cuisse. Un pan de neige s'effondre et découvre le trou. Un antre, une tanière. Une cachette. Les compagnons de McCoy le rejoignent et déblayent la neige avec frénésie avant de s'arrêter net. Jones a passé la nuit ici. Ce salaud a dormi dans une sorte de grotte-igloo à moins d'un kilomètre d'eux. À l'abri du blizzard. Ils en restent sidérés.

— Qu'est-ce que c'est, ça ?

McCoy, qui a passé la tête à l'intérieur, s'y glisse entièrement. Une niche a été creusée à mi-hauteur d'une des parois.

— Merde alors ! murmure-t-il en découvrant le petit bois brûlé. Ce salaud s'est fait un feu, en plus.

— C'est idiot, s'étonne Castillo, un feu là-dedans, à entretenir toute la nuit, il n'aurait jamais eu assez de bois. Et puis la chaleur aurait fait fondre la…

L'homme s'arrête net. McCoy s'est retourné vers lui, bras tendu, un petit os à la main.

— Écureuil ! soupire-t-il, admiratif. Ce type chasse de quoi se faire une grillade pendant qu'on le traque. Même si c'est lui qui a tiré Billy et Bauwen, il ne manque pas de trempe. Sûr qu'en d'autres circonstances, j'aurais bien aimé faire un bout de trappe avec un coureur comme ça à mes côtés !

Ils sont là, pantois, immobiles, devant le trou dans la berge, à se demander s'il est vraiment utile de continuer à courir après un type aussi malin et endurant, quand l'avion surgit de nouveau, les survole et s'éloigne dans une large boucle sous les nuages bas.

22

… PARLEZ-MOI DE CETTE PISTE.

Dimanche 7 février 1932

— Ce type est un couard, se moque Wright.

— Qui ça, Jones ?

— Non, l'inspecteur. Il n'a pas osé m'affronter, même pas par radio. Il est allé pleurnicher au QG d'Edmonton pour exiger que je reste sans avoir à me le demander. Il ne mérite pas les bonnes nouvelles qu'on lui apporte.

Quand il survole le campement, près de la Barrier River, Wright sourit en découvrant la piste que Walker a fait damer par ses hommes. Si Edmonton lui a ordonné de se mettre à la disposition de l'inspecteur, il n'est pas impossible que Walker, lui, se soit fait remonter les bretelles. D'ailleurs, quand il se pose, l'inspecteur vient à sa rencontre, escorté par une demi-douzaine d'hommes pour aider à décharger les vivres et les munitions sur trois toboggans.

— Laissez ça, dit Wright à l'inspecteur en sautant de son cockpit, j'ai deux nouvelles importantes pour vous. D'abord, on sait qui c'est.

— Qui donc ?

— Jones, on sait qui sait !

— Qu'est-ce que ça veut dire ?

— Que sa photo fait la une de tous les journaux du Canada et des États-Unis. Aklavik en recevra des exemplaires demain avec l'aéropostale, mais Edmonton m'en a fait un résumé par radio. Jones, *alias* Albert Jones, s'appelle en réalité Arthur Nilson. Taille moyenne, yeux bleus, cheveux blonds, quatre-vingts kilos environ. Il s'est pointé en 1927 dans le territoire du Yukon, à Ross River Post, avec l'intention de se construire un bateau. Ce qu'il a fait en neuf jours sans dire un mot à personne. Un taciturne qui campe à un kilomètre du poste et qui fiche la trouille aux Indiens avec sa démarche de docker. Il aurait aussi trappé en Colombie-Britannique après avoir travaillé un temps dans les mines d'Anyox.

— Mineur ou trappeur ?

— Surtout trappeur. Il a quitté Ross River à l'été 1927 pour revenir y vendre ses peaux en juin 1928. Il en est reparti un mois plus tard, après avoir acheté une carabine Savage 30-30 et des munitions de calibre 22. Le même genre d'arme qu'il a utilisée contre vous, semble-t-il.

— Exact, acquiesce Walker avec la désagréable impression de s'être fait couper l'herbe sous le pied. Qu'est-ce que vous savez d'autre ?

— On l'a repéré ensuite à Keno, Fraser Falls et Stewart Crossing, dans le Yukon, où il a continué de faire commerce de peaux. Ensuite, il s'est rendu à Mayo, où il a vendu ses fourrures pour six cent quatre-vingts dollars. En cash. La banque a gardé une trace de la transaction. Après ça, il a remonté la Stewart River et s'est installé dans la région pour trapper en solitaire pendant deux ans.

— La Stewart River ? C'est à plus de cent kilomètres de l'autre côté des monts Mackenzie. Pas la porte à côté..., relève Walker, dubitatif.

— Oui, mais au printemps dernier, il a été vu dans les contreforts des Mackenzie, posant ses pièges sur la Macmillan River. Entre-temps il a acheté un canot en écorce à des Indiens et six flacons de pilules avant de s'établir du côté de Keno.

— En effet, de là, s'il contourne les Mackenzie par le nord, il peut facilement arriver sur nos terres.

— Et c'est exactement ce qu'il a fait. Des trappeurs l'ont croisé plus au nord. Il a remonté la McQuesten River.

— Je connais cette rivière, intervient un trappeur. J'y ai trappé deux saisons. S'il est remonté jusqu'à la source, il a pu passer à travers les derniers contreforts des Mackenzie et descendre la Wind River ou la rivière Bonnet Plume qui le mènent droit chez nous.

— Ou la Hart, avance un autre coureur de bois. Elle est plus proche de la source de la McQuesten.

— Peu importe la rivière, elles se jettent toutes dans la Peel qui l'a mené jusque chez nous.

— Oui. N'oublions pas que Jones débarque à Fort McPherson en juillet sur un radeau fait de trois rondins. Trois ou quatre rivières et un petit bout des monts Mackenzie, c'est largement à sa portée, vu ce qu'il s'est coltiné.

— Admettons que Jones soit Arthur Nilson, dit Walker. Qu'est-ce que ça change pour nous ?

— Eh bien, ça peut déjà expliquer pourquoi ce type vous file entre les doigts. C'est un vrai trappeur, un solitaire qui connaît parfaitement les techniques de survie en milieu hostile.

— Et vous croyez que cela nous avait échappé ? réplique Walker. D'ailleurs, rien de tout ça n'explique pourquoi il nous a tiré dessus. Il n'y a aucun antécédent de violence dans tout ce que vous avez raconté.

— Justement, peut-être que cette violence ne venait pas du côté de Nilson.

— Et de quel côté voudriez-vous qu'elle soit venue ?

Quand il comprend – trop tard – l'allusion de Wright, l'inspecteur, furieux, lui décoche un direct au menton. Wright l'esquive en se moquant, et Walker perd tout contrôle.

— Espèce de salaud ! On a un mort et un blessé dans nos rangs, comment osez-vous défendre ce type ? Je vais vous faire ravaler ces mots-là.

Mais Walker est retenu par ses hommes qui l'empêchent de se jeter sur Wright. Claudel rejoint son compagnon de vol, les poings serrés. Furieux, l'inspecteur se dégage et pointe son index sur le pilote.

— Quand tout ça sera fini, je vous casserai la gueule comme vous le méritez. Ne serait-ce qu'en mémoire de Bauwen.

— Vous voulez dire quand Jones sera mort ? raille Claudel. Quand vous aurez lâché votre meute sur lui ?

— Vous vous trompez. Je suis de la Gendarmerie royale. Jones ou Nilson, je le ramènerai à Aklavik pour qu'il y soit condamné pour ses crimes.

— Vous voyez bien, réplique Claudel, sarcastique, vous ne parlez même pas de le ramener pour qu'il soit jugé. Juste pour qu'il soit condamné.

— Parce qu'il n'y a aucun doute sur les crimes qu'il a commis. Il a blessé Billy West et tué Bauwen. Que voulez-vous de plus pour qu'il soit coupable ?

— Qu'il reste vivant jusqu'à ce qu'on le présente à un juge, par exemple. Comprendre ses motivations serait un bon début.

— Il a refusé d'obéir aux injonctions des représentants de l'ordre.

— Vous voulez dire aux hommes armés qui lui sont tombés dessus par deux fois ?

Cette fois encore, Walker perd son calme et ses hommes doivent le retenir.

— Je ne veux plus vous voir ici, Wright. Ni sur terre ni dans les airs, foutez le camp avec votre coucou. J'en informerai le QG à la première liaison radio.

— C'est vous le chef, admet Wright. Profitez-en pour informer vos supérieurs de la nouvelle piste, ils seront rassurés de voir que l'enquête progresse quand même.

— Quoi, quelle piste ? s'étonne aussitôt Walker.

Mais Wright lui tourne le dos et remonte dans le Bellanca, suivi de Claudel dont le visage se fend d'un large sourire.

— Quelle piste ! hurle Walker.

— La belle et longue piste bien nette des raquettes de Jones dans la neige que j'ai relevée depuis mon « coucou », comme vous dites.

— Quand avez-vous vu ces traces ?

— Un peu avant de me poser ici, pendant mon approche, répond Wright, le coude à l'extérieur de la vitre coulissée de son cockpit.

— Dans quelle direction ?

— Allez vous faire voir, Walker, vous et votre horde de justiciers à la petite semaine. Et dites à vos hommes de terminer le déchargement, que je puisse redécoller pour Fort McMurray.

— L'état-major vous a affecté à cette mission sous mon commandement, vous n'avez pas le droit d'abandonner.

— Sinon quoi ? Vous nous faites fusiller par vos coureurs de bois ? Je ne suis plus militaire, Walker, j'ai fait mon temps et je l'ai bien fait. Je travaille avec la Gendarmerie royale comme contractuel. Et un contrat, ça se casse.

— C'est une désertion ! Je ne vous laisserai pas faire ça ! hurle Walker en dégainant son revolver.

Wright sourit tristement.

— Que voulez-vous que je vous dise : essayez toujours ! lance-t-il avec détachement en déclenchant le moteur du Bellanca.

Walker braque son arme sur le moteur.

— Réfléchissez, Walker, se moque calmement Wright, si vous voulez me forcer à rester, c'est pour que je pilote cet avion pour vous, n'est-ce pas ? Alors je vous déconseille de l'endommager. Si vous me coupez les ailes, vous êtes condamné à m'avoir sur le dos.

Tout le monde reste figé. Le ronronnement du Bellanca souligne ce que les hommes n'ont pas remarqué jusqu'alors. Le vent est tombé. Ils sont dans un creux de tempête, comme disent les trappeurs.

— Je vous en prie, monsieur Wright, restez s'il vous plaît, intervient le docteur Söderlund. Vous quadrillez en une heure des territoires que les hommes ne peuvent parcourir qu'en plusieurs jours.

— Je sais, confirme Wright, et je peux apporter en un aller-retour de deux heures plus de provisions et de matériel que quatre équipages en cinq jours. Mais je refuse de servir sous les ordres de cet homme-là.

Le docteur Söderlund s'approche du cockpit, allume une cigarette et la tend à Wright qui la passe aussitôt à Claudel. Le docteur en allume une autre pour Wright qui l'accepte avec plaisir.

— Vous n'en allumez pas une pour vous ?

—Non, répond le docteur, je ne fume pas. Je n'ai de cigarettes que pour aider certains de mes patients à lutter contre le stress et la douleur.

—C'est une curieuse humanité pour un médecin, mais elle vous honore. Vous devriez soumettre votre candidature à la Gendarmerie royale, ça ferait du bien à cette institution !

—Je vous en prie, Wright, cessez ces chamailleries. Je sais ce que vous avez fait à Fort Vermilion. Tous les médecins de ce pays le savent. Et je sais aussi ce que vous avez fait pour l'aéropostale. Vous valez bien mieux que cette querelle d'ego.

—Eh bien figurez-vous que mon ego est d'accord avec ça, docteur Söderlund. Je mérite mieux que de prendre part à une chasse à l'homme.

Les trappeurs ont fini de décharger le Bellanca. Les chiens, qui ne comprennent rien à cette tension entre les hommes, aboient leur joie de pouvoir courir de nouveau jusqu'au campement. Il ne reste que Walker, qui regarde de loin le médecin parler au pilote.

—Je m'y engage, monsieur Wright.

—Docteur, c'est une promesse que vous ne serez pas en état de tenir. Une fois l'hallali sonné, personne n'arrêtera ces hommes. Ni eux, ni vous, ni même Walker s'il découvrait en lui quelques vestiges d'humanité.

—Laissez-moi quand même cette chance.

Wright tire une dernière longue bouffée sur sa cigarette dont le tabac grésille, garde la fumée longtemps en lui, avant de la relâcher dans un long soupir. Il envoie le mégot incandescent pirouetter dans la neige d'une pichenette élégante et fait signe à Claudel de couper les gaz. Quand il met pied à terre, Walker ne bouge pas.

— J'assure un ravitaillement tous les six jours, et je décolle quand je veux pour les reconnaissances, dit Wright en passant devant lui sans s'arrêter. Si on a Jones en vue, je veux que le médecin soit dans l'avion avec moi. Désignez quelqu'un de la Gendarmerie royale pour servir d'intermédiaire entre nous.

— Pas question. C'est mon commandement. Je veux entendre vos rapports en direct.

— Très bien, répond Wright qui s'éloigne. Dans ce cas, vous aurez affaire à Claudel.

— Claudel, aboie aussitôt Walker, parlez-moi de cette piste !

23

… UN BAL DE BÛCHERONS.

Lundi 8 février 1932

Dès les premières lueurs, deux équipages partent dans la direction signalée par Claudel. La piste que les aviateurs ont repérée la veille commence à l'extrémité nord de la zone glacée à l'entrée de laquelle le groupe McCoy l'avait perdue. Mais, contre toute attente, elle ne prend pas la direction du nord ou de l'ouest pour leur échapper.

— Mais qu'est-ce qu'il fiche ? s'étonne le trappeur Mitchell qui a pris la tête d'un nouveau groupe de quatre. Ce con revient sur nous !

Les traces ne laissent aucun doute. Elles redescendent vers le sud et ils essaient de comprendre ce que cela signifie.

— Qu'est-ce qu'il a dans la tête ? s'interroge Neville, inquiet. J'ai l'impression que c'est lui qui nous cherche.

Les hommes ne savent plus quoi penser. Dans l'immensité blanche et immobile, sous un ciel molletonné mais calme, dans l'absence d'une tempête qui ne revient pas, ils se sentent soudain comme des cibles offertes à la folie meurtrière de Jones.

C'est le vrombissement de l'avion qui les rassure. La carlingue rouge du Bellanca est la seule tache de couleur dans l'univers. Il passe au-dessus d'eux avec un battement d'ailes pour signaler qu'il les a vus et s'éloigne dans une large boucle. Il réapparaît un peu plus tard, à très basse altitude. À la surprise du groupe de trappeurs, le Bellanca se pose à quelques centaines de mètres d'eux. Ils lancent leurs équipages dans sa direction. Wright est resté aux commandes, et Claudel les attend dans la neige.

— Un problème ? s'inquiète Mitchell avant même de descendre de son toboggan.

— Pas pour nous, répond le mécano en allumant une cigarette.

— Pour nous ?

— Ça se pourrait…

— Vous l'avez localisé ? Vous savez où il est ?

— On a repéré de nouvelles traces.

— Loin ?

— Six kilomètres environ, par là, précise Claudel en indiquant l'ouest d'un mouvement du menton.

— Et elles vont dans quelle direction ?

— C'est bien là le problème. Elles sont parallèles à celles que vous suivez en ce moment.

Les trappeurs interloqués se regardent. Parallèles ? Qu'est-ce que ça veut dire ?

— Parallèles dans le même sens ?

— Parallèles avec les empreintes dans le même sens !

— Ce type nous entraîne vers le nord pour revenir sur nous vers le sud par deux pistes parallèles séparées de six kilomètres... Mais qu'est-ce que ça veut dire ?

— Ça veut dire qu'il se moque de vous. Il se sert de l'avance qu'il a sur vous pour vous embrouiller.

— Mais quel intérêt aurait-il à parcourir deux fois la même distance dans le même sens ? répond Mitchell. Il est seul, il porte au moins cinquante kilos sur ses épaules, il doit commencer à accuser le froid et la fatigue, il a une armée à ses trousses et vous pensez qu'il nous balade ?

— S'il a laissé deux traces qui descendent vers le sud, il a bien fallu qu'il remonte vers le nord pour laisser la deuxième trace, non ? s'étonne le trappeur Neville.

— Ah, voilà enfin une bonne question ! s'amuse Wright depuis la vitre de son cockpit. Et l'autre, c'est : comment s'y prend-il pour vous narguer ?

— Comment ça, il nous nargue ?

— Écoutez, les gars, même s'il est plus rusé et plus endurant que vous, ce type est traqué depuis deux semaines par une armée qui ne lui veut pas du bien. Alors, croyez-moi, s'il joue, il joue utile. Il ne s'amuserait pas à des détours pareils pour le seul plaisir de vous ridiculiser. S'il ruse, c'est que ça lui sert à quelque chose.

— Mais à quoi peut lui servir de nous indiquer la même direction par deux pistes parallèles séparées de six kilomètres ?

Ni Claudel ni Wright ne répondent. Claudel regarde grésiller la braise de sa cigarette, et Wright a les yeux levés au ciel. Un sourire aux lèvres, tous les deux.

— ... Tabarnak ! jure Neville. Elles sont parallèles, mais pas dans le même sens, c'est ça ? Les empreintes sont dans le même sens, mais pas les pistes !

— Je comprends rien à ce que vous racontez, se vexe Mitchell.

— Il a fait une des pistes avec ses babiches à l'envers. Crisse que c'est malin, ça. Maintenant, va-t'en savoir par laquelle il est remonté à contresens !

— Mais ça lui sert à quoi ?

— Ça lui sert qu'on ne sait plus s'il fuit vers le nord ou s'il redescend vers le sud.

Soudain, le temps change. Le ciel n'est plus un matelas de nuages neigeux, c'est un bas plafond de marbre, lourd et lisse. Le vent s'est retiré, comme une mer trompeuse avant un raz-de-marée. Wright décide de redécoller au plus vite. Il ne veut pas rester coincé sous ce ciel-là.

— Retournez aussi au camp de base. Ne vous laissez pas piéger par ce qui arrive.

Il apprécie que les trappeurs surveillent son décollage avant de lancer leurs chiens et garde le Bellanca à quelques dizaines de mètres au-dessus du paysage nacré de froid. Il ne veut pas prendre le risque d'affronter ces nuages-là. Quand il rejoint le campement et le survole pour prendre la piste, il lui vient à l'esprit des mots qui ne veulent rien dire, mais qui, à cet instant précis, sous ce ciel-là, ont un sens. Tout est d'un blanc sombre. Mat. Éteint. Comme si la blancheur du paysage avait été vidée de sa substance. Tout juste remarque-t-il, à l'écart du campement, un carré de neige damé avec une pyramide de bois mort à chaque coin. Alors qu'il glisse le Bellanca vers la piste, Wright reçoit un appel radio. Il plisse les yeux, se concentre sur le message grésillant et remonte dans le ciel pour prendre le temps d'écouter avant de s'aligner de nouveau sur la piste pour atterrir.

— Important ? demande Claudel.

— Assez pour taquiner Walker, sourit Wright.

Quand ils sautent du cockpit, Claudel regarde le ciel, puis siffle pour appeler deux trappeurs à la rescousse. Les hommes le rejoignent à contrecœur, repartent vers le campement et reviennent avec une brassée de bois chacun. Wright regarde Claudel charpenter une cage en bois autour du moteur du Bellanca, la recouvrir d'une toile et l'amarrer solidement sous la carlingue pour qu'elle résiste à la tempête de neige qui s'annonce. Quand ils atteignent le campement, les trappeurs et les gendarmes se regroupent autour d'eux pour avoir des nouvelles. Walker aussi est là, et, à la surprise générale, malgré sa promesse de la veille, Wright s'adresse aussitôt à lui.

— Walker, vous pouvez oublier Nilson.

— Il est mort ?

— Non, il n'a jamais existé. Ou plutôt si, il existe, mais ailleurs, trop loin de chez vous.

— Qu'est-ce que c'est que ces conneries, Wright ? Cessez de faire le malin et expliquez-vous.

— Je viens de recevoir un message d'Edmonton. Un certain Arthur Nilson s'est présenté ce matin dans les bureaux du *Herald* à Calgary, un fusil à la main. Il voulait savoir quel était l'enfant de salaud qui avait écrit qu'il était le trappeur fou de la Rat River.

— Nilson est à Calgary ?

— Oui, c'est bien l'ancien mineur d'Anyox et le trappeur de la McQuesten River, mais il a raccroché ses pièges à castors depuis la fin de l'été dernier. Il a juste gardé sa toque à la Davy Crockett pour louer des canoës aux touristes de l'hôtel Le Château à Lake Louise. Et il réclame un million de dollars de dommages au *Herald* pour cette fausse accusation qui ruine sa réputation.

— Donc on ne sait toujours pas qui est Jones, soupire Walker.

— Peut-être que si. Edmonton aurait une nouvelle piste. En s'appuyant sur le rapport qui cite le témoignage de McCoy, Edmonton pense que Jones pourrait être Coyote Bill.

— Coyote Bill ? Qu'est-ce que c'est que cette histoire ? se moque Walker, incrédule.

— Et que vient faire mon témoignage là-dedans ? s'indigne McCoy.

— Coyote Bill est un ancien trappeur, lui aussi. Il a couru les bois dans les États de l'Idaho et de Washington aux États-Unis, mais, après avoir assassiné un homme dans l'Idaho, on pense qu'il s'est réfugié dans le Yukon.

— Encore une fois, s'énerve McCoy, qu'est-ce que ça a à voir avec moi ?

— Vous avez vu Jones dans sa cabane, le jour de son dynamitage. Vous avez affirmé qu'il vous tirait dessus avec des armes étranges, courtes comme des armes de poing. Or Coyote Bill est recherché pour un hold-up avec deux fusils à canon scié.

— Et ça suffit pour en faire notre Jones ? raille Walker.

— C'est visiblement ce que pensent vos supérieurs à Edmonton.

— Et comment expliquent-ils sa présence sur nos terres ?

— Coyote Bill est recherché pour meurtre aux États-Unis où il risque la peine de mort. Il est logique qu'il se soit réfugié au Canada pour échapper à la justice américaine… Edmonton pense que Coyote Bill s'est rendu dans les monts Ogilvie et que, au lieu de descendre la Porcupine River pour se faire oublier en territoire inconnu, il se serait engagé par erreur sur la Peel qui l'aurait ramené malgré lui vers la civilisation.

— Foutaises ! ricane un trappeur.

— Pas sûr, réfléchit Walker à voix haute. Ça expliquerait bien des choses, au contraire. Qui a déjà vu un trappeur chasser au canon scié ? C'est une arme de bandit, ça. Et ça permettrait aussi d'expliquer le sang-froid de Jones. Ce Coyote Bill présente les mêmes caractéristiques que notre homme.

— Si Jones est Coyote Bill, dans ce cas, je tire à vue dès que je l'aperçois, déclare Burton.

Les autres trappeurs approuvent en chœur. Les gendarmes opinent discrètement du chef. Et Walker sourit en plantant son regard dans les yeux de Wright qui s'en amuse.

— Encore faudrait-il que vous lui mettiez le grappin dessus. J'ai découvert une piste parallèle à celle aperçue hier, à six kilomètres plus à l'ouest.

— Parallèle ? s'étonne Walker.

— Oui. Sauf que Jones a laissé une de ces pistes en utilisant ses raquettes à l'envers. Ce qui fait que ces traces ne permettent pas de déterminer s'il va vers le nord ou vers le sud.

— Ce type est un démon, murmure Walker.

— Non, c'est un joueur, rectifie Wright.

Presque au même moment, les équipages de Mitchell et Neville rejoignent le campement en venant de l'ouest, alors que deux autres reviennent du nord, commandés par les trappeurs Hatcliff et Castillo. Les hommes sautent de leur traîneau, l'air furieux, sans même s'occuper des chiens.

— Ce salaud nous a baladés toute la journée, siffle Hatcliff entre ses dents.

— On a relevé plusieurs départs de pistes, explique Castillo, et on en a suivi deux qui partaient dans des directions opposées. Une pour Hatcliff, une pour moi. Quatre heures plus tard, nos équipages se sont retrouvés nez à nez, de part et d'autre de la rive d'un ruisseau gelé qu'il a pu remonter ou descendre sans laisser de trace.

— C'est pire que ça, intervient Wright en expliquant l'histoire des pistes parallèles. S'il a chaussé ses raquettes à l'envers, il peut très bien être revenu à son point de départ.

— Mais ça lui servirait à quoi ?

— À revenir près de vous, voire derrière vous. À épier les visages déconfits que vous affichez en ce moment. Je vous fiche mon billet qu'il est là, quelque part, et qu'il s'amuse comme un fou.

À l'orée d'un bois, un harfang des neiges choisit ce mauvais moment pour prendre son envol fantomatique et soyeux. Surpris par le mouvement, un trappeur vide le chargeur de son fusil au hasard contre les maigres arbres et les bourrelets de neige, aussitôt imité par les autres. Walker, furieux, leur hurle d'arrêter de faire les cons et un profond silence retombe sur le campement. Seuls les chiens, paniqués par la mitraille, grognent et se battent en bondissant dans leurs lignes et leurs harnais. McCoy les rejoint pour les calmer.

— Plus personne ne tire sans mon autorisation, aboie Walker. Ceux qui ont peur peuvent dégager avec leur équipage. Qu'importe la véritable identité de Jones, ça ne change rien à notre mission. Ceci est une opération de police, pas une chasse à l'homme. N'allez pas donner raison à M. Wright !

— L'inspecteur Walker a raison, insiste Wright en souriant, sans compter que demain les cerveaux d'Edmonton peuvent revenir sur leur hypothèse et nous assurer que Jones est en réalité Dolly Montana, une chanteuse de cabaret en rupture de ban.

Les hommes éclatent de rire et Castillo parle en leur nom.

— Sûr que, dans ce cas-là, on fera tout pour la prendre vivante !

Sur un signe de Walker, les hommes se dispersent. Il est 16 heures, la nuit tombe. La tempête rassemble ses forces en silence, mais il ne neigera pas avant plusieurs heures. Wright regarde des hommes armés de flambeaux mettre le feu aux quatre pyramides de bois autour du carré de neige damé.

— C'est quoi, ça ?

— Ce sont les trappeurs, bougonne Walker en lui tournant le dos, ils organisent un bal de bûcherons.

24

… PLUS IL REND CONS LES HOMMES.

Lundi 8 février 1932

Quatre brasiers réchauffent la piste. Les hommes, coiffés de toques de fourrure, les mains emmitouflées dans leurs moufles doublées, ont dîné d'une soupe de fèves et d'un ragoût de castor, arrosé d'un vin chaud au sirop d'érable et à la canneberge, parfumé d'écorces de citron, de badiane, de cardamome et de girofle. Les esprits s'échauffent dans une atmosphère bon enfant.

Malgré le froid glacial, qui risque de coller le métal à ses lèvres gercées, un trappeur a tiré une guimbarde de sa poche. Les autres se moquent de lui : avec les dents qui lui manquent, la lame gagne en résonance. Un autre bat la mesure en frappant deux cuillères entre sa cuisse et sa main. Un troisième sort de son étui un improbable violon. Un crincrin à la table rayée de cicatrices, aux coins écornés et aux éclisses rapiécées. On a disposé les traîneaux autour de la piste, comme autant de banquettes. Wright et Claudel, assis à l'écart, regardent avec amusement ces grands gaillards barbus, engoncés dans des vestes et des manteaux de fourrure, s'affairer aux préparatifs de leur fête. Quand le crin du violon déchire le froid de la nuit, Wright n'en croit pas ses oreilles.

What shall we do with a drunken sailor
What shall we do with a drunken sailor

Un *sea shanty*, un chant de marins à la manœuvre, ici, au beau milieu de cet océan de glace immobile ! Un chant du temps des derniers grands voiliers, quand les hommes pouvaient lover les amarres et les haussières et marcher en rythme en travers de larges ponts. Wright s'attendait à tout sauf à ça.

What shall we do with a drunken sailor
Early in the morning

Les hommes, eux, battent la mesure et entonnent le refrain comme un équipage à Islande ou au passage de cap-horniers. Dans cette clairière soustraite à l'empire immense et menaçant de la nuit par la lueur des quatre feux, ils trinquent et dansent comme des enfants excités.

Way hay and up she rises
Way hay and up she rises
Way hay and up she rises
Early in the morning.

Wright et Claudel les regardent déchaîner leur joie de gamins en sautant d'un pied sur l'autre, dans le claquement étouffé de leurs moufles. Le violon crisse d'autres chansons de mer. Certaines en français, qui dérangent les agents de la Gendarmerie royale.

Buvons un coup, buvons-en deux,
À la santé des amoureux
À la santé du roi de France,
Et merde pour le roi d'Angleterre
Qui nous a déclaré la guerre !

Chansons à boire, chansons à hisser, tout s'enchaîne. Bientôt, certains hommes nouent un mouchoir à leur cuisse droite, à hauteur d'une jarretière.

— Qu'est-ce qu'ils font ? s'étonne Claudel.

L'inspecteur Walker les rejoint, un quart de vin chaud à la main.

— Je peux me joindre à vous ?

— C'est votre campement, répond Wright, étonné par la demande.

Walker s'assied et répond à la question de Claudel.

— C'est un bal de bûcherons. Comme il n'y a que des hommes, ceux qui acceptent de tenir le rôle de la femme dans la danse se font connaître en se nouant une jarretière à la jambe.

— Faut-il que le manque de dames les turlupine à ce point ! se moque Claudel.

— Vous devriez être plus indulgents et apprendre à mieux connaître ces hommes. Comme les bûcherons, ils passent des mois seuls, en milieu hostile, sans femme.

— Est-ce vraiment une raison pour danser entre eux ?

— Les marins le font bien. Vous n'avez jamais dansé la matelote ?

— Jamais, Dieu m'en garde, s'esclaffe Claudel. D'ailleurs, je ne sais même pas ce que c'est.

— Le quadrille de la mer, une contredanse en colonne. L'alcool aidant, vous les verrez bientôt la danser.

— Comment savez-vous ça ? s'étonne Wright.

— J'étais sous-officier sur un navire avant la guerre.

— Pas pendant la guerre ?

— Non. J'ai traversé l'Atlantique Nord avec les trente mille hommes du premier contingent pour l'Europe. Le 3 octobre 1914. Le plus long convoi maritime de tous les temps, mais je ne faisais pas partie de l'équipage. J'étais devenu adjudant dans l'infanterie.

— Pourquoi n'étiez-vous plus marin ?

Walker ne répond pas. Il regarde un moment les hommes danser dans l'ombre des flammes.

— ... J'étais à Ypres avec la 1re division canadienne quand les Allemands ont lâché dans le vent cent soixante tonnes de dichlore, dit-il finalement. Les Français et les Anglais ont pris peur et ils nous ont laissés tomber. On est restés seuls face aux Allemands parce qu'un de nos soldats s'est aperçu qu'on pouvait neutraliser le gaz en portant sur notre nez et notre bouche un tissu imbibé de pisse. Deux mille morts dans nos rangs, ce jour-là. Par la mitraille, pas par le gaz. Vous savez ce que c'est, deux mille corps à perte de vue ?

Claudel se tait. Il n'a pas fait la guerre, et Wright préfère ne pas répondre. Il l'a survolée. Malgré les risques qu'il prenait dans sa carlingue, il ne s'est jamais retrouvé au beau milieu des carnages et des charniers. Ils abîment leur regard dans l'ombre d'ours des trappeurs qui dansent à la lueur des brasiers, au rythme aigu de plus en plus criard du violon et la cadence déglinguée de la guimbarde.

— C'est à Ypres qu'a commencé ma guerre en avril 1915, et c'est là aussi qu'elle s'est achevée en novembre 1917. Un stupide assaut dans un champ de bataille boueux. Cent mille morts. Seize mille rien que dans nos rangs. Tous mes hommes y sont passés. Tous mes compagnons. En six mois. Tout ça pour prendre un village en ruine.

— Et vous, comment vous vous en êtes tiré ? demande Claudel d'un ton curieux qu'il regrette aussitôt, comme s'il insinuait que Walker s'en était sorti vivant pour une mauvaise raison.

— Le souffle d'une explosion m'a étourdi. J'ai été projeté dans un trou d'obus inondé. Je me serais noyé dans la boue sans l'aide d'un autre soldat. On dit que certaines morts relâchent tous les muscles et que d'autres les tétanisent. J'ai eu de la chance : quand la balle a transpercé le casque de mon sauveur, la mort a crispé sa main sur la mienne et m'a maintenu hors de l'eau.

— Merde alors ! Comment vous avez fait pour vous sortir de là ?

— Je suis resté trois jours et trois nuits accroché à ce cadavre dans une odeur insoutenable. Il avait planté son fusil, baïonnette en terre, pour ne pas glisser avec moi. Il est resté figé par la mort, et ça m'a sauvé. Ça m'a hanté aussi, pendant des mois. On m'a rapatrié à l'arrière. J'ai terminé la guerre dans un hôpital.

— Chez les fous ?

— On peut dire ça comme ça…

— Ça ne dit pas pourquoi vous n'étiez plus marin.

— Non, en effet, ça ne le dit pas…

Wright garde le silence, et Claudel, pour faire oublier sa curiosité déplacée, récupère leurs quarts pour aller les remplir de vin chaud. Pensif, Walker finit par rompre le silence, les yeux dans le vague :

— Ces tueries m'ont écœuré pour toujours de la mort. Si je cours après Jones, ce n'est pas pour le tuer, mais pour éviter qu'il ne tue d'autres personnes. Je fais avec les hommes que j'ai. J'ai demandé à Bauwen de se renseigner sur Jones l'été dernier simplement parce qu'il était à proximité. C'est lui qui a eu la mauvaise idée d'envoyer Billy West chez Jones.

— Vous l'avez pourtant renvoyé sur place avec trois hommes armés, non ?

— Oui, parce que Billy connaissait les lieux et avait établi un premier contact, ça me semblait logique. Et, pour les fusils, le rapport de Billy établissait que Jones était armé et que son attitude était suspecte. Je ne voulais pas que les hommes prennent des risques inconsidérés en se rendant là-bas.

— Walker, qu'est-ce que vous ne dites pas et qui vous hante à ce point ? Quelle faute avez-vous commise dans la marine pour vous retrouver caporal d'infanterie ?

— Aucune. La marine de guerre canadienne n'existait pratiquement pas en 1914. Elle est née en 1911, avec seulement deux bateaux. L'Angleterre n'avait pas besoin de notre marine ridicule. La sienne régnait avec arrogance sur tous les océans. Elle n'avait besoin que de chair à canon. Comme notre armée n'était composée que de trois mille hommes, notre gouvernement en a recruté trente mille en deux mois. J'étais maître de première classe dans la marine, ils m'ont nommé adjudant dans l'infanterie.

Claudel revient avec un supplément de ragoût et des boulettes de pemmican. Il s'assied sans rien dire, un fin sourire aux lèvres, les dents serrées sur sa pipe en merisier.

— Tu ne vas pas danser ? se moque Wright.

— Jamais sans une vraie Lassie dans mes bras.

Comme ses deux compagnons de veillée restent silencieux, Claudel avale trois boulettes et se lève.

— Je vais quand même voir s'il n'y a pas une jarretière à défaire. Je ne voudrais pas troubler vos confidences.

Wright et Walker le regardent s'éloigner parmi les hommes qui dansent. Dans la froidure, ils transpirent des fumerolles qui virevoltent au-dessus de leurs épaules. Wright sourit de leurs gigues et de leurs sarabandes. Malgré l'hiver tenace, ces solitaires endurcis, ces abandonnés du monde sont une bande de gamins pendant un soir de veillée.

— Qu'est-ce qui vous a rendu aussi…

— Aussi quoi ? demande Walker sur la défensive

— Eh bien, disons, aussi rigide, droit dans vos bottes.

— La bataille de la Somme, ça vous dit quelque chose ? Des hommes y sont morts par milliers. Plus de vingt mille des nôtres n'en sont jamais revenus. Mon unité a été défaite. Plus un seul officier. Je suis resté le plus gradé, adjudant que j'étais, et sur une quinzaine d'hommes, je n'ai pu en ramener que deux. De ce jour je me suis juré une chose : mes hommes d'abord.

— Pourquoi vous être engagé dans la Gendarmerie, alors ? Vous auriez pu courir le monde à bord de cargos, commander des équipages sans avoir à combattre.

— Je ne sais pas. Peut-être pour me prouver que je suis capable de commander. Ou pour me racheter. Ou parce que l'armée pardonne à ses hommes.

— Ne vous trompez pas de combat. Ce n'est plus la guerre. Ce ne sont plus des ennemis que vous avez en face de vous. Ce ne sont que des voleurs, des ivrognes, des meurtriers de circonstance. Des pauvres types comme vous et moi. Vous êtes gendarme, Walker, plus soldat.

— C'est ainsi que vous me voyez, comme un soldat ?

— Regardez ce que vous avez fait de cette traque : trente hommes, soixante-dix chiens, un avion, contre un seul homme. À quoi ça sert ?

— À l'acculer quelque part pour l'arrêter. Je vous jure que je n'ai pas l'intention de l'abattre.

— Vous peut-être pas, mais vos hommes, eux, n'ont que ça en tête. Vous avez bien vu comme ça se passe à l'armée : mettez une dizaine d'hommes ensemble, un semblant d'uniforme, un ordre de mission, et ils sont prêts à tuer père et mère. Regardez-les s'encourager à l'ivresse, il suffirait d'un mot d'ordre pour qu'ils s'unissent dans la même sauvagerie. C'est une meute, Walker. Quand ils verront la bête, vous ne pourrez plus les tenir.

— Vous croyez que je ne le sais pas ? Mon idée était d'en garder le plus possible au camp de base, et de ne traquer Jones qu'avec deux ou trois équipages, pas plus, mais j'ai besoin de tout le monde pour retrouver sa trace.

— Vous n'avez plus besoin de personne. Encore une fois, on peut quadriller en une heure avec Claudel plus de territoire que tous vos équipages en vingt-quatre heures. De là-haut, on ne suit pas une piste le nez dedans, on la survole. On en a une vue d'ensemble, comme un pointillé sur une carte.

— Je le sais bien. Pourquoi croyez-vous que j'ai demandé un avion ? Mais je ne peux pas prendre le risque de vous voir décamper sur un coup de tête et laisser mes hommes sans repère en pleine nature.

— Vous savez bien que je ne ferais jamais ça.

— Vous avez failli le faire deux fois.

— Mais je ne l'ai pas fait.

Walker ne répond pas. Autour d'eux, l'agitation retombe à mesure que le froid se durcit. Le violon a attaqué des chants moins dansants. Des chants de miséreux, de laborieux. Des chants de prisonniers ou de vagabonds. Des chants qui disent la vie que la plupart de ces hommes ont laissée derrière eux pendant la crise. *Wild Bill Jones* ou *New Prisoner's song* de Dock Boggs. *In the Jailhouse Now, That's No Way To Get Along, Dance All Night With A Bottle in Your Hand…*

— Écoutez, Walker, promettez-moi de tenir vos hommes et je m'engage à rester tant que vous n'aurez pas arrêté Jones.

Wright se tourne vers l'inspecteur, enlève sa moufle et lui tend sa main. Walker la regarde, puis la serre et le remercie.

— De rien, répond Wright, pas la peine de m'inviter à danser pour ça.

Autour d'eux, la nuit récupère. Les brasiers s'épuisent et les hommes aussi. Certains boivent encore. D'autres dansent, en couple, cette fois. Le violon se fait nostalgique. Il distille dans l'âme des hommes des rengaines mélancoliques. *Freight Train* d'Elizabeth Cotten, puis les vieux folksongs. *Down by the Riverside, The Erie Canal, Katy Cruel, Black Eyed Suzy, John Henry, The Ballad of Jessie James…* Et *Frankie and Johnny*, bien sûr. Et puis les tangos de Carlos Gardel.

— Je n'ai pas voulu ça, s'excuse Walker.

— Cette chasse à l'homme ? Bien sûr que si.

—Je ne parle pas de ça, je parle de ce bal de bûcherons, de ces gars ivres qui dansent entre eux. C'est leur initiative, pas la mienne. Ce n'est pas l'idée que je me fais d'une troupe.

—Ce n'est pourtant qu'un retour aux sources, murmure Wright en regardant les hommes que la fatigue et l'ivresse poussent à certains abandons.

—Comment ça ?

—Le tango, explique le pilote, c'est vieux comme le monde… On le dansait déjà dans les *barrios* de Buenos Aires, entre ouvriers, entre dockers. Entre sicaires et voyous, aussi. Tout ce petit monde viril à souhait s'abandonnait à ses pas suggestifs.

—Vraiment ? s'étonne Walker. Des hommes entre eux ?

—Il n'y avait guère qu'eux. Les fiancées étaient restées au pays dans l'attente d'une fortune illusoire. Dans ces eldorados fantasmés, il ne restait que de pauvres hères, entassés dans des quartiers de baraques, prisonniers de faux espoirs, avec la musique et la danse pour seule évasion. Comme ici. Exactement comme ici.

—Le Canada n'est pas un de ces pays de misère, s'insurge mollement Walker.

—Vancouver, Edmonton ou Montréal peut-être pas… Mais ici, dans ce territoire du Nord-Ouest où des hommes sans espoir sont venus chercher l'illusoire fortune de l'or brun, admettez que ça y ressemble…

Walker ne répond pas. Il ne sait par quels mots reconnaître que Wright a raison.

—À part un ou deux de vos hommes qui sont peut-être là par vocation de la solitude et de l'harmonie avec la nature, il faut avoir quelque chose à fuir pour venir vivre ici.

—Et vous, alors, réplique Walker, que fuyez-vous pour vous aventurer dans les pires tempêtes ? Que cachez-vous qui vous pousse à prendre le risque, chaque jour, de vous écraser au milieu de terres hostiles ?

—J'ai mes raisons, Walker. Chacun a les siennes, personnelles et secrètes. Vous avez les vôtres, j'ai les miennes, et Jones a les siennes. Dans cette traque, vous avez vos raisons de le poursuivre, et lui a les siennes de vous échapper.

—Je vous en prie, ne recommencez pas à prendre la défense de Jones.

—Je ne le défends pas, je cherche à le comprendre. Vos motivations ont ceci de commun qu'elles répondent à une logique. Vous de le poursuivre au nom de la loi, lui de vivre comme il l'entend dans la solitude où il s'est réfugié. Vous en raison de la discipline militaire qui vous a été inculquée, lui au nom de tout ce à quoi il a renoncé pour vivre ici.

—Sauf si Jones est Coyote Bill, le hors-la-loi.

—Allons, Walker, qui croit vraiment à cette théorie ? Un bobard de vos politiques du QG pour donner un os à ronger à la presse après le fiasco de l'hypothèse Nilson. Vous poursuivez le même homme depuis le début, Walker, et il n'a pas le comportement d'un assassin en cavale.

—Décidément, vous l'aimez bien, ce Jones…

—Encore une fois, j'essaie de le comprendre. Vous raisonnez sur la base de la loi, de cette abstraction qui prétend gérer la vie de tout individu, or la loi, c'est la règle de la cité, mais où est la cité, ici ? Le Canada n'a même pas su donner un nom à cette contrée. Les Territoires du Nord-Ouest, c'est tout. C'est un État, ça ?

—Et Jones, alors, sur quelle base raisonne-t-il ?

— Sur la base de sa vie. De tout ce qui l'a poussé à venir ici. De l'État qu'il a fui pour venir se perdre dans ce territoire indéfini en espérant sans doute qu'une rédemption serait possible dans un espace régi par les lois de la nature plutôt que par celles des hommes. Vous êtes convaincu que la loi vous donne le droit de le poursuivre et de lui faire la guerre. Lui est convaincu qu'en s'installant ici, il avait le droit d'y vivre en paix, loin de vous.

— Les Territoires du Nord-Ouest sont un État comme les autres, et ma mission consiste à y faire appliquer la loi. Et, que ça lui plaise ou non, cette loi s'applique aussi à Jones.

— Vous parlez encore de Jones ? s'inquiète le trappeur Neville.

Ils ne l'ont pas entendu approcher. Il se tient droit devant eux, en essayant de ne pas tituber. Castillo est à ses côtés, un foulard à la cuisse. Claudel les rejoint, des quarts de vin chaud dans les mains pour lui, Wright et Walker.

— Oui, ils parlent toujours de Jones. Après tout, c'est quand même pour lui que nous sommes tous là, non ? D'ailleurs, ce type est si rusé que vous devriez faire attention en dansant votre frotti-frotta : il pourrait bien se cacher sous les oripeaux d'une de vos demoiselles pour profiter d'un peu de chaleur humaine.

— Eh, on n'est pas des pédérastes, s'indigne Castillo, c'est juste pour le plaisir de la danse.

Il a empoigné Claudel par le col de sa veste et lui souffle en pleine face son haleine tiède, épicée de vin et de tabac à chiquer. Pour se défendre, le mécano jette son quart de vin chaud au visage du trappeur. Wright bondit sur ses pieds et retient Claudel qui arme un coup de poing de pugiliste.

— Hey, il a raison, intervient Neville, on *frotille* pas pour *frencher* et on danse pas la *fly* à l'air, mon gars, alors t'arrêtes de parler à travers ton chapeau, tu te calmes le pompon.

— C'est quoi, ce charabia ? grogne Claudel qui ne comprend rien au québécois de Neville.

Il arme de nouveau un tampon de teigneux quand le hurlement d'un autre trappeur le fige dans son élan.

— Jones ! Jones ! Jones est là ! Il a volé de la viande dans les réserves !

C'est aussitôt la panique. Les hommes se précipitent sur leurs armes et se bousculent. Les plus ivres titubent et trébuchent dans la neige, les autres les enjambent et se ruent dans la direction qu'indique le trappeur hystérique. Entre les feux que l'agitation ravive, les ombres démesurées se croisent et s'affolent.

— Là ! hurle le trappeur Hatcliff.

Dans un éclat de nuit, ils devinent une silhouette qui fuit le dos courbé à travers les arbres. Un coup de feu claque, aussitôt suivi de plusieurs salves. Percutés par les balles, des branches et des troncs gelés se brisent comme du verre et ajoutent à la confusion. Les chiens, effrayés, hurlent et se débattent. Déjà, des hommes s'engagent sous les arbres, au risque d'être touchés par ceux qui tirent depuis la clairière.

— Halte au feu ! crie Walker.

Il doit le hurler plusieurs fois jusqu'à ce que les derniers tirs, sporadiques, se taisent.

Les hommes émergent alors de leur ivresse rincée par l'adrénaline.

— On ne lui court pas après ? s'indigne le trappeur Burton.

— Ce n'était pas Jones, rétorque Walker, furieux.

— Comment vous pouvez en être si sûr ?

—Jones aurait répliqué. Il aurait tiré. Il aurait abattu l'un de nous pour ralentir les autres et prendre de la distance. Ce n'était pas lui.

—Qui était-ce, alors ?

—Qui l'a vu ?

—Moi, dit Hatcliff. Je suis allé pisser du côté des toboggans quand j'ai remarqué une bâche déchirée. Dessous, il manquait un bloc de viande. J'ai cherché des yeux qui avait fait ça et j'ai aperçu sa silhouette qui rampait dans le sous-bois.

—Prenez des torches et allez chercher des empreintes. Moi, je vais inspecter les provisions.

—Et s'il nous attend en faisant le mort comme il l'a fait avec Bauwen ?

—Ce n'est pas lui, je vous dis. Il a pris le temps d'attendre Bauwen parce que Bauwen le traquait. Là, il aurait répliqué dès les premiers coups de feu pour vous dissuader de le suivre dans les bois. Je vous le répète : ce n'était pas Jones.

Wright est du même avis. Il approuve d'un hochement de tête, mais fait signe à Claudel de le rejoindre pour aller jeter un coup d'œil sur le Bellanca. Ils ont tout vérifié de l'avion quand, au loin, depuis l'autre côté du campement, les tirs reprennent. Puis des voix. Des cris de victoire.

—On l'a ! On l'a !

—On l'a eu !

Wright et Claudel courent et rejoignent le camp au moment où les hommes ressortent du bois.

—Ce n'était pas Jones, admet Burton.

—Évidemment, répond Walker, furieux, c'était un carcajou.

—Comment vous savez ?

—Bande d'imbéciles, il suffisait de regarder les traces autour du toboggan. Foutus trappeurs, les empreintes de glouton sont pourtant reconnaissables. Un talon, une paume et cinq doigts griffus en éventail, aucune autre trace n'y ressemble. Cinq doigts, vous m'entendez ? Cinq doigts ! Vous croyez vraiment que Jones serait venu nous voler pieds nus dans la neige par moins quarante ?

Hatcliff est confus, et les autres honteux. Tous baissent la tête et regardent leurs bottes.

— Et où est-il, ce carcajou, si vous l'avez eu comme vous le gueuliez pour qu'on l'entende jusqu'à Edmonton ?

— On sait qu'on l'a eu parce qu'on a trouvé des traces de sang. On l'a blessé, c'est sûr, mais c'est là qu'ils sont les plus dangereux, alors on ne l'a pas suivi pour l'achever.

— Parfait, s'énerve Walker, de mieux en mieux ! Donc on a un glouton enragé dans les parages, et maintenant, où qu'il soit, Jones sait exactement où on est grâce à cette fusillade.

— J'ai vraiment cru que…

— Fermez-la, Hatcliff. Prenez Burton et Castillo et allez me chercher ce glouton.

— Mais la tempête…

— Oui, je sais, elle arrive, alors bougez-vous avant qu'elle n'efface les traces.

— Inspecteur…, murmure le trappeur Neville.

— J'ai pas fini, Neville. Hatcliff et Burton, vous partez à pied immédiatement.

— Inspecteur…

— Fichez-moi la paix, Neville ! Hatcliff, prenez deux autres hommes pour préparer deux équipages qui vous rejoindront.

— D'accord, se résigne Hatcliff. Neville et McCoy, alors.

— Inspecteur…

— Quoi ? hurle Walker. Quoi ? Quoi encore ?

— C'est pour Castillo, inspecteur…

— Quoi Castillo !

— Ça va pas être possible pour Castillo, inspecteur…

Neville s'écarte et désigne le corps de Castillo, allongé dans la neige, sur le ventre, inerte.

— … et c'est pas parce qu'il a les yeux dans la graisse de binnes ou qu'il s'est paqueté la fraise.

Walker regarde le corps et remarque quelques gouttes de sang dans la neige.

— Docteur Söderlund ! aboie-t-il en se précipitant vers Castillo.

Le médecin s'assure que Castillo respire encore, puis demande à Walker, aidé par Wright et Claudel, de retourner le corps pour observer la blessure.

— Juste une éraflure. Une balle lui a déchiré le gras du bras. Rien de bien grave.

— Suffisamment pour lui faire perdre connaissance.

— Castillo n'est pas évanoui, Walker, il est ivre mort. Il faut le mettre au chaud dans une tente. Comme tout le monde, d'ailleurs, parce qu'il ne va pas tarder à tomber des peaux de lièvres.

Walker ordonne le couvre-feu et renvoie les hommes sous leurs tentes. Il renonce à la chasse au glouton et ordonne un simple tour de garde : Hatcliff, Burton et McCoy. Deux heures chacun, au cas où la bête reviendrait.

Il reste pour veiller à ce que les hommes lui obéissent, et Wright lui tient compagnie, surpris de sa soudaine confidence.

— Ça aurait très bien pu être Jones, murmure-t-il.

— Pourquoi dites-vous ça ? s'étonne Wright.

— Le carcajou est solitaire et ténébreux. Courageux et rusé, particulièrement méfiant, et très agressif quand il se sent menacé. Il est d'une force et d'une témérité exceptionnelles. Il n'hésite pas à s'en prendre à un loup ou à un ours s'il le faut. Il se tient à l'écart des hommes. Il peut chasser jour et nuit, même au cœur du pire hiver, et s'improvise des tanières là où il peut, quitte à s'installer dans la carcasse d'un caribou éventré. C'est l'animal le plus féroce du Grand Nord. En langue micmac, son nom signifie « esprit maléfique ». Il est plus rusé que le renard, aussi fort que l'ours et endurant comme un loup. On en a vu escalader des montagnes gelées : mille cinq cents mètres de dénivelé en une heure et demie à peine.

— Du Jones tout craché ! reconnaît Wright en souriant.

— Oui, et il a deux autres caractéristiques en commun avec lui : un farouche instinct de survie et une rage furieuse de se libérer quand il est pris au piège.

— Alors c'est bien lui, conclut Wright. Bonne nuit, inspecteur. Et qu'il soit homme ou animal, essayons de ne pas nous faire dévorer l'âme par ce glouton.

Quand Walker a regagné sa tente, Söderlund s'approche de Wright et Claudel qui terminent leur quart de *rye whisky*.

— J'ai l'impression que le froid rend les hommes plus cons qu'ils ne sont d'habitude, grogne-t-il.

— Vous trouvez ? s'étonne Wright.

— Oui, et c'est bien pour ça que je leur préfère les oiseaux, répond Söderlund dans un sourire.

Wright le regarde, étonné, et lui demande ce qu'il veut dire par là.

— Par très grand froid, les mésanges creusent une cavité dans la neige et se regroupent entre elles pour se réchauffer les unes les autres à l'abri du blizzard. Quand la nature vire au givre, elles savent mettre leur corps en hypothermie.

Elles se font aussi une sorte d'édredon en disposant leurs plumes de façon à emmagasiner plus d'air chaud. Et pendant tout l'hiver, leur intelligence s'accroît pour leur permettre de retrouver leurs cachettes de nourriture.

— Passez-moi l'expression, mais est-ce que ces facultés d'adaptation les rendent vraiment moins stupides que nous ? se moque Walker.

— C'est la science qui nous le dit, Walker : le volume de l'hippocampe des mésanges, qui leur permet de mémoriser des informations et de se repérer dans l'espace, augmente de trente pour cent à l'approche de l'hiver, pour diminuer dans les mêmes proportions au printemps, quand la nourriture est si abondante qu'elles n'ont pas besoin de se souvenir d'où sont leurs réserves.

— Alors vous êtes vraiment un passionné des oiseaux ?

— Comment ne pas l'être ? Nous aurions beaucoup à apprendre d'eux. Savez-vous par exemple quel est l'animal le plus résistant au froid ?

— Un oiseau, je suppose, s'amuse Wright en remplissant le quart du docteur d'une bonne dose de *rye whisky*.

— Douze grammes, avec un plastron noir et du rouge au croupion : le sizerin blanchâtre – *Acanthis hornemanni*. Lui survit en hiver grâce à de petites poches de l'œsophage dans lesquelles il stocke des graines non digérées. Mais surtout, il sait maintenir la température de son corps à plus de soixante-dix degrés au-dessus de la température extérieure. Moins trente dehors, quarante à l'intérieur, le tout séparé par moins d'un centimètre de plumage. Pas mieux.

— Où allez-vous chercher tout ça, Docteur ?

— Dans les livres ou dans la nature, partout où je peux trouver des exemples qui font de nous de gros lourdauds pathétiques à qui il faut des tonnes de vivres, des couches de vêtements, des parkas, des tuques, des moufles, des bottes, des chiens, des toboggans, des couteaux, des haches, des fusils, de la poudre, du feu et des avions – pas même pour survivre, juste pour nous empêcher de vivre l'un des nôtres.

— Oui, mais nous, tout ça, on sait le fabriquer. Avec ma belle mécanique, je peux voler cinq heures à presque deux cents kilomètres à l'heure.

— Wright, depuis des millénaires, la paruline rayée, douze grammes, traverse l'Atlantique en trois jours sans s'arrêter. Et sans carburant !

— Mais sans transporter personne, intervient Claudel, vexé.

— À quoi bon, puisque toutes les parulines peuvent le faire ?

— D'accord… Où voulez-vous en venir, au juste, Docteur ? demande Wright, beau joueur.

— Nulle part. Le lagopède des saules marche sur la neige sans s'enfoncer parce que ses pattes plumées lui font des raquettes, et les pattes des bernaches ne gèlent pas grâce au sang chaud de leurs artères qui enveloppent leurs veines pour les réchauffer. C'est tout.

— Je n'ai rien compris, avoue Claudel en riant.

— Et il n'y a toujours aucune insinuation ? s'amuse Wright.

Söderlund ne dit rien. Il contemple son quart. Le vide d'un trait. Puis le regarde encore longtemps avant de répondre.

— Si, tout compte fait, il y a peut-être un message. Notre meute traverse ces immensités admirables dans une débauche de brutalité et de violence dans le seul but d'appliquer une loi qui nous permet de nous en prendre à un supposé criminel sans un seul regard pour ce monde merveilleux qui nous entoure. Chaque roche, chaque plante, chaque animal de ce paysage est un miracle. Le gouvernement ferait mieux de consacrer ces moyens en hommes et en matériel pour mieux connaître la faune de ces contrées remarquables qu'à cette traque imbécile.

— Sauf qu'aucune mésange n'a tiré sur Billy, et qu'aucun sizerin blanchâtre n'a tué Bauwen.

Söderlund lève les yeux au ciel, soupire, jette son quart dans la neige et s'en va.

— C'est bien ce que je disais : plus le froid est grand, plus il rend cons les hommes.

25

… POUR DÉCONGELER LE CORPS.

Mardi 9 février 1932

À défaut des peaux, ce sont bien de gros flocons ronds et cotonneux comme des queues de lièvres arctiques qui tombent en lentes cascades. C'est tout le ciel de neige qui s'affaisse en continu. Un ensevelissement silencieux du monde. Les flocons chutent au ralenti, en rangs serrés, suffocant tout de leur soyeuse froidure. Ils sont tant et tant, par milliards, dans leur lent éboulement muet, qu'ils ont étouffé le vent et vidé le ciel de ses tempêtes. Dans un silence si vertigineux qu'il réveille les hommes. Les tentes, les reins creusés par la neige, accouchent une à une de leur tête ébahie de découvrir le monde arrondi par ce lourd et épais capiton de fraîche. Quand, par magie, cesse la neige et que tous regardent, en silence, hésiter le dernier flocon, le spectacle est tel que les hommes en restent sans voix. Au-dessus d'eux, pour la première fois depuis des semaines, le ciel est bleu à travers les derniers nuages. Il est 10 heures. Walker a laissé les hommes dormir jusqu'au lever du jour. Un quart de thé noir et quelques biscuits à la main, il regarde Claudel et Wright revenir de l'avion.

— Grâce à Dieu, et surtout à Claudel et à la cabane de toile qu'il a construite autour du moteur pour le préserver, on va pouvoir profiter de l'éclaircie pour repérer Jones, dit Wright.

— Avec un mètre de neige nouvelle ?

— De là-haut, la moindre différence de densité se remarque. En Europe, on survole les champs labourés pour repérer des ruines ensevelies.

— Par contre, ajoute Claudel, plus sombre, ils ont des pistes en ciment qu'il n'est pas nécessaire de damer. Je vais avoir besoin d'au moins six de vos hommes pendant quelques heures.

Walker épargne ceux qui ont monté la garde et désigne six trappeurs pour aider Claudel. Sous ses ordres, ils coupent trois jeunes saules qu'ils traînent jusqu'à l'arrière du Bellanca, et nouent les troncs au train d'atterrissage. Wright fait glisser plusieurs fois l'appareil en traînant cet attirail qui brasse l'épais coton de la neige. Après dix allers-retours, Claudel fait signe à Wright de s'arrêter, le temps que les hommes ébranchent les saules et n'en gardent que les troncs. Ils les disposent en travers de la piste, les uns derrière les autres, et les attachent entre eux. Claudel noue alors un cordage à chaque extrémité du premier tronc et les relie au train arrière du Bellanca. En quelques va-et-vient cette fois, une large piste est damée et le Bellanca prêt à décoller. Quand Wright la remonte jusqu'aux abords du camp et fait pivoter le Bellanca pour l'aligner, il soulève sa vitre et appelle Walker pour l'inviter à monter à bord avec Riley qui attend d'embarquer.

— On va commencer par quelques tours d'un rayon d'un kilomètre autour du camp et à cent mètres d'altitude en espérant croiser une piste. Pas la peine de surveiller des deux côtés, concentrez-vous sur l'intérieur de notre courbe.

Ils sont en vol depuis cinq minutes seulement quand Claudel repère des traces.

— Là, à deux heures !

Riley et Walker collent leur nez au cockpit et s'y cognent, surpris par la manœuvre de Wright qui vire serré pour descendre à trente mètres et suivre la piste. Les empreintes sont profondes. Elles dessinent une longue traînée dans la neige.

— C'est notre homme ? demande Wright.

— Ce ne sont pas les empreintes de Jones. Il ne se serait jamais aventuré dans la neige sans ses raquettes, explique Walker.

— Sans doute un ambleur, ajoute Riley.

— Qu'est-ce que c'est ?

— Un quadrupède qui avance les deux pattes du même côté dans le même mouvement. Regardez le rythme de ces traces : deux à droite, deux à gauche et ainsi de suite.

— Et la grande traînée au milieu ?

— C'est son ventre qui traîne. Le signe d'un animal de taille moyenne. À mon avis, c'est notre glouton d'hier soir.

— Vous voulez qu'on suive ses traces ?

— Non, répond Walker. Un carcajou en chasse parcourt facilement une quarantaine de kilomètres, certains trappeurs en ont même pisté sur plus de quatre-vingts. Celui-là doit être déjà loin. Mieux vaut reprendre la traque de notre glouton à nous.

Riley s'amuse de ces derniers mots.

— Un surnom qui lui va comme un gant : Jones le glouton !

— Ne dites pas ça à vos hommes, plaisante Wright, n'allez pas en faire une créature légendaire, ils ont déjà peur de lui.

Il remonte à cent mètres et reprend leur ronde. Quelques minutes plus tard, Walker, le nez contre la vitre, alerte les autres.

— Cette fois, c'est lui. Des traces de raquettes, murmure l'inspecteur.

Wright observe les marques, puis vérifie ses instruments.

— Le problème, c'est qu'on est à l'est du campement, finit-il par dire.

— Pourquoi serait-ce un problème ?

— Parce que ces traces se dirigent vers l'ouest, ce qui signifie que Jones était derrière nous et nous suivait…

Wright vire de nouveau pour suivre les traces et quelques minutes plus tard, Walker jure entre ses dents. Sur la droite de l'appareil, à quelques centaines de mètres, on distingue nettement le camp, un peu plus au nord. Et sous le nez de l'appareil, les traces d'un bivouac sur un ruisseau gelé. Et aucune empreinte au-delà.

— Cet enfant de salaud a bivouaqué à trois cents mètres à peine de notre camp. Assez près pour entendre notre musique.

— Et nos fusillades !

— La bonne nouvelle, c'est qu'il n'a pas plus d'une journée d'avance sur nous.

Ils suivent le ruisseau pour voir où Jones en a quitté le cours, et repèrent bientôt de nouvelles traces qui descendent vers le sud. Wright prend de la hauteur pour avoir une vue d'ensemble et ne peut s'empêcher de siffler son admiration entre ses dents.

— Regardez ces traces, explique-t-il. Elles décrivent un large cercle pour revenir en arrière et se perdre dans le même ruisseau gelé. Ça ne mène nulle part.

— Si, quand même, intervient Campbell. Ces empreintes ne sont pas fraîches. Elles sont en partie comblées par la neige, ça doit dater de la nuit dernière.

— Ce qui veut dire ?

— Que Jones a passé une bonne partie de la nuit à piétiner pour semer la confusion.

— Mais on n'y voyait rien avec ces tombereaux de neige.

— Visiblement, ça n'a pas posé problème à Jones…

Wright élargit son rayon de recherche dans l'espoir de relever une autre piste.

— C'est quoi, ça ? Des renforts ? interroge Claudel.

À l'est, trois traîneaux se dirigent vers le campement.

— Ça ne me dit rien qui vaille, maugrée Walker. Wright, ramenez-moi au camp.

Ils se posent en même temps qu'arrivent les trois équipages. Sur ordre du quartier général d'Ottawa, un appel radio a été diffusé à toutes les patrouilles disponibles. En conséquence de quoi le constable Dickens s'est immédiatement dérouté de son poste de Old Crow, à deux cents kilomètres de là sur la Bell River, escorté par deux trappeurs et deux pisteurs indiens. Tous volontaires pour traquer le tueur fou de la Rat River.

— J'espère qu'on n'arrive pas trop tard, dit Dickens en saluant l'inspecteur.

Walker ne répond pas et s'adresse à Wright.

— Demain, il faudra retourner à Aklavik pour faire le plein de vivres et de munitions. Si vous pouviez en profiter pour ramener le corps de Bauwen, ce serait un soulagement pour sa veuve. Dès votre retour, on changera de mode opératoire. Vous survolerez la région pour repérer des traces et nous les signaler, et on enverra des équipages sur le terrain. Inutile de vous poser chaque fois. Deux battements d'ailes pour signaler une trace, quatre pour un bivouac. Quand les équipages seront en route, vous leur montrerez le cap. Pour communiquer dans l'autre sens, on conviendra d'un certain nombre de signes pour que vous compreniez nos besoins. Ça vous convient, Wright ?

— Parfait. Dans ce cas, je profite des dernières lueurs pour aller faire une balade. Tu viens, Claudel ?

— Non, je vais inspecter l'avion tant qu'il fait jour.

— Ne partez pas seul et armez-vous, Wright. Tout devient vite dangereux par ici… Plutôt qu'une balade, prenez une luge et rapportez-nous quelques brassées de bois puisqu'on va bivouaquer une nuit de plus.

— Pas de problème, inspecteur, dit McCoy, je l'accompagne.

— Ne bougez pas, murmure McCoy.

Le constable est d'abord passé voir ses chiens pour les ébouriffer d'une virile caresse. Il joue avec eux, tête contre tête, les chevauche en leur grattant le ventre, ses doigts en peignes à travers leur épaisse fourrure. Il inspecte leurs pattes, ausculte leurs coussinets, vérifie leur museau et leurs babines, le gant enfoncé dans leur gueule pour surveiller l'état de leurs dents. Il flatte longtemps son chien de tête, qui jappe de bonheur et de fierté, et force sa tête dans les jambes de son maître. Puis McCoy leur ordonne de se coucher, et ils creusent la neige pour s'y rouler en boule, la queue rabattue sur le museau.

Maintenant il est là, figé, aux aguets, et retient Wright par le bras pour le forcer à s'immobiliser. D'un mouvement de tête, il lui désigne un gros oiseau prudent, tout blanc, immobile et rond au pied d'un bouquet de saules. Blanc sur blanc. Neige sur neige. Wright ne l'aurait pas vu. Même la pointe de sa queue, seul trait noir de son plumage, il l'aurait confondue avec une brindille de bois mort.

— Les Français appellent ça une perdrix des neiges, ou encore un jalabre. Pour nous, c'est un lagopède.

L'oiseau est gros comme une bonne poule. C'est une boule. Une boule de neige.

— Elles sont quatre, sourit McCoy. Vous voyez les autres ?

Wright n'avait pas vu la première et, maintenant qu'il le sait, il ne voit pas les trois autres non plus. Il lui faut quelques minutes pour les repérer.

— Pourquoi dites-vous « elles », ce sont des femelles ?

— Les lagopèdes passent l'hiver séparément : les mâles d'un côté, les femelles de l'autre.

— Pourquoi ça ?

McCoy prend son temps pour répondre. Wright s'amuse de le voir savourer en silence la présence des oiseaux. Il devine dans son regard une sorte de bonheur. Wright pensait que tout bon trappeur aurait déjà plumé tout ça.

— Par prudence, mais aussi parce que les femelles sont des coquettes…

McCoy devance la question de Wright qui ne quitte pas des yeux les quatre perdrix des neiges.

— À ma connaissance, c'est le seul oiseau qui mue trois fois dans l'année pour se fondre dans le décor en fonction de la saison. Plumage gris-brun comme la roche en été, ambré comme les lichens à l'automne et blanc en hiver.

— Et ça suffit à en faire des coquettes ? s'amuse Wright.

— Non, les femelles sont des coquettes parce qu'elles adoptent leur plumage blanc bien plus tôt que les mâles. Eux restent un bon mois de plus avec leur plumage d'été, ces idiots !

— C'est moins élégant, je vous l'accorde, mais en quoi serait-ce idiot ?

— Ils n'y sont pour rien, c'est un mécanisme génétique qui leur échappe, mais, sur la neige immaculée, ça fait d'eux des proies plus faciles pour tous leurs prédateurs, trappeurs compris. Pendant cette période, quatre proies sur cinq sont des mâles.

— Et là, vous ne les tirez pas ?

— Quoi ? Quatre malheureux oiseaux de moins d'une livre chacun une fois plumés, pour nourrir une douzaine d'hommes et quelques dizaines de chiens, à quoi ça servirait ?

— À améliorer l'ordinaire…

— Ça ne ferait que provoquer un pugilat. Chiens et hommes se battraient pour le moindre relief.

Décidément, ce McCoy plaît à Wright. Il se verrait bien faire une longue randonnée avec lui, le temps de courir une ligne de trappe. Découvrir les pieds dans la neige cette nature qu'il ne fait qu'admirer d'en haut sans rien en connaître, en fait. Apprendre, par exemple, comment ces oiseaux survivent quand l'hiver a tout glacé.

— Il suffit de regarder d'où elles sortent, explique McCoy.

— Quoi, de ce bosquet de saules rabougris ?

— Oui. Leur surnom, c'est « lagopède des saules ». L'arbre est leur garde-manger, des bourgeons, même gelés, jusqu'à la moindre brindille.

— La nature est bien faite, s'amuse Wright.

— Bien plus que vous ne le pensez. Quand les petits naissent, imaginez-vous qu'ils sont carnivores les premiers mois de leur vie. Mais, dès les premières neiges, quand moustiques, araignées et escargots ont disparu, ils deviennent exclusivement herbivores. Myrtilles, baies, saxifrages, bruyères, chatons de bouleau tant qu'il y en a, puis ils se rabattent sur les saules quand les grands froids congèlent le pays.

— Vous pensez que Jones peut en chasser ?

— Bien sûr, s'il est malin, s'il repère leurs traces, s'il sait les appâter en jonchant le sol d'une poignée de bourgeons gelés, oui. Au fusil ou à la fronde, s'il en a une. Ou même d'un jet de pierre bien ajusté. C'est ce que je ferais.

— Vous pourriez survivre, comme lui, dans ce territoire hostile ?

— J'étais trappeur avant d'être constable. Que croyez-vous que je faisais d'autre, chaque hiver, à relever en solitaire mes pistes de trappe ?

— Il peut nous échapper, alors ?

— À nous, oui, mais pas à vous. Votre avion le condamne. Soit vous le repérez et on lui tombe dessus, soit vous le poussez à s'exposer à des risques insensés. Dans les deux cas, il en mourra.

— Ce n'est pas ce que je veux, McCoy.

— Tout le monde connaît votre position là-dessus, comme je connaissais celle de ce pauvre Bauwen, mais la plupart des hommes veulent la mort de Jones, et Jones ne se laissera jamais prendre vivant.

— Comment pouvez-vous en être si sûr ?

— Parce que c'est un coureur de bois. Empêchez-le de courir et il préférera mourir. Il n'est plus du même monde que nous, Wright, il est passé de l'autre côté. Du côté des lagopèdes, des bœufs musqués, des caribous et des loups. Un animal, ça ne se rend pas. Ça se fait abattre par surprise, ça fuit ou ça fait face jusqu'à la mort.

— J'empêcherai ça.

— Vous ne pourrez rien y faire, Wright. On ne détourne pas si facilement la meute de sa proie.

— Dans ce cas, comment pouvez-vous participer à ça, McCoy ? Vous ressemblez plus à Jones qu'à ceux qui lui courent après.

— C'est un fugitif et je suis un constable, voilà tout. Mais je crois que j'arrive à le comprendre.

— Vous ne lui en voulez pas, pour Billy ?

— Tout le monde sait que Billy a tiré en premier… C'est lui qui a mis le feu aux poudres. J'ai sauvé Billy parce que c'était un homme blessé. Si Jones avait été blessé, j'aurais essayé de le sauver de la même façon.

Ils ont élevé la voix, et les perdrix des neiges se dispersent à l'abri des saules. Elles courent en se dandinant entre les troncs et disparaissent. Soudain, il semble que le charme est rompu : l'air redevient d'un froid glacial et gris, et le paysage figé et hostile.

— Détrompez-vous, lâche McCoy, rien n'a changé. Les lagopèdes sont toujours là et nous surveillent. Depuis qu'on parle, un renard arctique nous a repérés et maraude pas très loin sur notre droite, derrière un bourrelet de neige, intéressé par les mêmes perdrix que nous. Et un harfang des neiges s'est posé plus loin derrière lui sur une congère. Les perdrix savent qu'elles doivent se protéger de trois prédateurs, le renard sait que le harfang convoite les mêmes perdrix que nous et lui, mais qu'à défaut il pourrait s'en prendre à lui, tout comme nous, et le harfang sait qu'il s'exposerait à nos fusils le temps du vol plané silencieux qui lui permettrait de planter ses serres dans la fourrure du renard ou dans les plumes de la moins rapide des perdrix. Tout est toujours là, sous nos yeux, Wright, et c'est la même chose pour Jones.

Il laisse des traces pour faire diversion, mais il nous garde à l'œil.

Wright reste un long moment silencieux à observer tout ce qu'il ne voit pas. Ni le harfang ni le renard. Quand McCoy lui fait signe de se mettre en route, il hésite un peu avant de planter ses bottes dans les traces profondes du constable.

—J'aimerais bien faire une journée de traîneau avec vous et vos chiens, un jour où on n'aurait pas besoin de mon avion.

McCoy ne répond pas tout de suite. Il rechausse ses raquettes et invite Wright à en faire autant d'un mouvement du menton. Puis il reprend sa marche.

—Ça ne va pas être possible, Wright. Demain, on rentre à Aklavik.

—Qui, « on » ?

—Mes chiens et moi.

—Rien ne presse, on pourrait faire ça à votre retour.

—On ne reviendra pas. J'ai prévenu Walker, et le reste de la troupe doit déjà l'avoir deviné. Je ne veux pas être parmi eux quand ils tomberont sur Jones. Mes chiens et moi, on abandonne cette chasse à l'homme.

Quand ils reviennent au campement, un des équipages partis en reconnaissance est déjà de retour : le toboggan a été fracassé dans un piège à bœuf. L'un des hommes s'est cassé le bras en se heurtant à une souche cachée sous la neige, mais le musher a réussi tant bien que mal à ramener ses chiens, son compagnon et le traîneau jusqu'au camp. Burton évalue les dégâts. Claudel et Wright, curieux, s'approchent et demandent ce qu'est un piège à bœuf.

—Le bœuf, c'est le musqué, l'*omingmak* des Inuits, l'animal dont la fourrure est une barbe, comme ils disent. Une sorte de mouflon qui se prend pour un bison et qui reste par chez nous malgré l'hiver, grâce à sa toison laineuse sous une couverture de jarres. Le problème, c'est que pour manger tous les jours sa dose de saules arbustifs, de laîches ou de mousse, il creuse la neige jusqu'à la terre gelée. Avec ses pattes d'abord, et, si la neige est trop dure ou trop profonde, à grands coups de tête et de cornes. D'où ces cratères dans lesquels se plantent nos toboggans si le chien de tête n'a pas détecté leur présence.

— Il y a des bœufs musqués par ici ?

— Un peu partout, oui. Ils se déplacent la plupart du temps en petits troupeaux qui laissent des ravages bien plus tourmentés que ceux des caribous, mais il y a toujours quelques solitaires.

— J'aimerais bien croiser un de ces drôles de bisons, dit Claudel.

— Vous avez dû en survoler, mais il faut savoir les repérer.

— Ils se camouflent ?

— Pas vraiment, mais, en cas de blizzard, ils se couchent dos au vent, immobiles, se laissent ensevelir sous la neige, et ils ressemblent à de grosses congères.

— Et ils ne meurent pas de froid ?

— La nature a prévu ça ! Sur le dos, leur pelage est long et aussi imperméable qu'un ciré marin, et sur le ventre, leur laine est fine comme du cachemire et huit fois plus chaude que celle du mouton.

Walker vient inspecter les dégâts à son tour. Le toboggan a les deux patins brisés, l'homme une mauvaise fracture, et deux des chiens se sont blessés en se débattant dans leurs liens. Walker décide que Wright fera un aller-retour dès que possible pour déposer le blessé à Aklavik. Pendant ce temps, le musher retournera au camp de base avec ses chiens et son traîneau rafistolé, en n'empruntant que le lit de la rivière gelée. Un trappeur l'accompagnera par sécurité, que Wright récupérera au passage en faisant une halte au camp de base.

— Pas la peine, intervient McCoy, je l'accompagnerai avec mon équipage et je m'assurerai qu'il a rejoint le camp de base avant de continuer ma route vers Aklavik.

— McCoy, je voulais justement vous parler de ça. Étant donné les circonstances, je préférerais que vous restiez. Je ne voudrais pas perdre deux équipages d'un seul coup.

— Ma décision est prise, inspecteur. Avec Wright et Claudel dans le ciel, vous n'avez plus besoin d'autant d'équipages pour patrouiller.

— Alors je vais vous le dire autrement, McCoy : vous êtes gendarme et je suis votre supérieur. Ce n'est pas une requête, c'est un ordre.

— Dans ce cas, Walker, considérez que je ne suis plus gendarme. Je rendrai mes armes et mon équipement en arrivant à Aklavik, répond McCoy en tournant les talons pour aller préparer ses chiens. On va rafistoler ton toboggan, lance-t-il à l'autre musher au passage. On est partis dans une heure.

— C'est ça, grogne Hatcliff, fous le camp, déserteur !

Le poing de Walker l'allonge pour le compte et le sang éclabousse la neige.

— Il n'y a pas de déserteur, rugit Walker, il y a ceux qui partent et ceux qui restent. Ceux qui partent peuvent suivre McCoy, et ceux qui restent ferment leur gueule.

Mais personne ne part, sauf McCoy qui ne s'est pas retourné.

Le lendemain matin, une heure avant l'aube, Wright et Claudel préparent l'avion, et Walker fait damer la piste par ses hommes. Le temps est blanc. Immobile. Sans neige et sans vent. Figé dans le froid.

— Si les conditions le permettent, je reviens dans cinq heures. Si le temps s'épaissit, balisez avec deux feux en début et en fin de piste.

— D'accord. Bon vol et revenez vite.

Ils font charger le corps de Bauwen. Tout le monde l'avait oublié. Enveloppé dans sa bâche sur un toboggan à l'écart, gelé comme un tronc mort. La nuit dernière, le glouton aurait pu y mordre à pleines dents et l'entraîner dans les bois.

Les hommes regardent décoller l'avion, puis Walker les rassemble. Dès le retour de Wright, ce campement deviendra le camp de base. Un nouveau camp avancé sera monté dès que de nouvelles empreintes permettront de savoir dans quelle direction progresse Jones. Wright survolera les équipages qui lui communiqueront les résultats de leurs recherches par signes. Fausse piste, piste à suivre, renforts demandés, etc.

— En attendant, décide Walker, l'équipage du constable Dickens va remonter le plus à l'ouest possible, le long du ruisseau que Wright a survolé. Moi et les autres, on en profitera pour patrouiller dans les environs jusqu'à ce que l'avion revienne.

Quand Dickens prend Walker à part, étonné de repartir en mission alors qu'il arrive à peine d'un périple de deux cents kilomètres, l'inspecteur lui explique qu'il n'a pas le choix.

— La plupart de mes hommes ont la gueule de bois. Ils ont organisé un bal de bûcherons hier soir.

— Mince alors, si j'avais su, j'aurais lâché mes chiens. J'adore les bals de bûcherons.

Mais Walker ne l'écoute déjà plus. Il regarde Hatcliff et Burton préparer un équipage.

— Nos conneries d'hier nous ont dégrisés, inspecteur, on va accompagner Dickens.

— Ce n'est pas ce que j'ai ordonné. Vous allez patrouiller avec moi.

Pendant ce temps, Wright et Claudel rallient Aklavik avec le corps de Bauwen. Wright a déjà transporté des malades, des blessés, des femmes sur le point d'accoucher, des nouveau-nés. Des mourants, même, mais jamais de cadavre.

— Au moins, avec ce passager, pas d'urgence, dit Claudel en forçant la voix pour se faire entendre malgré le bruit du moteur. Ce brave Bauwen appartient désormais à ce que les Indiens appellent « le temps long ». Celui des morts, des esprits, des éternités promises…

— Le temps long de ceux qui restent, aussi, lance Wright. Du vide, de l'attente, des souvenirs… Je plains sa femme.

Ils gardent le silence pendant le reste du vol. Mais, quand ils survolent Aklavik sous un ciel dégagé pour la première fois, Wright ne peut s'empêcher de penser que ce bourg reculé ne demande qu'à s'abandonner au temps long. Les gens qui vivent ici sont moitié perdus, moitié condamnés. Loin du temps fou des grandes villes. Sortant de sa rêverie, il aligne le nez du Bellanca dans l'axe de la rivière pour atterrir.

Deux femmes sont là, dans une neige magnifique, nacrée par un grand soleil d'ivoire. Linda Bauwen et Martha Walker. Wright est trop honnête pour se lancer dans des condoléances. Claudel garde le silence, lui aussi. Par chance, Walker a donné des ordres par radio, et un équipage de deux hommes rejoint l'avion. Le musher plante l'ancre dans la neige, et aide le second homme à descendre le corps de Bauwen de l'avion pour le poser sur le toboggan avec l'aide des aviateurs.

Quand le musher relâche son frein, les chiens de barre comprennent qu'il ne s'agit pas d'une course. Ils décollent lentement le traîneau de la neige et marchent au pas vers le bourg. Linda Bauwen et Martha Walker suivent le cortège silencieux. Par chance, Bauwen est enveloppé dans une toile et Linda ne voit pas la grimace que le froid a gelée sur le visage de son homme. Peut-être qu'elle l'imagine. Peut-être que l'émotion la cisaille. Elle dérape sur une plaque de glace et s'agrippe au bras de Claudel pour éviter la chute. Surpris, il garde le bras de Linda sous le sien, et Wright, par courtoisie, en fait autant avec Martha Walker qui est en pleurs.

Linda n'ignore rien des désaccords entre Bauwen et son époux. On reprochera certainement à Walker d'avoir envoyé Bauwen en première ligne. Elle sait les remords qui vont le ronger, les mêmes qui le hantent depuis qu'il est rentré de la guerre.

— Comment va Howard ? hasarde-t-elle sans regarder Wright.

— Il fait avec les moyens du bord, élude le pilote. Les trappeurs ne sont pas des hommes faciles, et Jones est un adversaire qui leur donne du fil à retordre, mais Walker se débrouille plutôt bien.

— Jones, un adversaire ? s'étonne-t-elle. Vous en parlez comme d'un partenaire de jeu…

— C'est comme ça qu'il faut le considérer, Madame. Faire de Jones un ennemi, ce serait revenir à la guerre. Walker n'est plus en guerre. Il l'a été au début, mais je crois qu'il ne l'est plus. Je l'espère pour lui. Pour nous tous.

— Pourvu qu'il reste dans ces dispositions. Pourrez-vous lui apporter deux ou trois petites choses de ma part quand vous repartirez demain ?

— Bien sûr. Faites savoir aux compagnes des autres hommes que j'en ferai autant pour elles.

— Merci, monsieur Wright, c'est très généreux de votre part. On m'a pourtant rapporté que vous ne vous entendiez pas avec Howard…

— Nos premiers jours ont été tendus, c'est vrai. Nous avons tous les deux un certain sens du devoir, mais je sers des causes et lui des lois. Malgré nos divergences, nous nous supportons chaque jour un peu plus. Les ruses de Jones nous incitent à faire front commun.

— Monsieur Wright, dit Martha Walker, toujours sans le regarder, puis-je me permettre de vous inviter à dîner ce soir, vous et M. Claudel ? Linda sera des nôtres.

Wright accepte et ils marchent un instant en silence quand, devant eux, Linda Bauwen et Claudel s'arrêtent. Au loin, à mi-chemin entre l'avion et le bourg, une trentaine de Loucheux. Debout, totems immobiles et noirs en contre-jour de la neige luisante. Le plus vieil homme du groupe s'approche, une montagne de cadeaux dans les bras : des outils, une hache en silex, un vieux pistolet rouillé, un calumet, un piège à fouine. Il s'adresse à la veuve et Martha Walker traduit. Ces objets offerts par les Loucheux accompagneront Bauwen dans son dernier voyage. Son ombre restera autour de sa tombe, pour demeurer proche de ceux qui l'ont aimé, mais son âme, elle, partira pour le royaume des loups, à l'ouest, et marchera le long des étoiles jusqu'au bout de la Voie lactée où s'ouvre l'éternel et infini territoire des morts. Ce qu'on posera sur la tombe est destiné à son ombre, ce qu'on enfouira à ses côtés servira à son âme dans son long voyage.

Linda écoute, les larmes aux yeux, étonnée que Martha Walker comprenne la langue des Loucheux. Bauwen la pratiquait un peu, lui aussi. Elle avait préféré pour sa part apprendre le français. Et voilà qu'aujourd'hui, les seuls à rendre hommage à son défunt mari, ce sont ces sauvages qu'elle avait toujours regardés de haut.

— Enterre selon tes croyances cet homme que tu as aimé, et qui a été bon. Fais les prières et les offrandes qui conviennent à ta religion. Mais, s'il te plaît, offre à son ombre et à son âme ces objets qui lui seront utiles là où il va. Ton Dieu, que nous honorons aussi aujourd'hui, ne devrait y voir aucun mal s'il est aussi juste et bon que l'affirme le prêtre qui s'oppose à ces offrandes.

Wright se demande pourquoi le Loucheux parle dans sa langue alors qu'il peut se faire comprendre en anglais. Mais il a tôt fait de se rappeler à l'ordre : ce n'est pas une langue que parle cet homme, c'est un langage. Celui du cœur et des émotions.

— Ne t'inquiète pas si, pendant quatre jours et quatre nuits, tu aperçois l'un de nous autour de la tombe ou de chez toi. C'est le temps qu'il faudra à son âme pour se préparer au voyage, et c'est notre façon de veiller sur elle.

Le Loucheux reste immobile face aux deux femmes en pleurs. Martha comprend qu'il attend qu'on accepte ses offrandes. Avec l'aide de Claudel, elle récupère tous les objets. Le vieil Indien fait alors demi-tour en silence et rejoint les siens qui disparaissent dans l'immensité blanche.

— Et moi qui pensais que ces Loucheux convertis ne pouvaient pas être d'aussi bons chrétiens que moi…

Wright et Claudel disposent les offrandes sur le toboggan, aux côtés de Harry Bauwen, puis ils se remettent en route jusqu'à la première rue du bourg d'Aklavik. L'excitation de la mobilisation générale est palpable. Des hypocrites ôtent toques et chapkas au passage du corps : ce cortège funèbre justifie à leurs yeux la mise à mort de Jones.

Arrivés au poste de la Gendarmerie royale, Wright et Claudel prennent congé de Linda et Martha, et se retirent pour organiser le vol du lendemain.

— Si Bauwen est enterré à Red Arctic, on pourrait peut-être y déposer Linda et le cercueil, propose Claudel. J'imagine qu'il lui a fallu deux ou trois jours de traîneau pour venir jusqu'à Aklavik. Autant lui éviter le pénible trajet de retour.

— J'y ai pensé, dit Wright, mais la procédure impose une autopsie, et le légiste n'aura pas le temps de la pratiquer avant qu'on retourne au camp.

— Insistons pour qu'il la fasse ce soir. Cette nuit même, s'il le faut.

— À quoi tu penses, Claudel ? Bauwen est dehors, enveloppé dans une simple bâche, depuis dix jours par moins quarante degrés. Il va falloir au bas mot vingt-quatre heures pour décongeler le corps.

26

… AUX CÔTÉS DE MA FEMME.

Mercredi 10 février 1932

La nuit est un chaos, dehors comme dedans. Dehors, c'est une nouvelle tempête de neige, plus violente encore que les précédentes. Dedans, c'est une grande confusion. Martha a rappelé la tradition des Loucheux : il faut rire et plaisanter à la mémoire du défunt. Linda s'est enivrée pour se forcer à être joyeuse. Elle rit. Beaucoup. Trop et trop fort. Raconte sur elle et Bauwen des choses intimes que personne n'aurait voulu entendre. Elle s'étouffe de rire plusieurs fois avant d'éclater en sanglots. Elle a honte de se donner ainsi en spectacle et demande qu'on l'en excuse. Puis elle blêmit, secouée de haut-le-cœur, et Martha l'accompagne dans les toilettes puis dans la salle de bains avant de demander à Wright de bien vouloir la déposer sur le lit de la chambre d'amis.

— Eh bien ! gronde Martha Walker en se retournant sur lui.

Il reste là, tout pilote qu'il est, dans l'encadrement de la porte, à les regarder alors que Martha s'apprête à déshabiller Linda Bauwen pour la coucher.

Wright s'excuse dans un sursaut et regagne la salle à manger comme un gamin pris en faute.

— On y va ? propose-t-il à Claudel.

— Pas question, répond Martha depuis la chambre. Nous n'en sommes qu'à la moitié du repas, vous ne pouvez pas me laisser tout ça sur les bras.

— C'est qu'on doit encore trouver un hébergement.

— C'est tout trouvé. Vous dormez dans le bureau d'Howard au rez-de-chaussée. Il y a un canapé et un lit d'appoint.

— À vrai dire, madame Walker, la neige m'inquiète, déclare Claudel. Je dois encore aller inspecter l'avion et je devrai me lever très tôt demain pour le déneiger. Il serait préférable que…

Elle n'en entend pas plus, sinon la porte qui se referme. Quand elle rejoint la salle à manger où attend Wright, Claudel n'est plus là. Elle écarquille les yeux en exagérant son étonnement, puis sourit de la situation.

— J'espère que vous avez faim, monsieur Wright, parce que j'ai cuisiné pour quatre.

C'est un repas délicieux, dans tous les sens du terme. Martha a servi une soupe de pois cassés au cumin et aux miettes de bacon avant que Linda Bauwen s'effondre. Quand ils ne sont plus que tous les deux, elle sert la tourtière à la viande. Avec, explique-t-elle, une pâte brisée au beurre maison, et de la viande non pas hachée, mais en fines lamelles macérées dans une marinade relevée. Oignon, ail, girofle et, son secret, un soupçon de cannelle. Trois viandes, bien entendu, mais pas de poulet. De l'orignal à la place. Bœuf, porc et élan.

Wright sourit de son enthousiasme. Elle en rougit. Ils partagent un mauvais vin rouge en bavardant. Ils parlent beaucoup, de tout, puis d'eux. Lui de ses avions, elle de ses rêves d'antan. Elle a fait les Beaux-Arts à Montréal. Elle s'imaginait peintre naturaliste du Grand Nord. Walker lui a pris sa virginité, la guerre lui a pris son insouciance, et la crise leurs économies et ses dernières illusions. Mais elle n'en veut à personne, dit-elle.

Elle débarrasse et lui la rejoint dans la cuisine pour essuyer la vaisselle. Elle dit que Walker – il ne lui a pas échappé qu'elle l'appelle Walker, maintenant – l'aidait à faire la vaisselle, avant. Au début. Au tout début.

Elle propose un sherry et ils repassent au salon pour le boire. Un vieux xérès d'Espagne coupé d'eau-de-vie. Un trente ans d'âge, d'avant la guerre. Ils le savourent en silence, pendant que la tempête se déchaîne au point de faire trembler la charpente de temps en temps. Une robe caramel, des notes de figue et de prune. Wright s'en veut de penser à une robe et à des fruits juteux. Il s'apprête à prendre congé quand Martha demande :

— Vous aimez la musique ?

— Oui, répond-il, surpris. Oui, bien sûr…

Elle se lève vivement et esquisse un pas de danse jusqu'au guéridon où trône un gramophone. Un modèle valise, dérivé des fameux « gramophones des tranchées », supposés distraire les hommes entre deux boucheries sur la ligne de front. Celui-ci est un HMV – « His Master's Voice ». Dans le socle de l'appareil, elle ouvre un tiroir où sont rangés des disques et en sort un.

— Joséphine Baker, vous connaissez ?

Qui le lui a dit ? s'inquiète Wright. *Comment peut-elle savoir ?*

On dit qu'au-delà des mers
Là-bas sous le ciel clair…

— Vous dansez ? demande-t-elle en envoyant valser ses chaussons du bout des pieds.

Ne fais pas ça, Wright, je t'en prie, ne fais pas ça. Dis que tu n'aimes pas danser, marche-lui sur les pieds… Ne prends pas la main qu'elle te tend. Après, ce sera trop tard. Tu n'es pas là pour ça.

— On dit que les pilotes sont de bons danseurs…

Et le cœur battant d'émoi
À mi-voix
Doucement je dis : « Emporte-moi ! »

Elle murmure les paroles et il n'y résiste pas. Il se glisse dans ses bras et dans la danse. Un tango de salon lent et chaloupé. Wright, c'est un patineur, comme on dit, un lustreur de parquet, un javateur. Il danse avec autant d'aisance qu'il enchaîne les figures de voltige, au corps à corps, dans des vertiges somptueux. Martha ne dit plus rien. Au passage, elle éteint la lumière. Ne reste que celle du feu qui crépite dans l'âtre. Elle s'abandonne à sa main qui la guide, au creux de ses reins ou sur sa hanche. Il succombe à la chaleur de son corps, au parfum sucré de sa peau, à l'odeur de ses cheveux. Il résiste encore à la tentation, mais il sait déjà que c'est pour mieux y céder.

J'ai deux amours
Mon pays et Paris…

Quand, dans le grésillement du sillon final, elle lui offre ses lèvres, il bascule à son tour dans un interdit qu'il redoutait d'atteindre.

La suite est un bonheur inattendu, au cœur chaud d'une femme qui n'attendait rien d'autre qu'une douce étreinte. Un instant suspendu. Une parenthèse dans la tempête. Elle l'a aimé dans une douceur surprenante, tout en caresses et en rondeurs, en murmures, en tressaillements, en abandons retenus, longtemps, très longtemps.

Le spectacle du petit matin le laisse sans voix. Elle est déjà debout. L'appartement embaume le thé noir, les *flapjacks* et les *butter cakes*. Il lui est reconnaissant de ne pas lui avoir cuisiné un petit déjeuner de trappeur. Elle le regarde manger en buvant à petites gorgées son thé bouillant. Il la surveille du coin de l'œil en souriant. Elle ne s'affiche pas avec l'impudeur et les atours provocants d'une maîtresse. Elle a remis sa sage tenue d'épouse, sobre et élégante, comme tous les matins. Pas de doute, Wright n'est déjà plus qu'un souvenir dans ce paisible foyer.

Quand il la quitte, elle se blottit contre sa poitrine sans chercher à l'embrasser. Ils restent longtemps serrés l'un contre l'autre, sans un mot, alors que le fracas de la tempête ne faiblit pas dehors.

— Merci, monsieur Wright. Je compte sur vous pour veiller sur Howard...

Il n'est que 7 heures et il fait nuit noire. Les bureaux de la gendarmerie sont encore vides.

— Ah, te voilà enfin ! s'exclame Claudel depuis la pénombre du bureau.

— Un seul mot et je te réorganise le portrait, lance Wright.

— Même pour te parler de l'avion ?

— Qu'est-ce qu'il a ?

— Il n'est plus là.

— Comment ça ? La tempête l'a soufflé ?

— Non, elle l'a enseveli. Il est tombé au moins deux mètres de neige cette nuit. On n'aperçoit plus que ses ailes.

— Et pour la tempête ?

— Ça va durer au moins jusqu'à midi, à en croire les sorciers du coin.

— Eh bien, au moins, ça règle le problème de l'autopsie. On va pouvoir ramener Linda Bauwen et le corps de son mari avant de rallier le campement de Walker.

— À propos de Walker, justement…

— Claudel, j'ai dit que je te réorganisais…

— Rien à voir. Il semblerait que la tempête ne touche pas la région où est Walker. Il faudrait le prévenir par radio qu'on ne pourra pas le rejoindre avant ce soir.

— Je m'en occuperai si la radio fonctionne. En attendant, trouve-moi six hommes avec des pelles et allons voir l'avion.

Le vent féroce leur hurle dessus dès qu'ils ouvrent la porte. Il s'engouffre avec fureur dans la pièce. Des papiers volent en tous sens, et la bourrasque fait trembler les corbeilles, les portemanteaux, les étagères, et même la lourde machine à écrire posée sur un bureau. Wright et Claudel s'agrippent de toutes leurs forces pour refermer la porte. Poussé par le vent, Claudel disparaît dans la nuit à la recherche des hommes. Wright lutte contre les rafales pour rejoindre l'avion. Apparemment, Claudel a creusé, seul, une tranchée d'un mètre cinquante de profondeur qui mène jusqu'à l'avion.

Le premier homme le rejoint deux heures plus tard. Tous les habitants sont affairés à déneiger la ville. Les toits pas assez pentus de deux entrepôts se sont effondrés sous le poids de la neige. À certains coins de rue se dressent des congères compactes plus hautes que des hommes. Les équipages qui n'étaient pas sous abri ont disparu. Des chiens aussi. Les murs au vent de toutes les constructions sont plaqués d'un verglas d'un demi-mètre d'épaisseur qui bloque les portes, condamne les fenêtres et pèse sur les charpentes. Chacun se démène contre les dégâts de la tempête, personne n'a le temps de venir aider à dégager l'avion. L'homme repart, promettant de revenir quand les autres seront là. Wright reste seul, à tenter de faire ce qu'il peut mais à chaque pelletée de neige qu'il dégage, les rafales du blizzard en plaquent dix sur lui et sur la partie de l'avion qui dépasse à peine de son sarcophage de glace. Alors il abandonne la partie et se réfugie à l'abri de la tranchée.

Il a survolé tant et tant de ces boyaux immondes où pourrissaient tant et tant d'hommes. Des cadavres marbrés par le dichlore et l'ypérite. Éviscérés par les explosions de shrapnel. La gueule fracassée par des éclats d'obus. Dans la nuit presque polaire, il se souvient de ces champs d'après bataille. La folie guerrière dans toute son horreur. Les Allemands qui asphyxient les troupes au sol avec cent soixante-dix tonnes de dichlore. Les Britanniques qui répliquent à Loos avec cent quarante tonnes du même poison qu'un vent traître rabat sur eux. Wright a survolé ces champs labourés de tranchées et de trous d'obus.

Et là, soudain, le voilà terré dans ce boyau, impuissant, redoutant la mitraille de la neige, tendant l'oreille dans l'espoir d'une accalmie, implorant un dieu auquel il ne croit plus pour que cela cesse. Il n'est plus au-dessus de tout ça. Il est dans le ventre de la tempête comme d'autres étaient dans les tripes puantes de la guerre. Et ce déchaînement de violence soudain l'oppresse.

Il se souvient de ces récits terribles dans lesquels de jeunes soldats en pleurs préféraient se ruer hors de la tranchée en hurlant et se faire déchiqueter dans l'instant plutôt que d'avoir à croupir un jour de plus dans l'enfer de la boue, des corps en putréfaction et des rats. Les cadavres désarticulés, pantins suspendus, pris au piège dans les barbelés. Wright refuse de penser à Walker, parce que l'image du corps de Martha lui revient en mémoire, mais cette guerre odieuse ne lui a rien épargné. Il a connu l'angoisse de ce gaz vert ou jaune qui vous tue dans la minute, ou de cet autre, invisible et inodore, qui vous pourrit de l'intérieur et vous fait vomir votre foie quelques heures plus tard. Il a connu l'obstination du tireur ennemi qui garde dans sa ligne de mire, des heures entières, l'endroit où vous allez pointer votre œil entre deux sacs de sable, et dont la balle vous transperce le crâne. Wright est garrotté par l'angoisse. Une peur inconnue lui étreint le cœur. Une sourde panique se terre au creux de son estomac, comme un fauve acculé, pour mieux lui sauter à la gorge. Malgré le froid glacial, il sent la sueur perler sous ses vêtements épais. Et dans ce désert blanc qui s'étend sur des milliers de kilomètres aux quatre vents, la panique le prend de rester piégé dans ce trou maudit, alors il bondit en hurlant, fauché par une rafale de poudrin, et il retombe dans la tranchée comme si la mort le tirait dans sa tombe.

— Mais qu'est-ce que tu fiches ? hurle Claudel plus fort que la tempête.

Wright reprend ses esprits.

— Tu allais où comme ça, droit dans le grand blanc par ce blizzard ?

— Je ne sais pas, avoue Wright. Ça m'a pris comme ça. Un moment de panique. Je pensais à Walker pendant la guerre. Je n'aurais jamais survécu à ces tranchées.

— Tu parles ! se moque le mécano. Mauvaise conscience de gigolo, oui ! C'est le Grand Manitou qui te tourmente pour avoir joué dans les jupons de Mme Walker.

— Répète ça et je te...

— Oui, je sais, tu me réorganises le portrait. Vas-y, si ça te fait du bien, ne te gêne pas. De toute façon, je m'en moque, j'étais venu te dire que personne ne pourra nous aider avant deux bonnes heures, et la tempête ne faiblira pas avant la nuit. Quant à Bauwen, il est suffisamment décongelé pour qu'on l'autopsie dans la journée. Voilà le programme.

À deux cents kilomètres d'Aklavik, au camp, il neige, mais la tempête, au nord-est, n'est encore qu'un mur de nuages à l'horizon. Walker la surveille d'un œil inquiet.

Plus au sud-ouest encore, elle n'existe même pas dans le ciel blanc qui se fond avec la toundra enneigée. Les deux équipages sont à l'arrêt, les chiens encore énervés par leur course interrompue. Dickens et le trappeur Tug, de Cross River, debout dans la neige, regardent à l'ouest en silence.

— Il ne peut pas se diriger par là, cherche à se convaincre Burton. Ça n'a aucun sens.

Au loin, derrière un horizon de craie, se cachent les monts Richardson. Pas de pics ni de crevasses, pas de crêtes, de falaises, de failles ou d'arêtes. Des sommets érodés qui culminent à mille deux cents mètres, mais exposés à un vent glacial qui prend son élan sur des centaines de kilomètres. Une barrière infranchissable en hiver. Et pourtant, les empreintes ne laissent pas le moindre doute, c'est par là que se dirige Jones.

— Que cherche-t-il ? interroge Dickens, sceptique. À passer les Richardson et à traverser le Yukon pour se réfugier en Alaska ? En plein hiver ?

— Ce serait du suicide, convient Tug. Aucun homme ne peut faire ça. Les deux cols à travers les Richardson sont impraticables. Même un pisteur bien équipé ne s'y risquerait pas en solitaire.

— Les traces vont pourtant en direction des Richardson.

— Encore un coup de bluff. Peut-être qu'il a chaussé ses raquettes à l'envers pour contourner notre campement et nous filer le train.

— Ou alors il cherche à nous disperser.

— Il a déjà réussi. Il n'y a que notre équipage en pointe. S'il nous ouvre une autre piste, laquelle on va suivre ?

— Qu'est-ce qu'il fiche, ce foutu pilote ? grommelle Tug. C'est maintenant qu'il faudrait quadriller le secteur.

— Je suppose que le temps ne lui a pas permis de décoller d'Aklavik.

Dickens et Tug dament une grande flèche dans la neige, la pointent vers les Richardson, pour guider Wright au cas où il viendrait à survoler la zone, puis ils retournent au camp pour faire leur rapport à l'inspecteur Walker. Quand ils arrivent, Söderlund les informe que Walker est parti seul en repérage dans les alentours, et que ça le rassurerait qu'ils le rejoignent.

Une bourrasque déchire en lambeaux le rideau de neige. La congère, surgie du néant blanc, se dresse devant lui. Le chien de tête fait un écart pour l'éviter. Les *team dogs* n'ont pas le temps d'amorcer le virage. Dans l'épaisse couche de poudreuse, leurs pattes puissantes ne trouvent pas assez vite les bons appuis. Le *brush bow* percute l'amas de neige, propulsant le toboggan par-dessus l'obstacle. Sous le choc et aveuglé par la tempête, Walker est projeté dans les airs et vocifère sa colère. Mais comme il peste à travers la neige drue qui le cingle, l'obstacle, sous ses pieds, explose soudain. Une éruption de blocs de neige et d'éclats de givre, puis une masse noire et menaçante qui jaillit des entrailles de la terre. Une force brute, animale. Un *omingmak*. Un bœuf musqué, surpris et furieux. Il s'était laissé encroûter sous la neige pour se protéger de la tempête. Un mâle furibond, le crâne endurci d'une barre d'os épaisse comme un poing et qui se prolonge de chaque côté par de longues cornes en crochets de boucher. Walker roule dans la neige, se redresse aussitôt et court du côté opposé aux chiens. L'*omingmak* ne fait pas la différence entre le chien et le loup, or le loup est le prédateur qui s'en prend à ses veaux. La bête furieuse chargera les chiens si Walker ne détourne pas son attention. Il doit les sauver. Il ne peut pas prendre le risque de se retrouver seul dans la tempête sans équipage, avec des chiens éventrés, enchevêtrés dans leurs tripes et leurs harnais. Attiré par les gesticulations de Walker, l'*omingmak* se détourne des chiens et lui fait face. Des cornes qui se rejoignent en casque d'os, des yeux verts aux pupilles d'ambre, un long et large naseau hérissé de poils drus gainés de givre, les crins de sa fourrure longs jusqu'aux sabots. Tête baissée, il recule de quelques pas pour mieux prendre son élan et charger. Du regard, Walker cherche son fusil. L'animal est de la famille des mouflons, pas des bisons. Il ne charge pas pour repousser. Il attaque pour défoncer, pour briser, pour fracasser. Et éventrer sa victime d'un coup de corne rageur.

Le fusil s'est perdu dans la neige profonde. Pas le temps de le chercher. Walker sort son revolver. Un Colt New Service de l'armée. Il plante son genou droit bien profond dans la neige, le coude calé sur la cuisse, sa main gauche en soutien de celle qui tient le Colt. Six coups. Walker sait qu'il aura tout juste le temps d'en tirer deux ou trois pour stopper l'assaut de la bête furieuse. Pas plus.

Quand l'*omingmak* charge, expulsant des nuages rageurs à travers ses naseaux dilatés par la colère, la première balle ricoche sur son casque d'os. La deuxième se plante dans son épaule sans même le ralentir. La troisième claque alors que l'animal n'est plus qu'à trois mètres de Walker, et l'*omingmak* est fauché net dans son élan meurtrier. Le corps de l'animal sursaute, s'affaisse et glisse jusqu'à Walker dans des écumes de poudreuse. L'inspecteur a tout juste le temps de se jeter de côté et, par réflexe, de tirer une dernière fois dans l'animal déjà mort.

Une fois la menace écartée, Walker se redresse, fait basculer le barillet et en récupère le contenu dans sa moufle. Trois munitions non percutées et trois douilles. Alors il recharge le barillet, scrutant les alentours, et brandit son Colt vers le grand blanc qui l'aveugle. La troisième balle, celle qui a abattu l'*omingmak*, ce n'est pas lui qui l'a tirée…

Walker tient en respect la moindre ombre qui se dessine derrière les rideaux de neige, et sursaute quand une voix sortie de nulle part crie son nom. Un chien d'abord, puis tout un équipage, et enfin Hatcliff et Burton, les vêtements cartonnés de neige et le visage rougi à vif par le froid. Ils surgissent du néant et jettent l'ancre de neige, sidérés par ce qu'ils découvrent.

— Vous avez abattu un bœuf musqué ! s'exclame Burton, admiratif.

— Avec votre Colt ! s'extasie Neville.

Walker ne répond pas. Il reste à genoux dans la neige, le bras tendu, à l'affût du moindre mouvement.

— Il y en a d'autres ? s'inquiète Burton en armant aussitôt son fusil.

Walker reste figé un long moment avant de rengainer son arme.

— Non. Sans doute un vieux mâle solitaire qui s'était laissé ensevelir par la tempête. Les chiens ne l'ont pas vu. Je l'ai percuté de plein fouet. Qu'est-ce que vous faites là ?

— Vous étiez parti tout seul. Le docteur Söderlund s'inquiétait pour vous avec la tempête qui se lève et nous a demandé de vous rejoindre.

Walker, toujours aux aguets, ne répond pas.

— Quand même, faire la peau à un bœuf musqué avec un Colt, répète Hatcliff, admiratif, c'est pas donné à tout le monde ! Bon, on le dépèce vite fait et on va raconter ça aux autres.

— Non, dit Walker, on n'y touche pas. On redresse mon toboggan et on rentre.

— Sans la bête ? Mais il y a au moins deux cents kilos de barbaque à récupérer, là-dessus… Ne serait-ce que pour nourrir les chiens !

— Nous avons assez de provisions comme ça, et Wright peut assurer autant de ravitaillements que nécessaire.

— Mais quand même…

— Hatcliff, vous voulez dépecer cette bête à moins d'un kilomètre de notre camp et laisser sa carcasse et son sang attirer tous les charognards du coin ? Vous voulez voir rappliquer les loups en meute, les carcajous et tout le reste ?

— Parce que vous croyez qu'avec cette charogne abandonnée, ils ne viendront pas, peut-être ?

— Non. Elle saigne à peine. Elle sera bientôt recouverte par la neige. Gelée, elle ne sentira plus rien. Et puis la tempête se durcit, pas la peine de surcharger nos toboggans et de risquer un autre accident. On rentre avant de se faire piéger par un grand blanc.

— Quand même, deux cents kilos…

— On rentre, j'ai dit.

Burton et Hatcliff s'affairent en silence pour remettre le traîneau d'aplomb et rassembler les chiens. Ils ne comprennent pas la décision de Walker. Bientôt les équipages sont prêts à repartir.

— Quand même…, bougonne Burton.

— Quand même quoi ? grogne Walker.

— Si Jones tombe dessus, il va avoir de quoi se refaire une belle santé !

Walker ne répond pas. Comment leur expliquer qu'il était parti seul dans l'espoir fou d'un face-à-face avec Jones ? D'une rencontre d'homme à homme loin de tout ce cirque. D'un duel, pourquoi pas ? Mieux vaut une confrontation d'égal à égal qu'une chasse à l'homme. Mais comment pourraient-ils comprendre ? D'un geste de la main, il donne l'ordre d'y aller, laissant Hatcliff et Burton prendre la tête. Lui, avant de lancer son équipage, jette un dernier coup d'œil autour de lui, puis murmure entre ses lèvres fissurées par le froid :

— … C'est qu'il l'aura mérité.

— Aklavik est sous deux mètres de neige, explique Walker à Dickens quand ils se retrouvent au campement. Wright ne sera pas là avant demain.

— Un jour d'avance de plus pour Jones !

— Non, vous allez refaire le plein de provisions et repartir. Cette fois, Hatcliff et Burton vous accompagneront. Jones est peut-être assez fou pour tenter de traverser les Richardson. Je veux un équipage embusqué à l'entrée de chacun des deux cols. Vous, Dickens, vous allez bivouaquer à l'entrée du col McDougall, au nord, avec Tug. Burton et Hatcliff camperont à l'entrée du canyon de la Barrier River, au sud. Inutile de vous cacher. Gardez un feu bien visible. Que Jones sache que l'entrée des deux seuls passages est sous notre contrôle.

— Et s'il voit qu'il n'y a que deux gars à chaque poste et qu'il s'en prend à nous ?

— Jones ne tire que pour se défendre. Il n'a encore jamais pris l'initiative d'une attaque.

— Peut-être parce qu'on a toujours été nombreux, mais là, deux types isolés, au milieu de nulle part… Il pourrait nous attaquer et foutre le camp en Alaska avec notre attelage.

— C'est peu probable, mais restez sur vos gardes. Si vous ne vous sentez pas d'attaque, je peux désigner un autre équipage.

— Et puis quoi encore ? proteste Dickens. Vous croyez que je me suis porté volontaire pour faire deux cents bornes dans la tempête et que je vais me dégonfler au dernier moment ? On va l'avoir, ce type !

— On va l'*arrêter*, rectifie Walker. Préparez-vous. Ce serait bien que Jones voie vos feux dès cette nuit s'il se dirige vers les Richardson.

Dickens prend congé quand le docteur Söderlund s'approche de Walker, un document à la main.

— Inspecteur, je me suis permis de faire ce relevé d'après les différents rapports fournis par vos hommes.

Il montre à Walker une carte sur laquelle s'entrecroisent des lignes pleines ou pointillées.

— Et qu'est-ce que ça représente ?

— J'ai d'abord reporté en pointillé toutes les pistes de Jones que vous avez suivies ou que Wright a repérées depuis le ciel.

— Très bien, et les lignes pleines ?

— Je n'ai repassé au crayon que les pointillés qui représentent une véritable progression de Jones.

— Et que dois-je en conclure ? s'impatiente Walker.

— Sur cinq kilomètres que parcourt Jones, trois n'ont d'autre but que de nous induire en erreur et nous faire perdre du temps, et deux seulement ont pour but de nous distancer.

— Très bien, Docteur. Sachez qu'on avait déjà envisagé ce cas de figure. Pas de façon aussi « mathématique », je vous l'accorde, mais il me paraît évident que Jones brouille les pistes.

— Et quelle conclusion en avez-vous tirée ?

— Jones nous balade trois kilomètres sur cinq, répond Walker sur le ton de l'évidence.

— Je crois que vous vous méprenez sur lui. Il est plus intelligent, ou à tout le moins plus intuitif que l'homme que vous croyez poursuivre.

— Ah oui ? Et comment ça ?

— D'abord, ce n'est pas un homme qui fuit : il ne profite pas de chaque minute du jour et de la nuit pour mettre de la distance entre lui et nous. En restant à proximité du camp, il s'expose au risque d'une confrontation. S'il le fait, c'est qu'il ne redoute pas cette possibilité.

— Vous avez peut-être raison. Si c'est le cas, ce type attend de nous ce qu'il n'a pas le courage ou la volonté de faire lui-même : se tirer une balle.

— C'est bien ce que je crains.

— Mais, dans ce cas, pourquoi fuir ? Pourquoi ne pas débarquer ici, en plein campement, arme vide à la main, pour déclencher la fusillade qui lui sera fatale ?

— Parce qu'il refuse de faire le premier pas. À ses yeux, ce n'est pas lui qui a ouvert les hostilités, c'est nous. Et il espère bien que nous aurons sa mort sur la conscience.

— Je crains de ne pas vous suivre, docteur Söderlund.

— Ménagez-vous, Walker. Le piège que prépare Jones va vous peser longtemps sur la conscience. Quand vous le tuerez, parce que c'est ce qui arrivera, il adoptera la position de la bête traquée, mais il ne vous aura laissé aucun autre choix que celui d'être son exécuteur. Il faut vous préparer à ça, inspecteur.

— Très bien, j'en prends bonne note, dit Walker dans un sourire pour ne pas laisser paraître son malaise. Vous avez d'autres bonnes nouvelles pour me remonter le moral ?

— Oui. À mon avis, les diversions de Jones n'ont pas pour seul but de se jouer de nous. S'il revient sur ses pas vers nos anciens campements, c'est aussi parce que nous l'aidons à survivre.

— Comment ça ?

— Nos restes, inspecteur, nos restes… Un bout de pain tombé par ici, un peu de gras recraché par là, quelques fèves, une lanière de bacon. Tout ce qu'on jette dans la neige avant de nettoyer les écuelles. Une vingtaine d'hommes et une soixantaine de chiens, ça fait beaucoup de restes. Une poignée d'aliments précieux qu'il glane derrière nous. Chaque nuit, peut-être.

Walker n'ose pas parler de l'*omingmak* mort qu'il a abandonné à moins d'une heure du campement. Cette histoire le taraude depuis son retour. Qui peut avoir abattu la bête ?

Qui peut lui avoir ainsi sauvé la vie sans se faire connaître après coup ? Qui, sinon Jones ?

— Merci pour ces explications, Docteur, vous avez presque réussi à me décourager. Ma seule frustration, vous savez, ce n'est pas de savoir si j'arrêterai Jones ou pas. Ni même si je l'abattrai. C'est juste de devoir courir après ce trappeur fou dans la tempête au lieu d'être chez moi, bien au chaud dans un grand lit, aux côtés de ma femme.

27

… QUI S'AFFAISSE DANS LA NEIGE.

Jeudi 11 février 1932

—Comment va Martha ? demande Walker en surveillant le dernier déchargement.

—Pourquoi cette question ? s'inquiète Wright.

—Parce qu'elle vous a hébergé, je suppose, non ?

—Oui, bien sûr, Claudel et moi avons dormi chez vous. Je veux dire : dans votre bureau…

—Je m'en doute, où donc auriez-vous dormi, sinon ?

—Que voulez-vous dire ? demande de nouveau Wright d'une voix dont il essaie de masquer la panique.

—Eh bien, que la veuve Bauwen ayant dormi dans la chambre d'amis, il ne restait plus que mon bureau pour Claudel et vous.

—Oui, c'est ça. Mme Bauwen dans la chambre d'amis, et moi dans votre bureau. Enfin, Claudel et moi dans votre bureau. Tous les deux.

— Oui, Martha et la veuve éplorée à l'étage, et vous deux au rez-de-chaussée. Enfin, éplorée… Ce n'est pas vraiment le portrait que m'en a dressé Martha.

— Vous lui avez parlé ?

— Oui, une liaison radio inespérée, tout à l'heure. Martha m'a expliqué dans quel état Linda Bauwen s'était retrouvée. C'est assez rare chez les femmes, par chez nous. La plupart du temps, ce sont les hommes qui se cuivrent comme des alambics. Mais les Loucheux, eux, ont cette habitude. Martha m'a raconté comment vous l'avez portée dans vos bras pour la coucher dans son lit.

— Pardon ?

— La veuve Bauwen, c'est bien vous qui avez aidé Martha à la porter dans son lit, non ?

— Ah oui, bien sûr. C'était la moindre des choses.

— Martha m'a dit que l'ivresse de Linda Bauwen n'avait en rien gâché votre soirée, et que vous aviez été un hôte attentionné et agréable.

Wright n'ose plus répondre, ne sachant si Walker fait allusion à sa nuit avec Martha ou s'il s'agit d'une conversation anodine.

— Quand tout ceci sera terminé, j'aimerais vous demander une faveur, Wright.

— Bien entendu, laquelle ? demande le pilote, trop heureux de changer de sujet.

— Avant de repartir, pourriez-vous emmener Martha pour quelques voltiges et culbutes avec vous ?

— Pardon ?

— Dans votre avion, un baptême de l'air… Martha a un certain goût pour les sensations fortes. On s'est connus dans un Luna Park dans l'Alberta, au pied des montagnes russes. J'avais le sang en eau de boudin et l'estomac retourné comme une peau de lièvre, alors qu'elle se portait comme un charme. Elle m'a dit que si je l'accompagnais pour un tour de plus, elle m'épouserait. J'ai préféré l'attendre.

— Mais elle vous a épousé quand même.

— Pas ce jour-là. La guerre nous a rattrapés, et j'ai échappé cent fois à la mort. Alors, dès mon retour, je lui ai passé la bague au doigt.

Walker marque une brève pause avant d'ajouter :

— Disons que si on prend Jones vivant, vous lui offrez ce baptême de l'air. Dans le cas contraire, vous ferez comme bon vous semblera.

— Ça me va, lâche Wright. D'ailleurs, à propos de Jones, où en êtes-vous ?

— On dirait qu'il s'est lassé de son propre jeu. Que ça ne l'amuse plus de nous faire tourner en bourrique. Il file droit vers les monts Richardson.

— Pourquoi prendrait-il le risque de passer les Richardson, seul et en plein hiver ?

Personne ici ne l'en croit capable. Ni les trappeurs ni les Indiens. Impossible, selon eux. Inhumain. Une bête ne le ferait pas. Pas même le plus stupide et le plus buté des carcajous. Walker, lui, en a l'intime conviction : Jones n'est pas taillé pour cet exploit, mais il n'est pas exclu qu'il soit assez obstiné pour tenter sa chance.

— J'ai placé des hommes à l'entrée des deux passes, celle de McDougall comme celle des sources de la Barrier River, explique l'inspecteur. S'il tente l'ascension, on le tient.

Walker laisse retomber le silence avant de reprendre, dans un murmure adressé à Jones :

— Oui, tu as toujours un coup d'avance, Jones, dit-il en fixant l'horizon alourdi de neige. Je sais que tu mises là-dessus, mais il suffira à Wright de quelques heures pour te rattraper, Jones. Fais signe à Wright avant que les autres ne te rattrapent, il comprendra. Rends-toi à lui et à personne d'autre. Il a tout refusé en bloc : la mitrailleuse, les bombes, les lacrymogènes. Tu peux lui faire confiance, Jones. Fais-lui signe et rends-toi.

— Qui vous a raconté ça ? s'étonne Wright.

— Riley, qui a fait le voyage avec vous depuis Fort McMurray. Mais rassurez-vous, il l'a dit comme un compliment. Cet homme vous admire. Moi, j'hésite encore…

Walker a réorganisé le camp de base. Quatre hommes suffisent désormais pour gérer les stocks. Les autres peuvent ainsi se consacrer à traquer Jones. Pourtant, une angoisse obsède l'inspecteur.

— Et s'il le faisait vraiment ?

— Quoi donc ? s'étonne Wright.

— Passer les Richardson…

— Si j'étais vous, j'en éprouverais une telle admiration que je le laisserais filer. Vous ne pensez pas que, s'il réussit cet exploit, il aura mérité qu'on lui foute la paix ?

— C'est mal connaître la Gendarmerie royale. Edmonton préférerait monter dix expéditions pour récupérer son corps plutôt que de laisser planer le doute sur la survie d'un homme qui l'aurait nargué pendant des semaines.

— Qu'allez-vous faire, alors ?

Walker réfléchit sans pouvoir détacher son regard de l'horizon plâtré derrière lequel se cachent les Richardson.

— Vous allez faire un aller-retour jusqu'à Aklavik et rapporter l'équipement nécessaire à huit hommes pour passer les Richardson. Je veux pouvoir envoyer quatre équipages à ses trousses.

— Ça fait beaucoup d'hommes.

— Grâce à vous et votre avion, ça me laisse encore six équipages disponibles pour suivre d'autres pistes dans la toundra.

Wright soupire d'un air las et Walker reprend :

— Que ça vous plaise ou non, vous êtes désormais notre chien de tête. C'est vous qui nous mènerez à Jones. C'est écrit.

— Non, ce qui est écrit, c'est que de nous deux, une fois Jones acculé, ce n'est pas moi qui appuierai sur la détente.

— Je connais cette rengaine, Wright, c'est la même que pendant la guerre. Nous au corps à corps dans les tranchées, baïonnettes à la main ou à travers les tripes, et vous, là-haut, dans le ciel…

— Détrompez-vous, répond Wright sans colère. J'ai mitraillé et bombardé bien des pauvres types, moi aussi.

— Mais jamais les yeux dans les yeux, Wright, jamais avec leur regard braqué sur vous à cet instant précis.

Ils se taisent encore et regardent les hommes décharger les dernières provisions. Wright se souvient des retours de patrouille ou de mission, loin en arrière des lignes, à l'abri de la guerre. Les aérodromes intacts, les douches et les chambres confortables, les repas au mess, les soirées entre camarades. Les jolies auxiliaires. Les amourettes de guerre, comme il disait. Loin de l'horreur des tranchées. Il arrivait parfois que les pilotes meurent au combat. Mais dans le ciel, la mort reste une abstraction. Juste un avion qui tombe…

— Je m'appelle Walker, vous comprenez ? Je suis un marcheur, un fantassin. Mes pieds sont dans la glaise. Je suis sur terre, c'est mon terrain de vie ou de mort.

— Et alors, aucun nom ne nous détermine ! Walker, c'est aussi la marque d'un whisky, et vous n'êtes ni distilleur ni alcoolique, que je sache !

Ils sourient tous les deux, avant que Walker reprenne la parole.

— Vous avez raison. Et que pourrait-on dire de Jones ? D'autant que ce serait un nom d'emprunt, à ce qu'on dit, non ?

— Oui. À quelqu'un qui lui demandait s'il s'appelait bien Jones, il aurait juste répondu : « Si tu le dis… »

— À quoi bon nommer une ombre ? Si Billy et Bauwen ne me l'avaient pas décrit comme un homme de type nordique, j'aurais pensé avoir affaire à un Indien ou à un sang-mêlé.

— C'est sûr qu'il est plus proche des croyances indiennes sur la mort et l'au-delà. Aucun enfer et aucun jugement. Pas de récompense ni de châtiment.

— Je croyais que leur Grand Manitou leur accordait une vie heureuse à travers les prairies du grand terrain de chasse éternel ? se moque Walker.

— C'est une invention de prêcheurs malhonnêtes pour les rapprocher de notre religion. Peut-être que Jones attend tout simplement l'au-delà, quel qu'il soit, pour échapper à tout ça.

— Tout ça, quoi ?

— La crise économique, le cataclysme humain de la guerre, tout ce qui pousse des gens comme lui à fuir ce monde sans âme, sans avenir, sans considération pour les faibles et les pauvres, ou ceux qui le sont devenus.

— Bauwen avançait ces mêmes arguments pour justifier l'attitude de Jones. Et il en est mort.

— Vous êtes militaire, Walker. Peut-être n'avez-vous pas la juste vision du raz-de-marée qui a balayé le monde.

— J'ai fait la guerre.

— Je parle de la crise, pas de la guerre. Cinq mille banques en faillite, douze millions de chômeurs, cinquante millions de nouveaux pauvres, quatre-vingt mille entreprises à la rue aux États-Unis. Moi-même, j'ai été obligé de devenir un saltimbanque et faire des pirouettes au-dessus des foires et des cirques pour gagner ma pitance. Moi aussi, j'ai été écœuré par ce monde cynique au point de tout vouloir abandonner.

— Belle tirade, mais où voulez-vous en venir ?

— Mettez-vous une seconde à la place de Jones : cette société sans âme qui a fabriqué des miséreux par millions prétendrait avoir le droit d'envoyer des hommes en armes lui réclamer un permis de trappe et de le traquer jusqu'à ce que mort s'ensuive parce qu'il n'en avait pas ? Mais qui les a poursuivis, eux, pour tout le mal qu'ils ont fait ? Pour les milliers de pauvres hères condamnés au suicide pour échapper à leurs créanciers ?

— On croirait entendre le patron du Parti communiste américain, s'amuse Walker.

— Ça ne pourrait pas être son homologue canadien : il est en prison depuis l'an dernier.

— C'est amusant, je ne vous imaginais pas révolutionnaire à ce point. C'est pour ça, tous ces vols humanitaires ?

— Oui.

— Alors pourquoi avoir accepté cette mission contraire à vos principes ?

— Je vous l'ai dit, Walker, je suis un témoin privilégié de l'époque. À voir les choses de haut, on devient lâche. J'apporte mon aide, mais je continue à vendre mes services de pilote pour conserver mon confort de vie. C'est le confort qui mènera ce monde à sa perte, Walker, en étouffant nos indignations, nos révoltes, nos colères pour un aspirateur ou un autoradio dernier cri. C'est pour ça que vous n'aurez pas Jones vivant.

— Je ne vois pas le rapport.

— Jones n'a plus rien à perdre. Sa mort ne le privera de rien.

— De sa vie, quand même, excusez du peu.

— Quelle vie, Walker ?

L'inspecteur ne répond pas. Saisissant le prétexte d'un toboggan trop chargé, il va houspiller ses hommes et laisse Wright tout seul, sous le regard de Claudel qui secoue la tête.

— Quoi ? aboie Wright.

— Pourquoi te faire l'avocat du diable ? Surtout avec Walker. Après ce que tu lui as fait…

Le poing de Wright cueille Claudel au coin du menton et les hommes, tout autour, se figent.

— Pas mal pour un gaucher, admet Claudel qui se redresse en se massant le visage.

Puis, d'une droite sèche et rapide, il assomme Wright qui s'affaisse dans la neige.

28

… IL EST PEUT-ÊTRE ENCORE VIVANT.

Vendredi 12 février 1932

Le glas dans la tête de Wright. Réveil difficile. Bouche pâteuse. La veille au soir, après les coups de poing, il a partagé quelques verres avec Claudel avant qu'ils tombent ivres morts tous les deux. Walker a essayé de se joindre à eux, mais Claudel l'a renvoyé à ses cantines.

— C'est une célébration privée, inspecteur, lui a-t-il lancé. Pour des raisons qui devront toujours vous échapper, vous y seriez de trop.

Ce matin, Wright a la toque en plomb et Claudel le casque à boulons.

— Veisalgie, diagnostique le docteur Söderlund. Vous avez forcé sur la bouteille, tous les deux.

— Gueule de bois, comme disent les Français de là-bas, ou belle brosse, comme disent ceux d'ici, renchérit Walker qui sirote un thé noir.

Les aboiements impatients de quatre équipages ont réveillé Wright pendant la nuit. Vingt-huit bêtes creuses en bronze, comme vingt-huit gongs dans sa tête. Les hommes qui partaient pour les monts Richardson avec le matériel d'alpinisme rapporté d'Aklavik la veille. Impossible de se rendormir après. Il a regardé Claudel à genoux plonger la tête dans la neige jusqu'à ce que le froid dissipe sa migraine. Pas pour lui. Il accepte le quart de thé noir brûlant que lui tend Walker.

— Vous avez une heure pour reprendre vos esprits. À l'aube, je veux que vous survoliez les équipages qui sont partis cette nuit et que vous leur ouvriez le chemin jusqu'aux Richardson. Je ne veux pas prendre le risque que Jones leur tende une embuscade.

— À huit hommes armés ?

— Pourquoi pas, si on en croit votre théorie du suicide policier…

— Je serai prêt dans une heure.

Une heure plus tard, c'est un matin mat sur un paysage et un ciel blanc, sans éclat. Feutré, triste, terne. Un vent cinglant qui ne s'essouffle jamais. Le vent des fous, disent les hommes. Ils préfèrent se coltiner les bourrasques d'un blizzard que ces ventées interminables qui étourdissent les âmes. Ce vent qui pousse les hommes à s'en protéger en tournant le dos et les égare dans le grand blanc. Par chance, le ciel bas n'a pas encore déchiré ses capitons de neige.

Wright et Claudel ont vérifié le Bellanca qui glisse sur ses patins jusqu'au bout de la piste pour pivoter face au vent. Wright pousse le moteur pour lancer l'avion quand un traîneau surgit de nulle part et traverse la piste. Un maigre équipage de trois chiens seulement tirant un vieux traîneau corbeille, sous les ordres d'un homme qui ne ralentit pas en glissant sous leur nez. Wright coupe les gaz et pivote sur la gauche pour éviter de décapiter l'imprudent. L'homme se penche pour passer sous l'aile droite sans se faire assommer. Le Bellanca sort de la piste, plante ses patins dans la poudreuse. Claudel jure d'arracher les yeux et les oreilles à cet imbécile si l'avion est endommagé par sa faute.

Par chance, ils peuvent tirer le Bellanca hors de la neige et le ramener sur la piste. Avant de redécoller, Wright tient à dire deux mots à l'homme au traîneau. C'est un Indien, volubile et énervé, malgré la fatigue d'une nuit de traîneau. Walker et ses hommes l'écoutent avec sidération.

—Jones est passé, coupe Walker avant même que Wright ou Claudel ne s'en prenne à l'Indien.

—Les monts Richardson ?

—Oui. Ce Loucheux nous porte un message du poste avancé de Lapierre House, de l'autre côté des monts. Ils ont relevé des traces qui pourraient être celles de Jones.

—Ils n'en sont pas sûrs ?

—Non, mais les empreintes ne correspondent pas aux raquettes des Loucheux, et ils connaissent le dessin des raquettes de tous leurs trappeurs des alentours. Ce sont les traces d'un étranger, et ils ont aussitôt pensé à Jones.

—Il serait donc passé…

—Oui, murmure Walker en secouant la tête comme s'il n'y croyait pas.

—Il aurait parcouru cent quarante-cinq kilomètres à pied, tout seul, sans équipement, en trois jours, dans le blizzard ? Mais quel homme peut faire ça ?

—D'autant que j'ai posté mes gars à hauteur des deux cols qu'il aurait pu emprunter, précise Walker, impressionné.

—Vous voulez dire qu'il serait passé par la montagne ? Mais c'est impossible !

— La seule façon de s'en assurer, c'est d'aller voir ces empreintes.

Walker décide de laisser des réserves de vivres sur une plate-forme dans un bouquet d'aulnes au cas où les équipages des Richardson reviendraient au camp qu'il abandonne. Il renvoie les autres au camp de base sur la Rat. Il prend avec lui le radio Campbell et le trappeur Burton, et Wright lui rappelle sa promesse d'embarquer le docteur Söderlund en cas d'hallali.

— On n'en est pas encore là, réplique Walker.

— Qui sait ? répond Wright. Je préfère qu'on s'en tienne à ce que vous avez promis. Est-ce qu'il faudra faire des allers-retours pour les chiens et les équipages ?

— Non, ils auront des équipages sur place. On va juste remonter à Aklavik récupérer des vivres, du carburant et des munitions. On ne peut pas vivre sur le dos des habitants de Lapierre House.

— Et le Loucheux ?

— Ne vous occupez pas de moi, répond celui-ci, paniqué. Si Jones est dans les parages, je n'y retournerai pour rien au monde. Tout le monde a peur, là-bas. Tuez-le d'abord.

Wright échange un regard avec Walker qui donne l'ordre de rejoindre l'avion. Ils sont à Aklavik une heure plus tard, en même temps qu'une nouvelle tempête. Wright a parfois le sentiment que c'est la même bête qui les attend pour mieux se jeter sur eux chaque fois. Quand ils se posent, là où deux jours plus tôt la neige avait enseveli le Bellanca, Wright sait déjà qu'ils ne redécolleront pas.

— Je me doute bien qu'il va falloir passer la nuit ici, confirme Walker à regret. Qu'à cela ne tienne, je fais prévenir

Martha qu'elle vous prépare le gîte et le couvert comme la dernière fois.

Wright n'ose rien dire, et Claudel sourit de sa gêne.

— Qu'est-ce qui vous contente à ce point, monsieur Claudel ? s'étonne Walker.

— D'avoir le plaisir de goûter de nouveau aux délices de Mme Walker.

— À la bonne heure. Courez donc vous réchauffer auprès d'elle. Je règle ce qui doit l'être et je vous rejoins.

Mais Wright refuse de se retrouver seul avec Martha Walker. Il sait bien que Claudel trouvera le premier prétexte venu pour s'éclipser.

— Le vol de demain nous fera passer au-dessus des Richardson. Ça risque d'être périlleux si la tempête s'éternise. Je préfère vérifier l'avion de fond en comble dès maintenant.

— Très bien. Dans ce cas, rejoignez-nous à 19 heures pour le souper.

— Je ne sais pas si…

— C'est un ordre, Wright, coupe Walker en riant. N'allez pas me causer des ennuis en laissant croire à ma femme que je la prive de votre compagnie.

— Si c'est un ordre de l'inspecteur…, lâche Claudel, tout sourire.

Wright ne répond pas. Walker lui devient plus sympathique depuis quelques jours. La promiscuité de cette traque les a rapprochés. Ils ne sont toujours pas d'accord, mais il est né entre eux le début d'un sentiment d'estime, même si Wright persiste à condamner l'hypocrisie d'un système dont Walker est le représentant. Mais dîner à la table de son amante d'un soir en présence de son époux, c'est trop.

— Walker, je ne vais pas pouvoir…

— Quoi, Martha vous aurait-elle donc si mal reçu l'autre fois que vous refuseriez de partager une nouvelle soirée avec elle ?

— Bien au contraire, fanfaronne Claudel avec un regard appuyé. Qui pourrait résister aux charmes de Mme Walker ?

Wright détourne la tête, mais Walker ne saisit pas l'allusion et se félicite qu'ils acceptent son invitation. Martha, elle, est désolée. Elle n'avait cuisiné, pour les quelques hommes de permanence au QG, qu'une roborative *cipate* dont ils seraient privés au profit de ses invités inattendus. Elle avait tapissé un chaudron à la hollandaise d'une pâte un peu grasse, qu'elle avait recouverte de gibier. Des carrés d'orignal en couche de fond. L'orignal couvert d'une deuxième pâte, Martha explique avoir haché dessus de la perdrix émincée au couteau. Puis une couche de chevreuil, une couche de lièvre et une couche de castor. Cinq étages, six pâtes. Arrosé d'un chaud bouillon de viandes plus domestiques relevé d'oignons, de poivre, de différentes épices, dont un soupçon de cannelle et des clous de girofle, et laissé cuire à feu doux. Longtemps.

— C'est la recette du comté de Rimouski, au Québec, dans la région du Bas-Saint-Laurent, explique Martha Walker en ne regardant que Claudel. Celle sans les petits dés de patates à l'intérieur. Alors j'ai préparé un écrasé de pommes de terre au beurre et aux herbes en accompagnement.

Pendant tout le dîner, Wright, confus de la situation, reste sur la réserve. Claudel en sourit, Martha s'en amuse. Walker met cette humeur silencieuse sur le compte de la fatigue et de son inquiétude pour le vol du lendemain.

Après les beignets en queue de castor pour dessert, Martha fausse compagnie aux hommes et retourne en cuisine pour faire la vaisselle. Walker propose un digestif bienvenu après ce copieux repas. Une chicoutai. De la ronce des tourbières.

— Chez les Français, on appelle ça de la plaquebière.

— Drôle de nom, qu'est-ce que ça a à voir avec de la bière ?

— Rien, ça vient de « plat de bièvre », l'autre nom du castor, qui raffole des baies utilisées pour préparer cette liqueur. À qui on trinque, alors ? À nous, à Jones... ?

— À Mme Walker, dit Claudel en levant son verre avec un sourire qui lui fend le visage jusqu'aux oreilles.

Walker et Wright l'imitent, et tous les trois tendent leur verre en direction de la cuisine. Martha se retourne et plante son regard dans celui de Wright avant de rougir de son audace.

— Il fait une chaleur, dans cette cuisine !

Ils vident leur chicoutai cul sec, et la liqueur ambrée leur brûle le gosier. Puis Claudel estime qu'il est grand temps de laisser les Walker aller se coucher.

— Vous pouvez rester encore, propose Walker. Nous avons un gramophone et Martha adore danser. Moi, je suis souple comme un tronc d'érable. Je danse comme une pile de pont.

Wright décline l'invitation en jurant qu'il est, lui aussi, un piètre danseur.

— Et moi qui pensais que tous les pilotes avaient le pas aérien, murmure Martha sans quitter Wright des yeux.

— Allons bon ! s'amuse Walker. Qu'est-ce qui te fait dire ça ?

— C'est que j'en ai connu un, dit Martha dans un sourire. Un vrai patineur qui m'a fait valser sur un nuage, une fois...

Walker éclate de rire et, à la surprise de ses invités autant que de sa femme, bascule Martha dans ses bras et l'emporte vers la chambre.

— Eh bien, oublie le voltigeur, tu es la femme d'un fantassin. Bonne nuit, messieurs. Claquez la porte en sortant et à demain.

Comme ils s'installent dans le bureau, Claudel tend la bouteille de chicoutai à Wright.

—D'où tiens-tu ça ? Tu leur as piqué la bouteille ?

—J'ai pensé qu'après le vaudeville qui s'est joué là-haut, tu en aurais peut-être besoin, non ?

—Il n'y a pas assez de sucre et d'alcool dans ce rogomme pour faire passer le goût de térébenthine de ces mûres à castor, bougonne Wright. On ferait mieux de dormir. Le vol de demain ne sera pas de tout repos.

Claudel s'endort aussitôt, sur le ventre, comme un noyé, en ronflant à la façon d'un remorqueur à contre-courant. Mais ce n'est pas la bronchopathie du mécano ni ses apnées en panique de perdu en mer qui empêchent Wright de sombrer dans le sommeil. C'est d'abord l'image de Martha dépenaillée sur son lit avec son mari qui la fouraille dans le bruissement de ses dessous qui se froissent. Par-dessus l'épaule rugueuse de Walker, ses yeux noisette le fixent, lui, Wright, sans qu'il sache pourquoi il est debout dans cette chambre, au pied de leur lit, à les regarder. Ni ce qu'il doit deviner dans le regard de Martha. De prendre la place de Walker. De laisser faire Walker. De ne pas les regarder. De disparaître. De la quitter. Et, sans aucun lien, sans aucune logique, il pense soudain à Jones. À ce qu'a pu quitter cet homme pour venir se terrer dans ce coin si reculé du monde. Claudel et lui sont des oiseaux de passage. Ils traversent l'histoire de ces gens avec la certitude, sauf accident, d'y échapper. D'aller rejoindre d'autres horizons. Il sait que Claudel, dès qu'il aura économisé ce qu'il faut, rêve de rentrer en France. Il parle d'une maison de famille à Montbazon, pas loin d'un château de roi, à Azay-le-Rideau. Il parle aussi de cousins sur une île de la Réunion du côté de Madagascar. Il parle de Méditerranée, de mer Rouge, d'océan Indien et de mer de Java. Il parle de ses rêves. Comme lui, Wright, rêve de poser des avions en Alaska, au Groenland, en Patagonie ou en Islande. Aux Kerguelen ou sur l'île Laurie. Partout où la neige et le froid carrossent les pistes. Au Népal ou au Tibet, pourquoi pas ? Dans n'importe quel pays où il fait froid. Pour pouvoir un jour, vieux et fatigué, s'en souvenir au soleil. Sur la Riviera ou la côte amalfitaine, en Californie, du côté de São Salvador de Bahia ou sur une île qu'il ne connaît pas encore. Mais Jones, lui, qu'a-t-il laissé et quel espoir le garde en vie ? Comment peut-on traquer un homme depuis cinq semaines déjà pour le mettre à mort sans rien savoir de lui ? Rien. Pas même son nom. Quelle mécanique absurde s'est enclenchée pour condamner un inconnu ? Pas de nom, pas d'adresse, pas de passé, pas d'histoire. C'est pourtant le principe même de la justice. Chercher à connaître l'homme pour comprendre le geste. D'après ce que Wright a recueilli des uns et des autres, Jones trappait depuis six mois sur la Rat River sans que personne ait eu à se plaindre de lui. Il avait fait exactement ce qu'il avait annoncé lorsque Bauwen l'avait interrogé sur ses intentions : se retirer pour trapper et se faire oublier. Et il avait suffi de la dénonciation d'un Loucheux pour tout faire basculer. Quelques mots. Même pas consignés. Sans preuve. Bien sûr, le système est ainsi fait qu'il s'auto-justifie. C'est précisément pour aller chercher des preuves que Bauwen aura envoyé Billy et Barnhard jusqu'à la cabane. C'est pour son silence obstiné que Walker aura envoyé quatre hommes armés avec un mandat de perquisition. C'est parce que l'attitude du trappeur aura été considérée comme un outrage à la Gendarmerie royale que l'usage de la force sera légitimé. Et même s'il s'est avéré depuis que le fougueux Billy a menti et qu'il a bien fait feu le premier, le tir de Jones sera considéré comme une tentative d'homicide. Volontaire, même. D'ailleurs, Jones finira par tuer Bauwen – preuve s'il en est qu'il était bien, dès le départ, l'assassin qu'on fera de lui. Ainsi va et se perpétue le système…

— Tu ne dors pas ?

— Non.

— Tu penses à Martha ?

— Non, je pense à Jones.

— Ben merde alors… Moi, à ta place, je penserais plutôt à Martha.

Claudel se retourne pour se rendormir. Wright reste allongé sur le dos, les yeux au plafond, se demandant soudain s'il n'est pas allongé sous la chambre de Martha et Howard Walker. Juste sous leur lit. Il chasse cette idée de sa tête et repense à Jones. Pourquoi ne pas l'avoir laissé en paix ? Quel règlement absurde avait forcé le jeune Billy, la tête pas encore bien cuite, à faire deux jours de traîneau par moins quarante pour aller jouer les cowboys devant la tanière de Jones ?

— Ne te mets pas martel en tête, grogne Claudel qui ne parvient pas à retrouver le sommeil. Jones a tué Bauwen et ça fait de lui un assassin, final bâton !

— Jones a ouvert le feu sur quatre hommes armés qui l'avaient acculé au pied d'une falaise.

— C'est une brute. Il a abattu le seul homme de cette meute qui ne lui voulait pas de mal. À part toi, peut-être. Alors laisse-nous dormir, maintenant. Avec le vol de demain, on n'a pas besoin d'une nuit sur une corde à linge !

Wright finit par mal s'endormir. Un sommeil agité d'un seul et même cauchemar. Un homme nu sous un ciel de glace. Hagard. Hirsute. Il a abandonné tout ce qui lui restait dans la neige gelée autour de lui. Son fusil. Ses deux autres au canon scié. Ses raquettes ensanglantées. Sa besace, sa toque, ses vêtements. Son poignard. Son bois tendre et son sac à sel. Il le regarde, et Wright sait, dans son dos, tous les hommes avides de mort qui pointent leurs fusils sur l'homme. Walker est parmi eux, revolver à la main, bras tendu, prêt pour le massacre, comme un officier du 7e régiment de cavalerie à Wounded Knee. Il le regarde, lui, pas les hommes, et Wright comprend qu'il l'implore de ses yeux pâles et calmes comme un lac au matin. Qu'ils l'épargnent ? Qu'ils le laissent filer ? La mitraille déchiquette son corps criblé qui tressaute. Des milliers d'impacts, et ce regard bleu qui sourit soudain, qui reçoit la mort comme une délivrance. La seconde suivante, ils sont dans l'avion, et l'homme de nouveau vêtu, le corps en charpie et les vêtements en lambeaux, lui demande de le ramener chez lui, à… mais l'avion est aspiré par un ouragan boréal. Wright en chute libre dans la valse des flocons. Martha Walker, ses jupons en parachute, dans les bras de Manfred von Richthofen. Le triplan Fokker du Baron rouge en torche, en vrille, qui s'écrase dans les tranchées empuanties par des milliers de cadavres. Lui, Martha, Walker et tous les autres, Bauwen et Billy, les trappeurs, les Loucheux. Éventrés. Éviscérés. Tous. Sauf l'homme criblé de balles qui lui fracasse le crâne d'un coup de crosse. Wright se réveille mort, avant que des détails le ramènent à la vie.

Le ronflement de Claudel. Les bourrasques contre les fenêtres. L'odeur du thé noir. Les *flapjacks* et les *butter cakes*. Les pas glissés de Martha Walker à l'étage. Tout ce qui fait que, finalement, il est peut-être encore vivant.

29

… En mémoire de Bauwen.

Samedi 13 février 1932

Le ciel attend qu'ils décollent pour éventrer son duvet de neige. Des flocons épais et lents, en suspension dans les airs. Une tempête immobile, saturée de neige, à travers laquelle ils ne voient plus rien. Wright préfère prendre de l'altitude et monte à trois mille mètres. Le baromètre s'affole, et l'appareil, chahuté, trébuche dans des trous d'air. Depuis Aklavik, le plan de vol est simple. Une longue diagonale sud-sud-ouest. Par-dessus les premiers contreforts des Richardson d'abord. Puis une descente à huit cents mètres pour prendre en enfilade la seule vraie vallée qui balafre les monts de part en part. Un long passage de trente kilomètres, à cent mètres au-dessus du sol, protégé du vent par des versants à mille mètres de chaque côté. Une promenade spectaculaire pendant un vol à vue. Une terreur dans l'aveuglement de la neige. Wright reste d'un calme surprenant malgré les turbulences et les torsades de neige qui se vrillent autour de l'hélice, mais Claudel n'est pas dupe. Trois fines rides se plissent au coin de l'œil de Wright, et une goutte de sueur perle dans son cou. Il n'a jamais su si Wright était le genre d'homme à avoir peur, mais, depuis qu'il vole à ses côtés, il ne l'a vu comme ça que dans les moments de grand danger. Alors lui aussi se concentre sur ces monts fantomatiques qui surgissent de la tourmente de part et d'autre du Bellanca. Walker et Campbell, eux, ont vraiment peur. Quand Wright descend à cinquante mètres, leurs regards paniquent en silence.

— Quelque chose ne va pas? demande le docteur Söderlund qui force sa voix dans le fracas de la tempête.

— Il cherche à se repérer, hurle Claudel répondant à la place de Wright. Les monts nous semblent plus proches qu'ils ne devraient. On dirait que la vallée devient de plus en plus étroite.

— Où pensez-vous être ?

— Dans la vallée qui s'ouvre à la source de la Rat.

— Dans ce cas, vous vous trompez. La rivière en dessous n'est pas la Rat, mais la Chii Ezhah Njik. Nous sommes dans une gorge qui se termine en un canyon d'à peine cinquante mètres de large.

Wright n'a pas le temps de répondre : une falaise surgit face à eux à travers des tourbillons de neige. Il tire sur le manche et remonte l'avion en chandelle au ras des roches. Walker et Campbell hurlent de peur, et tous se cramponnent quand Wright vire à l'est dans une brusque boucle, l'avion bousculé par les bourrasques. Dès qu'il stabilise le Bellanca, Claudel vérifie leur position sur la carte et Söderlund se penche par-dessus son épaule pour pointer un lac sur la carte.

— Eji' Van Lake, hurle-t-il pour se faire entendre, il faut le prendre comme point de repère. Ces deux vallées sont trompeuses, elles commencent au même endroit et se rejoignent presque de l'autre côté des monts. Celle de la Chii Ezhah Njik les traverse en ligne droite. Elle commence au sud du lac par une large ouverture, mais se resserre vite en un étroit canyon qui va buter là, contre des parois rocheuses. Celle que vous cherchez décrit un arc de cercle un peu plus au nord et s'élargit à mesure qu'on s'y engage.

Claudel examine la carte et explique la route à suivre à Wright qui encaisse dans ses bras, à travers la mécanique du manche, toute la rage brutale de la tempête.

— Le mieux est de retourner plein est au-dessus de la plaine et de te repérer à la Rat River. Tu la remontes vers l'ouest sur dix kilomètres jusqu'à un lac…

— Lequel ?

— Je n'en sais rien, un lac sans nom, deux kilomètres de long environ, à un kilomètre au nord de la Rat.

— Et ensuite ?

— Ensuite tu passes le lac et tu prends aussitôt sud-sud-ouest en te repérant à d'autres lacs. Les Twins Lakes à deux kilomètres. Ogilvie et Long Lake, deux kilomètres plus loin encore. Et Summit Lake, un kilomètre et demi après. À partir de là, tu es de l'autre côté de la ligne de crête et la vallée s'élargit sur plus de deux kilomètres. Tu prends quelques degrés plus au sud et tu débouches sur les plaines du Yukon.

— D'accord ! crie Wright. Je m'occupe de la tempête. Occupez-vous de repérer la Rat River et les lacs.

Au-dessus de la plaine, les vents, de tout leur élan rageur, se jettent contre l'avion. Wright est descendu à cinquante mètres pour gagner en visibilité. Les coups de boutoir les chahutent et les trous d'air les suffoquent. Wright pense aux montagnes russes. À Martha et ses émois. Et il en sourit.

Dans son dos, Walker est vert de peur. Honteux, mais le sourire aux lèvres, Wright appelle alors le corps de Martha à la rescousse. Chaque secousse, chaque rebond, c'est elle. Les bourrasques, ce sont leurs ébats. Le mugissement du vent, leurs extases. Il contient sa peur dans le souvenir de Martha.

— Comment pouvez-vous sourire dans de telles circonstances ? hurle Walker.

— Parce que je pense à Martha ! hurle Wright en éclatant de rire. Elle qui aime les sensations fortes et qui rêve d'un baptême de voltige, c'est elle que j'aurais dû embarquer sur ce vol, pas vous !

Claudel, d'abord sidéré par l'audace de Wright, éclate de rire à son tour, bientôt suivi par Campbell et Söderlund. Puis Walker craque aussi et libère sa peur dans un rire tonitruant. Mais, une fois passé le lac sans nom, comme ils s'engagent dans la vallée, la tempête appelle le blizzard en renfort. Des vents tourbillonnants se cognent à la montagne, rebondissent et se dispersent. Ils plaquent l'avion vers le sol. Tentent de le retourner d'une aile sur l'autre. Le heurtent de plein fouet pour contrer sa vitesse et le faire tomber. De nouveau, le silence pèse dans l'habitacle et la peur revient. Même pour Wright dont la résistance s'épuise. Les assauts du vent finissent par avoir raison du souvenir de ceux de Martha.

— On se pose, hurle-t-il en survolant les Twin Lakes.

Il engage l'avion dans un virage serré au-dessus des deux lacs et explique sa manœuvre à Claudel.

— On glisse l'avion au pied de cette berge abrupte, au nord, pour se mettre à l'abri du vent en attendant que ça passe. On y bivouaquera cette nuit s'il le faut.

Il refait un tour pour repérer les lieux.

— Non, là plutôt, sur la berge ouest, cette rivière qui coule depuis le lac. Des rives étroites et quelques épinettes. Mieux pour un campement.

Wright aurait préféré se poser le long d'une berge haute, à l'abri des vents, mais les glaces en pourtour des lacs de montagne sont traîtresses. Il préfère prendre le risque de s'exposer aux vents pour trouver une glace lisse au milieu du lac. La tempête n'entend pas le laisser faire et lance contre l'avion des fureurs imprévisibles. La première soulève l'aile gauche de l'appareil avec tant de force que la pointe de l'aile droite raye la glace. La deuxième se dérobe à l'avion qui la prend de face et se glisse derrière lui pour le pousser vers le rivage. Wright remet les gaz et évite le crash de justesse. Il doit s'y reprendre à trois fois pour poser le Bellanca et le glisser jusqu'à la rivière d'où pointent les seuls arbres d'un paysage glacé.

— Bien joué, murmure Walker en posant la main sur l'épaule de Wright. J'ai bien cru mourir dix fois.

— Alors vous n'étiez pas assez attentif, parce qu'on a failli y rester vingt fois au moins, répond Wright d'un ton détaché.

— Vingt fois, c'est vrai ? s'inquiète Walker.

— Wright est modeste, fait remarquer Claudel. Depuis Aklavik, il nous a sauvé la vie une bonne trentaine de fois.

— Bien, tranche Wright, on doit se préparer à passer la nuit ici. On a tout le matériel et les vivres nécessaires, et l'avion comme abri. On n'a rien à craindre. Tâchons de nous réchauffer autour d'un bon feu. Je reste avec Claudel le temps de faire les vérifications d'usage sur l'appareil. Campbell, vous essayez d'établir une liaison radio pour prévenir Lapierre House ou Aklavik de notre étape forcée. Walker et Söderlund, récupérez du bois mort pour le feu.

— Si vous n'y voyez pas d'inconvénient, intervient Walker, maintenant qu'on est au sol, je vais reprendre le commandement.

— Très bien, admet Wright. Quels sont vos ordres, alors ?

— Exactement les mêmes, répond Walker en souriant.

Et il fait signe au docteur Söderlund de chausser ses raquettes pour l'accompagner en corvée de bois.

Dix minutes plus tard, Söderlund réapparaît à travers les tourbillons de neige, les bras vides.

— Il faut que vous veniez, dit-il à Wright qui s'affaire autour de l'avion avec Claudel.

— On doit d'abord vérifier le moteur et le mettre à l'abri de la neige.

— C'est urgent. Walker insiste. On a trouvé quelque chose.

— Quoi ?

— Des traces de loups. Nombreuses.

— Rien d'étonnant, on est sur leur territoire.

— Ce qui va vous étonner, monsieur Wright, c'est ce à quoi elles nous ont menés. Campbell a l'ordre de rester pour protéger Claudel au cas où les loups pointeraient leur sale museau, mais vous, vous devez me suivre, vite.

Wright soupire et vérifie son fusil, puis fait signe à Claudel et Campbell, qui ont tout entendu, qu'il rejoint Walker avec Söderlund.

C'est à trois cents mètres à peine de l'avion. Plein nord le long de la rivière, là où elle se jette dans le second des Twin Lakes, à l'abri d'un bois d'épinettes noires. Ils remontent les traces de Walker, et Wright l'aperçoit bientôt, agenouillé au milieu d'un bouquet d'épinettes. Quand ils arrivent à sa hauteur, Walker se contente de désigner les restes du campement.

Des branches qui ont dû servir à tenir une toile. Les restes d'un feu et, creusée profond dans la neige, une tranchée de la taille d'un homme couché.

—Ne me dites pas que…

—Si, répond Walker, c'est bien Jones.

Il pointe du doigt des empreintes de raquettes qui descendent jusqu'aux berges du petit lac. Le dessin ne laisse aucun doute.

—Mais ce n'est pas le plus surprenant. J'ai fait le tour du lac et j'ai trouvé sa piste. Elle descend du nord en venant de la montagne.

—C'est impossible. Cette tempête souffle si fort qu'elle a failli plaquer notre avion au sol. Comment un homme seul et épuisé pourrait-il traverser ces montagnes dans ces conditions ?

—Je n'en sais rien, répond Walker. La seule chose qui m'intéresse, c'est par où il est reparti et quand.

—Moins de trois jours, d'après les empreintes, estime le docteur Söderlund. Et, pour la direction, il faut tenir compte de ses habitudes. Jones marche le moins possible dans la neige. Il brouille sa piste sur des surfaces gelées dès qu'il le peut. Je suppose que d'ici il est reparti sur le petit lac pour rejoindre celui où nous bivouaquons. En toute logique, il devrait même passer de lac en lac jusqu'à Summit Lake pour laisser le moins d'empreintes possible.

—Je suis d'accord avec ça, approuve Walker. Retournons à l'avion et patrouillons autour du lac pour trouver par où il en est sorti.

Ils se chargent quand même de bois mort avant de regagner l'avion. Wright a un pincement au cœur quand il récupère les restes de celui que Jones avait amassé pour chauffer son thé noir du matin. Il l'imagine dans la froidure extrême de la tempête et de la nuit, et s'en veut de voir en lui un animal plus qu'un être humain. Jones est le genre d'homme qu'il a toujours aimé croiser dans sa vie. Au panthéon de ses héros adversaires, Jones le dispute désormais au Baron rouge. Le trappeur fou de Rat River. L'inconnu de l'impossible.

Campbell et Claudel sont stupéfaits de ce qu'ils apprennent. Walker mis à part, plus personne désormais ne cache son admiration pour Jones. Après s'être organisé et avoir installé le campement, Walker décide de laisser Claudel seul et de constituer deux patrouilles pour explorer les rives du lac. Campbell et lui par le nord, Wright et Söderlund par le sud. Chaque patrouille s'équipe d'une fusée de détresse pour envoyer le signal à l'avion en cas de découverte.

— Gardez vos fusils armés, il n'est peut-être pas aussi loin qu'on le pense, lâche Walker avant de disparaître avec Campbell derrière un rideau de neige.

Wright et Söderlund s'éloignent à leur tour, et la tempête enveloppe leurs silhouettes d'un édredon de flocons.

— Ce Jones n'est pas fait en mousse de nombril, murmure Wright.

— Il doit être d'une force incroyable, répond le médecin, mais ce n'est pas l'essentiel. Ce qu'il faut vraiment pour endurer tout ça, c'est une volonté d'acier, une force de caractère hors du commun.

— Ou c'est un obstiné, un têtu, corrige Wright, un type déjà mort qui n'a plus rien à perdre. Parfois, j'ai l'impression d'avoir affaire à un animal.

— Il est plus nuancé que l'animal. L'animal connaît deux modes : proie, il prend la fuite, prédateur, il attaque. Quelques animaux sont capables des deux. J'ai entendu dire que les léopards qui se sentent traqués décrivent un large cercle pour rattraper et prendre à revers ceux qui suivent leur piste. Mais pas pour jouer. Pour attaquer. Notre horde est à ses trousses depuis des semaines, pourtant Jones ne fuit pas vraiment et n'attaque jamais. Il adopte une sorte de stratégie défensive.

— Pour quelle raison, d'après vous ?

Söderlund réfléchit et Wright le regarde d'un autre œil. Cette façon qu'il a d'être à l'aise dans la tourmente. Un homme qui sait marcher avec des raquettes au fin fond d'une forêt canadienne en hiver. Un homme qui en a vu d'autres. Étonnamment solide pour son âge.

— Peut-être parce qu'on s'acharne à l'empêcher de vivre comme il le veut.

Wright fait signe au docteur Söderlund de s'arrêter. Des traces sur la berge. Illisibles d'abord. Quelqu'un a escaladé à cet endroit. Mais, quand ils s'approchent, ils constatent que ce sont les empreintes des raquettes de Jones. Wright cherche à s'orienter, mais le grand blanc poudreux qui les entoure a effacé tous les repères. Il sort sa boussole et l'observe. S'étonne. La secoue. L'observe de nouveau.

— C'est à n'y rien comprendre, murmure-t-il. Il prend plein sud, droit vers les montagnes.

— Vous en êtes sûr ? Il doit avoir une boussole, lui aussi. Il doit savoir que la passe oblique vers le sud-ouest. Et puis, c'est un trappeur, il sait que le chemin le plus sûr et le moins escarpé, c'est celui qui suit la rivière reliant les lacs.

— Vous avez raison. Sa piste va sûrement s'infléchir vers l'ouest. Allons vérifier ça.

Mais à moins de deux kilomètres au sud, délaissant sur sa droite le Long Lake, les traces de Jones disparaissent dans la rocaille et la glace des parois de la montagne.

— Suicidaire ! siffle Söderlund. Sa seule issue dans cette direction, ce serait de traverser la montagne pour rejoindre l'autre vallée derrière, celle de Chii Ezhah Njik. Mais à quoi cela lui servirait-il ?

— À faire en sorte qu'on ne puisse ni le survoler ni se lancer à sa poursuite en traîneau.

— Wright, avec le blizzard là-haut, la température ressentie doit avoisiner les moins soixante. Il est seul, épuisé, mal équipé, il n'y résistera pas.

— Il faut croire qu'il a résisté aux autres montagnes, s'il a bien rejoint les Twin Lakes par le nord.

— C'est impossible, dit Söderlund.

— C'est Jones ! répond Wright.

Malgré le froid qui leur griffe les yeux et les rafales qui les malmènent, ils restent un long moment dans la tourmente à regarder la piste de Jones se perdre dans la montagne. Puis Wright se secoue.

— Lançons notre fusée pour prévenir les autres.

Mais le vent qui s'engouffre dans la vallée par le nord-est emporte le fumigène en sens contraire.

Ils rejoignent l'avion à la nuit au moment où la tempête s'épuise. Claudel a fait fondre une soupe de fèves au lard congelée dans une gamelle et jeté dix pommes de terre à la braise. Le dîner, chaud et consistant, les revigore.

— Il aurait réussi à traverser, alors ? s'étonne Campbell, admiratif.

— On n'en sait rien, répond Walker. Peut-être que les empreintes repérées à Lapierre House ne sont pas les siennes.

— Le Loucheux avait pourtant l'air catégorique.

— Cet Indien ne sait même pas à quoi ressemblent les empreintes des raquettes de Jones.

— Oui, mais dans les territoires de trappe, chacun connaît les empreintes des autres. Si personne n'a reconnu celles-ci, c'est qu'elles sont étrangères au territoire. Et qui s'aventurerait sur un territoire qui n'est pas le sien par les temps qui courent ?

— Tous ceux que les messages alarmistes de l'inspecteur Walker ont poussés à rejoindre en panique le premier poste venu, lâche Claudel. Il doit régner la même pagaille à Lapierre House qu'à Aklavik, à Fort McPherson ou à Red Arctic.

— Si les gens se sont mis en sécurité autour des postes de la Royale, c'est que j'ai bien fait mon boulot, réplique Walker.

Ils se partagent les derniers cakes de Noël que Bauwen avait offerts à la troupe. Au souvenir de sa mort, chacun garde le silence. Mais l'obsession de Jones est plus forte.

— N'empêche que Jones est arrivé jusque dans cette vallée en deux jours à peine malgré la tempête, reprend Claudel. J'espère que son courage ne lui aura pas été fatal, congelé là-haut sur un piton rocheux ou fracassé au fond d'une crevasse.

Il sort une bouteille de whisky infusé au sirop d'érable, en verse une rasade dans chaque quart qu'on lui tend et porte un toast inattendu.

— Quoi qu'il ait fait, à Jones, pour son courage surhumain et son entêtement suicidaire !

Wright et Söderlund lèvent leurs gobelets. Campbell hésite, attendant que Walker se décide.

— Je ne peux décemment pas, murmure Walker comme une excuse. En mémoire de Bauwen…

30

… QUAND ON S'EST BATTUS ?

Dimanche 14 février 1932

C'est un ancien comptoir de la Compagnie de la Baie d'Hudson, qui entretenait une présence dans les endroits les plus reculés pour marchander sur place l'or brun aux trappeurs. Au fil du temps, d'autres comptoirs le monnayent plus loin encore dans le bush, et, à Lapierre House, les Indiens échangent désormais plus souvent de la viande de caribou avec des voyageurs que des fourrures avec des *traders*. Le comptoir est abandonné par la Compagnie à la fin du XIXe siècle et l'Église anglicane rachète ce qu'il reste des bâtiments pour en faire un fief chrétien dans un pays de sauvages. Aujourd'hui, tout le monde s'y dit chrétien. Les trois familles blanches, dont celle du représentant du poste avancé de la Gendarmerie royale, dans les baraques en rondins, et les dizaines de familles indiennes sous leurs huttes arrondies, disséminées tout autour dans la neige. Et, dans un campement de misère par ces temps de peur collective, tous les trappeurs et les quelques chercheurs d'or du territoire. Avec, pour seul point de vie, un magasin général.

Wright fait plusieurs passages en rasant les toits pour prévenir qu'il va atterrir. Ils ont décollé des Twin Lakes à la première heure du jour sous un soleil blanc feutré de nuages. Tout le monde sort des baraques et des tentes. Les enfants restent plantés dans la neige jusqu'aux genoux, le nez au ciel, à regarder passer l'avion. Des hommes se précipitent vers les chiens énervés pour harnacher deux équipages. Wright décrit alors une longue boucle et prend l'alignement de la Bell River, large d'une centaine de mètres juste avant le confluent avec la Waters, pour se poser sur une glace lisse couverte d'une belle couche de neige.

Ils descendent de l'avion pour attendre les deux équipages, et Wright s'étonne de la différence de climat et de paysage. Il ne fait que moins vingt à l'ouest des Richardson, et la taïga clairsemée d'épinettes noires, de rares saules, de bouleaux et de quelques peupliers faux-trembles est couverte d'un épais tapis de poudreuse. Pour autant qu'il puisse en juger, Wright n'a aperçu depuis les airs qu'une neige dense et épaisse. Les vents, de ce côté des monts, n'emportent pas la neige et n'arasent pas les sols. Pas de ces vastes étendues nacrées sur lesquelles Jones s'est tant de fois appliqué à brouiller les pistes. Pas le même vent, pas le même froid, pas la même neige. Est-ce que Jones s'attendait à ça ?

Quand les attelages arrivent, menés par Hattaway, le jeune gendarme de Lapierre House, Walker prend aussitôt les choses en main. Lui partira en traîneau avec Hattaway et Burton pour rejoindre la piste où ont été repérées les traces de Jones. Wright et Claudel redécolleront pour vérifier jusqu'où mène cette piste et si Jones ne s'amuse pas une fois de plus à les faire revenir sur leurs pas. L'autre traîneau emmènera Campbell à Lapierre House pour établir une liaison radio avec le camp de base et mettre Söderlund au chaud.

— Il n'en est pas question, tranche le médecin. Quitte à ne rien faire en vous attendant, je préfère embarquer avec Wright et Claudel.

Pressé d'en finir, Walker ne discute pas. Que Söderlund fasse comme bon lui semble, si Wright est d'accord avec ça. En quelques minutes, les traîneaux partent chacun de leur côté et l'avion se prépare à décoller.

— Walker ! hurle Claudel par sa vitre relevée. N'oubliez pas d'appeler Martha par la radio.

— Pourquoi ? s'inquiète l'inspecteur.

— C'est la Saint-Valentin aujourd'hui !

Claudel éclate de rire et referme la vitre, encourageant Wright à pousser les gaz.

— Une bien belle femme, Mme Walker, reconnaît Söderlund. Howard a de la chance.

— C'est sûr, approuve Claudel. Un sacré veinard, pas vrai, Wright ?

Le pilote fusille Claudel du regard. Quand l'avion a pris assez de hauteur, il tourne au-dessus de Lapierre House, le temps de repérer le traîneau de Walker. L'équipage s'est arrêté sur le lit gelé de la Bell River.

— Il nous fait signe, lance Claudel.

Wright descend pour survoler l'équipage, à dix mètres à peine au-dessus du sol, le temps d'apercevoir Walker, le pouce levé vers le ciel.

— C'est Jones, murmure Wright. Ce diable a bien passé les Richardson !

Il survole l'équipage une seconde fois, et note que les traces suivent le cours de la Bell River. Par grands gestes autoritaires, Walker lui intime l'ordre de leur ouvrir la voie. Wright lui répond par un battement d'ailes et reste à dix mètres du sol pour épouser les méandres capricieux de la rivière. Elle court sur dix kilomètres plein sud avant de virer plein ouest puis de remonter vers le nord.

— Est-ce que quelqu'un a bien parlé de la Porcupine à propos de Jones ? demande le docteur Söderlund.

— Pas à propos de Jones, mais à propos de Coyote Bill. Il paraît que ce bandit cherchait à se faire oublier en remontant la Porcupine jusqu'à sa source pour s'y planquer. Pourquoi ?

— Parce que la Porcupine n'a pas de source. Elle naît de la confluence de la Miner et de la Whitestone.

— Et alors ?

— Pour le suivre, il faudrait choisir quelle rivière remonter, sachant que la Miner comme la Whitestone sont elles-mêmes formées par la jonction de plusieurs autres cours d'eau qui, eux-mêmes…, etc. Et le tout au plus profond des monts Ogilvie. Si Jones se réfugie là-bas, vous pouvez mettre une croix sur lui.

— Dans quel sens ?

— Soit vous ne le retrouverez jamais, soit il n'y survivra pas.

Wright propose aussitôt de pousser jusqu'à la Porcupine pour confirmer l'hypothèse du médecin, mais Söderlund pointe alors des traces dans la neige. Elles quittent le lit de glace de la Bell pour partir droit vers l'ouest à travers la plaine immaculée. C'est peut-être là le projet de Jones : filer à l'ouest et passer la frontière pour se faire oublier en Alaska.

— Il ne joue plus, on dirait. Il fuit, maintenant, constate Claudel, et le terrain ne lui est pas favorable. Plus de glace, que de la neige, même sur le lit gelé des rivières. On peut le suivre à la trace. Sa seule chance, c'est de nous prendre de vitesse.

— Sauf qu'on vole à cent quatre-vingt-dix kilomètres-heure, murmure Wright comme à regret.

Sous l'avion se déroule une plaine immense et blanche où les rivières se tordent et s'enlacent comme des couleuvres prises au piège.

— Il n'est peut-être pas si malin que ça, murmure Claudel en suivant des yeux la piste bien nette dans la neige profonde.

— Ou il est aux abois, les idées gelées et le corps glacé, suggère Söderlund.

— Moi, je pense qu'il a encore toute sa tête, tranche Wright en désignant l'horizon du menton.

Loin devant eux, la plaine immaculée est labourée. Une rivière de neige piétinée, large d'une centaine de mètres. Et qui s'étend à perte de vue, au nord comme au sud.

— Un ravage, dit Claudel dans un sourire. Le salopard !

Les trois hommes regardent, impuissants et respectueux à la fois, les empreintes de Jones se diriger droit vers celles des caribous. Des milliers de bêtes en transhumance sont passées par là, piétinant la neige de leurs sabots évasés. Les traces de Jones s'y perdent aussitôt.

— Comment a-t-il su ?

— Il ne savait pas. Il a vu les caribous qui migraient et il a sauté sur l'occasion. C'est une ruse qui le sert autant qu'elle le dessert.

— Je ne comprends pas, avoue Söderlund.

— D'un côté, il nous embrouille et on perd sa trace, mais d'un autre, les caribous descendent vers le sud alors que Jones doit mettre cap sur l'ouest pour gagner l'Alaska.

— Wright a raison, explique Claudel. Il suffit de suivre la piste des caribous pour repérer l'endroit où Jones la quitte pour obliquer à l'ouest.

— Rentrons prévenir Walker, dit Wright en virant.

— Moi, je laisserais bien l'inspecteur musher quelques heures de plus dans le froid, histoire qu'il se rende compte par lui-même à qui il a affaire, propose Claudel.

— Pas très fair-play, s'amuse Söderlund.

— Certes, sourit Wright, mais ça laissera un peu de répit à Jones.

— Vous non plus, vous n'aimez pas les chasses à l'homme, n'est-ce pas ?

Wright décide de rentrer à Lapierre House. Il le fera savoir à Walker en survolant son traîneau. Il a repéré au passage un raccourci qui fera gagner vingt bons kilomètres à Walker, le lendemain, en coupant tout droit pour éviter une large boucle de la rivière.

— Wright, dit le docteur Söderlund le nez collé à la vitre, vous pourriez réussir à vous poser au confluent de la Bell et de la Eagle, là où la piste de Jones sort de la rivière pour prendre dans la plaine ?

— Oui, je pense pouvoir le faire, pourquoi ?

— Je voudrais vérifier quelque chose…

Wright se pose presque sans encombre, et fait glisser l'avion sur ses patins jusqu'à l'endroit précis où les empreintes de Jones escaladent la berge.

Söderlund descend de l'appareil, suivi de Wright et Claudel, curieux. Le médecin suit les empreintes dans la neige sur une dizaine de mètres, revient en arrière une ou deux fois, puis secoue la tête comme à la confirmation d'une mauvaise nouvelle.

— Mal en point, murmure-t-il.

— Qui, Jones ?

— Oui, regardez ces traces. Les pas sont courts et mal assurés. Le pied gauche est plus enfoncé chaque fois. Il boite lourdement, son pied droit le fait souffrir.

Il s'accroupit et observe la trace de plus près. L'avant des raquettes plonge plus profondément dans la neige.

— Il marche courbé en avant. C'est un signe d'épuisement. Et là, entre chaque empreinte, voyez ces traînées. Il n'a plus la force de soulever ses raquettes. Pourtant, la neige n'est pas si profonde.

Söderlund enjambe les marques, un pied de chaque côté pour voir la piste en enfilade. Wright et Claudel se collent à lui pour voir, eux aussi. Le médecin a raison, Jones ne marche pas droit. On devine qu'il trébuche de temps à autre, comme s'il titubait. Sans doute à cause du poids du sac sur ses épaules.

— Cet homme est au bout du rouleau, conclut le médecin. Sa traversée des Richardson a dû épuiser ses ressources physiques. Il n'est pas impossible qu'il ait un pied gelé. Sans soins appropriés, ça signifie une nécrose, suivie d'une gangrène. Je n'ose pas imaginer dans quel état sont ses doigts et ses oreilles. Sa force de caractère et sa volonté le font tenir, mais plus pour longtemps.

Ils contemplent en silence les traces de pas qui s'éloignent vers l'ouest. Chacun imagine la silhouette de Jones. Il avance, le dos courbé sous un barda pesant, lesté par une tente roulée, une gamelle, un quart et une hache. On n'aperçoit que le haut de sa toque givrée de neige et le canon de son fusil qui chaloupent au rythme de son pas boiteux. Il est vêtu de peaux. Bottes, chausses et lourd manteau. Il progresse sans un mot, obsédé par son désir d'être seul, résolu à fuir ceux qui s'obstinent à lui pourrir une vie qu'il avait choisie solitaire et silencieuse. C'est ce qui les marque, le mutisme obstiné de ce fantôme invisible, dans le silence immense d'un monde blanc sans limites.

Les hommes remontent dans l'avion. Ce n'est plus une chasse à l'homme. C'est l'hallali courant d'un homme aux abois. Viendra l'hallali debout, quand il sera cerné de toutes parts, puis celui à terre, une fois qu'il sera tombé. Si les hommes de Walker l'apprennent, ils se précipiteront pour la curée. Le tuer avant qu'il ne meure en leur volant leur vengeance.

— Je ne suis pas médecin, lâche Wright, je ne rapporterai rien de tout ça à Walker.

— Moi, je n'ai rien compris à tout ce charabia, comment pourrais-je faire un rapport là-dessus ? renchérit Claudel.

— Eh bien, disons que le secret médical me servira d'alibi pour une fois, conclut Söderlund en forçant sa voix contre le bruit du moteur.

Wright et Claudel sourient de la complicité du médecin.

— Si vous le voulez bien, Docteur, on va trinquer tous les trois avec ce que l'épicerie de Lapierre House a de meilleur.

L'avion tourne pour repérer le traîneau de Walker et Hattaway. Comme Wright les aperçoit sur un long tronçon bien droit de la Bell River et qu'il reste deux heures de jour, il décide de se poser.

— N'allons pas forcer ce pauvre Walker à bivouaquer.

Il passe une première fois pour faire comprendre son intention à Walker, puis revient se poser.

— À cinq ou six kilomètres environ, à hauteur du confluent avec la Eagle, la piste de Jones quitte la Bell pour partir plein ouest à travers la toundra, explique Wright.

— Il a eu tort de passer les Richardson. De ce côté des monts, il ne pourra plus masquer ses empreintes dans la poudreuse.

— Lui non, continue Wright, mais les caribous, si.

— Les caribous ? Pourquoi dites-vous… Oh non ! Un ravage !

— Oui ! À dix kilomètres en ligne droite à l'ouest du confluent, Jones a mêlé ses pas à ceux de milliers de caribous.

— Comment a-t-il su ? enrage Walker.

— Les caribous descendent par une plaine en cuvette bordée de collines, explique Hattaway. Jones les aura aperçus de loin. Un troupeau de cinq mille fantômes gris en transhumance dans ce paysage immaculé et immobile, ça se remarque.

— « Fantômes gris » ?

— C'est le nom des caribous par ici, surtout en hiver.

— Quoi qu'il en soit, reprend Wright, inutile pour vous de pousser jusque là-bas avant que je repère d'autres traces. Vous feriez mieux de rentrer à Lapierre House. Demain, deux heures avant le lever du soleil, vous partirez en ligne droite jusqu'au confluent pour éviter les méandres de la Bell, puis plein ouest jusqu'à la piste des caribous. Attendez-nous là-bas. Je partirai à l'aube avec le docteur Söderlund, et il ne nous faudra qu'un quart d'heure pour vous rejoindre. Une fois que j'aurai trouvé l'endroit où Jones a quitté la piste des caribous, vous vous remettrez sur sa piste.

Walker est d'accord, et Wright redécolle pour rentrer à Lapierre House. Il s'apprête à se poser sur la rivière quand il aperçoit plusieurs équipages venir par l'est. Il les survole et reconnaît les huit hommes que Walker avait envoyés traverser les monts Richardson.

La maison d'Hattaway est minuscule. Une cuisine, une salle à manger et trois chambres à l'étage. Une pour lui et Huapikun, sa jolie petite femme métisse toute ronde, la deuxième pour ses trois filles, et la dernière pour ses trois garçons. Les enfants, curieux, sont tous là. Plus Wright, Claudel et le docteur Söderlund. Plus Campbell. Plus les huit hommes de l'équipée des Richardson. Tous debout, dans la salle à manger, à attendre Walker et Hattaway. Huapikun ne peut cacher sa honte de ne pouvoir recevoir convenablement tous ces gens importants. Wright le devine et fait signe à Claudel de le suivre jusqu'au magasin qu'il dévalise de tout ce qui ressemble à une gourmandise pour les enfants, à du ragoût de castor aux fèves et au lard pour les hommes, et à des bouteilles de whisky à la crème d'érable. Huapikun est d'autant plus confuse que c'est elle qui cuisine les ragoûts pour l'épicerie. Les gamins, encore plus intimidés, sucent en silence des Maple Ice Wine Candies en rougissant.

Quand Walker et Hattaway rejoignent le bourg, la petite maison, animée d'un joyeux brouhaha, est une étuve dont les vitres ruissellent de buée. Les huit hommes qui ont traversé les Richardson ne tarissent pas d'admiration pour Jones. Ce type a remonté la Rat River jusqu'au nord des Twin Lakes, seul, à pied, dans le blizzard, sur plus de trente kilomètres le premier jour. Eux étaient exténués. Ils étaient pourtant huit, équipés, avec quatre traîneaux et vingt-huit chiens, et ils se sont effondrés avant même d'atteindre les lacs. Ils supposent que Jones aussi a bivouaqué aux alentours, car ils ont retrouvé sa trace au sud des lacs.

— Plein sud, je vous jure ! Il a attaqué la montagne de face. Quinze kilomètres à vol de corbeau, mais facilement le triple avec le dénivelé. Droit vers la vallée de la Chii Ezhah Njik, de l'autre côté. Je ne sais pas s'il savait qu'on était à ses trousses, mais il nous a forcés à abandonner nos équipages. Quatre d'entre nous sont repartis avec les chiens et les toboggans pour contourner la montagne jusqu'à l'autre vallée. Une quarantaine de kilomètres d'embûches, de ravines, de congères. Sept heures épuisantes pour avoir une chance de lui tendre une embuscade.

Tout le monde écoute le récit des hommes comme celui d'une aventure héroïque à la veillée.

— Dès l'aube, on a cherché des traces de son passage dans la vallée, sans en trouver aucune. Alors on s'est plantés face à la montagne en se disant qu'il n'était pas encore arrivé. Et là, malgré le blizzard, on a aperçu une silhouette qui se faufilait entre les rochers.

— C'était moi, par tous les diables ! reprend l'homme qui parlait en premier. Moi, et ces idiots qui me tirent dessus comme des possédés à la fête foraine. Ça pétaradait de partout.

— Heureusement pour cet imbécile qui déboule sans prévenir, nos doigts engourdis et la glace dans nos sourcils nous empêchaient de viser. On a bien gaspillé quarante cartouches avant de comprendre qu'on mitraillait un des nôtres.

— J'ai hurlé des jurons gros comme c'est pas permis – et j'en connais un paquet, excusez-moi, les enfants – pour que ces cons arrêtent de tirer, parce qu'on avait des choses à leur dire. Mais moi, je ne voulais pas me mettre les pieds dans le ventre pour dévaler jusqu'à eux, ce que je voulais, c'est que ces tireurs aux mains pleines de pouces montent jusqu'à nous pour voir ce qu'on avait à leur montrer.

L'homme se tait, fier de son effet, et attend. Personne ne veut céder à son petit jeu, sauf un gamin aux lèvres poisseuses de bonbon qui demande :

— Tu voulais leur montrer quoi ?

— Un bivouac. À peine deux cents mètres au-dessus de nous, un sacré foutu bivouac !

— Et le seul depuis les Twin Lakes, renchérit un autre.

— Jones a passé de nuit un sommet à plus de mille mètres sans un seul bivouac avant celui qui domine la vallée de la Chii Ezhah Njik. Oui, messieurs, parfaitement ! Et royal, le bivouac : un creux dans la roche où il a dormi au sec et à l'abri des rafales.

— Avec un feu… Vous imaginez, là-haut sur ces monts pelés vitrifiés par l'hiver ? Et vous savez ce que ça veut dire, pas vrai ?

— Oui, répond Claudel, que notre cher Jones se balade dans un enfer de glace avec des provisions de bois.

— Mais il ne peut pas en trimballer assez pour se chauffer toute la nuit !

— Non, le froid, il en fait son affaire. Le feu, c'est pour ça, dit l'homme en tirant fièrement de petits os tous fins de sa poche. Ce type prend le temps de chasser. Au menu d'hier soir : lagopède et écureuil rôti !

Les gamins le dévisagent avec des yeux ronds comme des billes.

— Mais il n'y a pas d'écureuils, là-haut ! s'étonne un trappeur.

— Tu as raison. L'écureuil, il l'a probablement chassé la veille dans le bois d'épinettes qui borde les Twin Lakes. L'oiseau, il peut l'avoir eu n'importe où.

— Mais comment ? s'étonne Walker. Il ne peut pas se servir de son fusil sans se faire repérer, il n'a pas le temps de poser des pièges…

— Il faudra lui demander quand on lui mettra le grappin dessus, se résigne Hattaway.

— Si on finit par le trouver, ajoute l'un des hommes dans un soupir.

— Pourquoi dites-vous ça ?

— Parce que dans la nuit ou au petit matin, profitant du blizzard, il a traversé la vallée sous notre nez pour grimper dans la montagne en face, de l'autre côté.

— Il est remonté dans les montagnes à l'ouest de la Chii Ezhah Njik ? Mais il y a encore vingt kilomètres de reliefs escarpés de ce côté-là avant de rejoindre la plaine ! Et ça le ramènerait vers Fort McPherson !

— Oui, on a pensé la même chose en repérant ses premières empreintes. On a laissé les équipages remonter la vallée, et on est partis à quatre sur ses traces, mais, une fois au sommet, on a compris que ce fou s'engageait le long de la ligne de crête vers le sud.

— La ligne de crête, par ce blizzard, tu es sûr de ce que tu racontes ? Qui choisirait d'affronter ça seul en plein hiver ? On parle d'au moins trente kilomètres, par moins cinquante, dans des montagnes exposées à tous les vents, à plus de mille mètres d'altitude !

— Eh bien, mon gars, c'est ce qu'il a fait, tu peux me croire. Même qu'on a failli y passer une bonne vingtaine de fois à suivre ses traces. Des crevasses, des ravines, des falaises, des roches gelées prêtes à rompre. Et ce froid qui nous plantait des baïonnettes dans les reins. On a été sur le point d'abandonner à plusieurs reprises pour se mettre à l'abri dans la vallée, et chaque fois, comme s'il se moquait de nous, il semait un indice pour nous pousser à continuer.

— Croyez-le ou non, coupe un autre des suiveurs, Jones a mangé un lapin à mi-chemin. Dans un trou de roche en haut d'une falaise, qu'il fallait rejoindre par une corniche verglacée au-dessus d'un à-pic, on a retrouvé les cendres et les os.

— Et ensuite ? s'inquiète Walker. Où se termine la ligne de crête ?

— Côté Yukon, juste au-dessus d'un méandre de la rivière La Chute.

Je la connais, coupe un trappeur. Après les montagnes, elle remonte au nord se jeter dans la Bell. Elle coule à environ huit kilomètres de Lapierre House. Si Jones l'a remontée, c'est probablement par là qu'il est passé de l'autre côté.

— C'est sûr qu'il l'a remontée. On a trouvé son dernier bivouac dans un bois d'épinettes sur un îlot entre des bras de la rivière. Il a profité d'un trou assez profond, sûrement creusé par les remous à l'époque de la fonte. Il l'a dégagé de sa neige et s'est tapi dedans, à l'abri d'une bâche.

— On a découvert quatre amas de neige tassée en glace qui devaient tenir la bâche.

— Et trois longues branches d'épinettes qui ont dû lui servir pour la soutenir.

— Et puis d'autres braises froides et d'autres os. Une fouine, qui aura pointé son nez de curieuse hors d'un trou et qu'il aura fracassée d'un coup de crosse. Il restait des traces de sang sur la glace.

— Ce type-là nous a entraînés en enfer. Jamais de ma vie je ne referai ça. Jamais !

Les huit hommes de l'équipée hochent la tête en signe d'approbation. Wright voit sur leurs visages à quel point ces jours ont été exténuants pour eux.

— Ce que je ne comprends pas, reprend un des hommes, c'est pourquoi Jones a descendu la rivière La Chute dans notre direction. De son bivouac, il aurait pu prendre plein ouest jusqu'à la Porcupine.

— Jones n'a jamais voulu aller se perdre là-bas, explique Wright. Ça, c'est ce qu'on a dit de Coyote Bill, mais ce petit cambrioleur de banque n'est rien en comparaison de Jones. Il n'aurait pas tenu trois jours dans cette traque, et pas un seul dans ce que Jones vient de réussir à travers les Richardson.

Tout le monde approuve, puis les hommes se remettent à boire. Hattaway fait signe à Huapikun de monter les enfants dans leurs chambres et de rester avec eux. Walker le remarque et demande aux hommes d'aller se saouler ailleurs. Un homme propose sa cabane de célibataire, à peine plus grande que la cuisine des Hattaway, et deux bouteilles de mauvais *rye whisky*. Wright et Walker préfèrent sangler leur veste, enfoncer leurs épaules dans la fourrure, rabattre les oreilles de leur toque et affronter le froid glacial. Aucune envie de s'embuer le cerveau dans ce qui s'annonce comme une beuverie. Ils fument en silence dans la nuit blanche. Claudel et le docteur Söderlund les rejoignent une demi-heure plus tard.

— Ça tourne à la veillée d'armes, grogne le mécano.

— Il y a une heure, Jones était leur héros, et voilà qu'il n'est plus que l'homme à abattre, ajoute le médecin, écœuré. Ceux qui ont trébuché dans la montagne racontent que Jones y avait semé des pièges.

— C'est le courage des couards, renchérit Claudel, l'hystérie de la horde.

Walker ne veut pas répondre. Il sait ce qu'ils veulent lui faire comprendre et qu'il ne veut pas entendre. Claudel sort de sa poche la bouteille à moitié vide qu'il a subtilisée.

— Toujours ça que les chiens de chasse n'auront pas.

— Je vous interdis de parler de mes hommes comme ça ! s'emporte l'inspecteur.

— Walker, vous n'êtes que quatre constables de la Gendarmerie royale sur plus d'une vingtaine d'hommes, réplique Wright. Le reste n'est qu'un ramassis de mercenaires à la petite semaine, qui n'ont que le courage de la meute à qui on promet une proie épuisée.

— Walker, intervient le docteur Söderlund, Jones est à bout. J'ai pu observer ses empreintes : il boite, il ne marche plus droit. Je pense qu'il a un pied gelé, et on peut craindre que ses mains ne soient pas en meilleur état. Il risque de payer de sa vie son exploit dans les Richardson. Ce n'est plus qu'une question de jours.

— Réfléchissez, Walker, insiste Claudel. Soit il marche cent quarante kilomètres vers l'ouest jusqu'en Alaska, soit il rebrousse chemin par les Richardson. Au nord, il s'exposerait à des terres encore plus hostiles. Au sud, c'est les Rocheuses.

— Cet homme nous a défiés et il s'en est sorti, reprend le médecin. Il faut admettre qu'il s'est montré plus fort que nous, mais il a défié la nature et là, c'est au-dessus de ses forces. Ne soyez pas plus cruel qu'elle, Walker. Laissez-les s'expliquer entre eux.

— Allez au diable ! grogne l'inspecteur. Demain, on décolle une heure avant l'aube pour se mettre sur la piste des caribous, avion ou pas. Les mutins peuvent rester ici au chaud s'ils le veulent.

— Les « mutins » ? Enfin, Walker, qu'est-ce que c'est que ce langage militaire ? hurle Wright. On n'est pas en guerre ! Dans trois jours, vous retrouverez ce pauvre type raide mort au bout de ses traces. Mais ça ne vous suffit pas, hein ? Vous ne voulez pas priver vos hommes du plaisir de l'abattre, c'est ça ?

Walker fait volte-face, et son poing frôle le menton de Wright qui réplique aussitôt. Walker esquive à son tour et se jette sur le pilote. Ils roulent dans la neige, et Claudel retient le docteur Söderlund qui veut les séparer.

— Laissez-les, ils en ont besoin, lâche le mécano.

Un homme sort vider sa vessie du mauvais whisky et s'empresse de prévenir les autres sans même prendre la peine de se renfourailler. Le spectacle est trop beau : les chefs se mettent sur la gueule. La horde avinée se bouscule pour assister au pugilat et hurle au combat. Les plus ivres des trappeurs empêchent les gendarmes d'intervenir. Ils parlent d'histoires d'hommes, d'honneur et de courage. Les hommes de terrain, disent-ils, ont plus de couilles que ces pédérastes d'aviateurs. Ils aboient et éructent. Ils fulminent. Bientôt, ils en appellent au sang. À la mort. Tous prennent parti pour Walker. Il est des leurs. Il est d'ici. De leur terre, de leurs bois, de leur neige. Il affronte les blizzards avec eux, lui, il ne le survole pas au chaud dans un coucou. Walker chevauche Wright qu'il a cloué sur le dos dans la neige. La meute s'hystérise. Qu'il le massacre, ce voltigeur de pacotille, ce planqué des airs, qu'il lui refasse le portrait, qu'il lui fracasse sa gueule de gigolo. Qu'il lui apprenne quel sort on réserve à ceux qui frottent leur allumette sur la boîte des autres. Qu'il lui fasse payer ses culbutes et ses voltiges avec Martha…

Walker se fige dans son mouvement, le poing brandi, prêt à assommer Wright. Puis il bondit sur ses pieds et décoche une violente droite en pleine face du trappeur qui a osé, et l'envoie valser contre les rondins de la cabane. K-O. D'autres se précipitent pour lui porter secours, nettoient son visage dans la neige qui rougit, le font revenir à lui et le relèvent. Il titube, cherche son équilibre, court après ses esprits.

— Répète un peu ça, menace Walker, le poing toujours brandi.

— Je ne voulais pas, inspecteur, bredouille l'homme qui chavire. C'est rapport à votre femme, je ne voulais pas le dire, je vous le jure…

Cette fois, le poing de Walker le sonne sur place et il s'effondre aux pieds de ses compagnons.

— Bande de cons, grommelle l'inspecteur.

Il leur tourne le dos et disparaît dans la nuit. Les trappeurs entraînent à l'intérieur l'homme inerte au visage sanguinolent. Claudel s'approche de Wright, toujours étalé sur la neige.

— Qu'est-ce qui te prend? se moque-t-il en tendant une main pour l'aider à se relever. Ce n'est pas ton genre de te laisser brasser comme ça. Tu aurais pu le sécher plusieurs fois sans problème…

Wright se relève, secoue la neige de ses chausses et de sa parka et ramasse sa toque.

— Walker avait besoin de cette victoire-là, bougonne-t-il.

— Oui, mais pas qu'on lui parle de tes exploits avec Martha!

— Pourquoi ? s'étonne Söderlund. Parce que Martha et vous…

— Fermez-la, Docteur. N'en rajoutez pas, je vous en prie, coupe Claudel.

— À demain, décollage à l'aube, lâche Wright avant de partir dans la direction où Walker a disparu.

Il est là, debout dans la nuit. Il écoute les loups. Ils se parlent dans le lointain. Celui qui appelle est déjà à l'ouest de la Bell River. Ceux qui lui répondent viennent du nord-est. Ils passent à cinq kilomètres au nord du poste.

— À croire qu'ils nous préviennent, lâche Wright dont les pas crissent dans la neige.

— C'est ce qu'ils font. Ils nous disent de ne pas nous mêler de leurs affaires. Ils se regroupent pour une chasse.

— Comme nous. Vous croyez qu'ils en ont après Jones, eux aussi ? S'il est aussi épuisé que le dit Söderlund, ça en fait une proie facile.

— C'est un homme fatigué, certes, mais avec deux fusils et un poignard, et ils le savent d'instinct, répond Walker. Ils sont plutôt sur la piste des caribous.

Il sort son étui-briquet Ronson et allume une Black Cat qu'il tend à Wright sans le regarder. Il en allume une autre pour lui et ils restent en silence à écouter les loups se déplacer vers l'ouest.

— Je suis désolé pour Martha, finit par dire Wright.

Walker prend son temps pour répondre. Il tire si fort sur sa cigarette que le tabac grésille dans la nuit.

— C'est moi qui suis désolé qu'elle ait besoin d'un homme comme vous pour se sentir vivante.

— Ce n'est pas sa faute. Je n'aurais pas dû…

— C'est vrai, vous n'auriez pas dû. Ni la prendre dans vos bras, ni vous inviter chez moi, ni vous immiscer dans mon enquête et dans la façon dont je gère mes hommes.

Wright ne peut rien répondre à ça.

— Vous saviez, alors ?

— Martha me l'a avoué après notre dîner de l'autre soir.

— J'espère que vous lui avez pardonné.

— Pardonné ? Qu'y avait-il à pardonner ? Si Martha est malheureuse, c'est ma faute, pas la sienne. Depuis la guerre, je m'acharne à devenir ici le héros que je n'ai pas été là-bas. Je délaisse la femme que j'aime pour me jeter à la poursuite d'un fugitif dont j'ignore le nom.

Walker se tait, mais Wright sait bien qu'il n'en a pas fini. Il laisse le silence ouaté de la nuit étouffer le leur. Quand il reprend, Walker a plus de colère dans la voix.

— Vous croyez vraiment que je n'ai pas pensé à elle pendant toutes ces nuits glaciales ? Vous croyez que je n'ai pas imaginé qu'elle puisse céder à vos avances d'aviateur à belle gueule ?

— Walker, je n'ai fait aucune avance à Martha, je vous le jure.

— Pauvre imbécile, et vous croyez que ça me rassure ?

Il se tait de nouveau. Les deux hommes se devinent à peine dans le noir. Puis Wright entend crisser les pas de Walker dans la neige.

— Sale con. Vous auriez au moins pu avoir l'élégance de dire que vous n'êtes qu'un goujat, que tout était votre faute, que vous l'avez fait boire pour la séduire, au lieu d'aggraver son cas.

— Ce n'est pas ce que je voulais dire…

— Mais vous l'avez dit et c'est pire pour moi. Si c'est elle qui vous a ouvert ses bras, alors c'était bien son choix, et donc ma faute. Pas la sienne…

Il se tait encore et Wright ne répond pas. Il se demande à quelle distance la braise de leur cigarette peut se voir dans la nuit. Deux points rougeoyants. Les yeux d'un loup.

Wright leur cherche des excuses. À lui autant qu'à Martha et Walker. Ils vivent à Aklavik : soixante-huit degrés nord, cent trente-cinq degrés ouest. Ce trou perdu n'existe que depuis vingt ans et n'a longtemps été qu'un simple poste de traite de la Compagnie de la Baie. À peine un village que les rivières et les fleuves inondent ou envasent si souvent qu'on parle déjà de le déplacer de l'autre côté du delta du Mackenzie. Un microcosme au cœur de l'immensité. Une perdition. Presque un bannissement.

— Martha rêvait de beaux-arts, de peinture et de danse, de salons littéraires et de théâtre, reprend Walker, et j'ai fait d'elle la femme d'un gendarme d'Aklavik. Comment pourrais-je lui en vouloir de s'ennuyer ici, d'avoir l'impression d'y perdre sa vie ?

Wright épuise sa cigarette d'une longue aspiration, et son mégot luit comme une mouche à feu dans la nuit avant de s'éteindre dans la neige. Puis il lève la tête et cherche la lune dans le ciel sans lumière.

— Les loups ne hurlent pas à la lune, murmure Walker, ce n'est qu'une légende. Pour que son hurlement soit puissant et s'entende jusqu'à quinze kilomètres, il bascule la tête en arrière, museau vers le ciel, pour aligner la colonne de son souffle.

Ils écoutent encore les loups hurler et se répondre, et Wright en discerne plus qu'il ne pensait.

— Le loup à l'ouest est l'alpha, explique Walker. Son cri bas et long est un appel aux autres, c'est lui qui les a convoqués. Un phare sonore dans la nuit. Ceux qui hurlent au nord-est ont été dispersés par la chasse et il les rameute. Le second de la bande est avec eux. Son hurlement est plus aigu que celui de l'alpha. Chacun a avec lui des gamma et des oméga. Les premiers vocalisent comme plusieurs pour donner de l'ampleur au groupe. Le hurlement des seconds, plus long et plus aigu que tous les autres, est celui que Martha préfère. D'après les Loucheux, dont elle a appris la langue, c'est celui qui rassure le clan sur sa force et son unité. Un hurlement dans lequel chacun affirme son rôle et son rang. Un bel exemple de collectif, n'est-ce pas ?

— Si on le compare au braillement de votre bande de trappeurs, oui, en effet.

— Mes hommes ne sont pas des loups, Wright, et je n'ai pas droit de vie ou de mort sur eux comme l'alpha de la meute. Je ne suis que leur chef, pas leur maître.

— Bien, dit Wright en resserrant la fourrure de sa capuche. Je décolle à l'aube et je survolerai la piste des caribous quinze minutes plus tard.

— D'accord, merci.

— Pour quoi ?

— Jones pensait avoir trois jours d'avance sur nous dans les Richardson et au moins un autre jour de plus depuis. Grâce à vous et à votre avion, on a repris tout notre retard.

— Ne me remerciez pas, l'idée de l'avion était la vôtre. S'il n'avait tenu qu'à moi, j'aurais abandonné depuis longtemps. Bonne nuit, Walker.

— Bonne nuit.

Il le laisse s'éloigner et, quand Wright n'est plus qu'une ombre dans l'obscurité, le rappelle et dissipe le silence de cette nuit vide.

— Wright, il n'en reste pas moins que vous êtes un sale con. Et épargnez-moi votre pitié, s'il vous plaît.

— Rassurez-vous, Walker, je n'en ai aucune pour vous.

— Ah oui ? Alors pourquoi ne vous êtes-vous pas vraiment défendu quand on s'est battus ?

31

… ET L'ENTRAÎNE DANS UN AUTRE RÊVE.

La silhouette de Jones, loin devant lui, dans le grand blanc. Il avance dans la neige, le pas lourd et fatigué. À chaque enjambée, il lutte pour extraire ses raquettes de la poudreuse. Il est engoncé dans ses vêtements de cuir et de peau. Son sac lui pèse, alourdi d'une hache et de deux fusils. Walker le rattrape peu à peu. Il suit sa trace dans la neige. Ses raquettes y laissent des empreintes rougies de sang. Jones serait-il blessé ? Il force l'allure. Il n'est plus qu'à vingt mètres, il va l'avoir. Ce n'est plus qu'une question de minutes. Enfin ! Jones et lui, face à face, d'homme à homme dans le grand blanc. Mais d'où vient ce sang ? Les traces ensanglantées des raquettes dessinent les maillons d'une chaîne qui les relient. Walker panique : lequel est prisonnier de l'autre ? Quand Jones s'arrête, à dix mètres de lui, Walker s'arrête aussi. Il abandonne ? Ils restent tous deux immobiles. C'est donc aussi simple que ça ? Jones se rend ? Il devine alors quelque chose devant Jones. Comme un mur. Gris et mouvant. Qui sort du grand blanc. Un mur de fantômes. Une barrière d'ombres. Jones se retourne et son sourire glacé terrifie Walker.

Derrière lui, le front des caribous. Des milliers de bêtes silencieuses. Obstinées. Têtues. Elles progressent sans quitter Walker de leurs yeux globuleux d'un bleu profond. Quand le troupeau silencieux rejoint Jones, il lève les bras au ciel dans un tonnerre de rire et se laisse engloutir dans leur multitude. Ses bras se confondent avec les bois des animaux, puis disparaissent. Pourquoi les rennes portent-ils leurs cornes d'été ? Et pourquoi leurs yeux saignent-ils ? Et pourquoi Jones marche-t-il à leur tête, dans le fracas de leurs bois qui s'entrechoquent dans l'air glacé ? Quand la harde s'élance, il est trop tard pour que Walker puisse s'en protéger. Les bêtes chargent, les yeux injectés de sang, tête baissée. Il cherche à fuir, mais derrière lui la même harde charge à son tour. La première bête qui le bouscule l'envoie rouler sous les autres. Des milliers de sabots le piétinent. Étendu dans la neige, il voit défiler sans fin le ventre souillé de sang des caribous. Au-dessus, le craquement terrifiant des bois qui s'enchevêtrent et se brisent dans le grognement des bêtes qui renâclent. Walker se roule en boule, les bras et les côtes meurtris par le martèlement des sabots. Soudain, les bêtes perdent leurs panaches et se dispersent au galop, honteuses et apeurées d'être sans défense. Walker les entend bondir par-dessus lui. Elles ont piétiné la neige jusqu'à la glace en dessous, et le sol tressaute de leur cavalcade. Quand le sol cesse de trembler, quand la grêle des sabots s'épuise, Walker attend longtemps avant de relever la tête. La harde a disparu. Autour de lui, la neige, jonchée de cornes et de panaches, piétinée de sang, a effacé les traces de Jones. Puis tout redevient blanc. Immaculé. Immobile. Ne reste plus que le ravage, la trace d'une harde dans la neige. Ce qui reste de son passage.

Walker, à genoux, maudit Jones de lui avoir échappé une fois de plus. Un hurlement se fait entendre. Walker se retourne et se fige de terreur. Sale et hirsute, les yeux noirs de haine et le rictus cruel, Jones court droit sur lui, son fusil brandi à deux mains au-dessus de sa tête pour lui fracasser le crâne. Il évite le coup de justesse, mais c'est Billy qui surgit à son tour, puis Bauwen, puis Wright. Cette fois, il se laisse faire, fatigué de tout ça, épuisé, mais le coup ne vient pas. Wright a disparu et c'est Martha à sa place. Elle l'enlace et l'entraîne dans un autre rêve.

32

… TU ME RÉORGANISES.

Lundi 15 février 1932

C'est un lendemain de la veille, comme on dit, un matin de gueule de bois. Les hommes émergent des tentes, rasés avec une biscotte et coiffés en pétard, la tête bourrée d'étoupe, pour constater que le monde n'est plus. Un vide compact. Dense et vaporeux à la fois. Il commence si près de l'ouverture des tentes qu'ils n'osent poser une main en dehors, de peur de tomber dans un vide sidéral. Ils s'appellent sans se voir, leurs réponses étouffées par le brouillard. Plus rien n'existe au monde que la tente de chacun.

Quand tinte la cloche, lente et régulière comme un glas, tout prend des allures sinistres de naufrage. Avant que la voix aiguë de Huapikun, la femme d'Hattaway, perce le brouillard épais et ouaté qui les oppresse.

—Marchez un par un vers le son de la cloche et criez votre nom tous les dix pas. Un pas à chaque son de cloche. Qui commence ?

—Moi, Mitchell, dit une voix de nulle part.

— Très bien, Mitchell. Ton nom tous les dix pas, sauf si tu trébuches contre un obstacle.

Le trappeur avance dans le néant et Huapikun le guide de la voix.

— Plus à gauche, Mitchell. Encore un peu plus. Un pas sur la droite. Oui, comme ça, bien devant.

Puis une silhouette prend forme sous les yeux du trappeur au moment même où il allait buter contre elle. Une main se tend vers la sienne. Petite. Toute petite. Il la saisit et un des enfants Hattaway le guide jusqu'à sa maison.

— Au suivant ! crie Huapikun.

Comme la veille, toute l'équipée se retrouve dans la maison étroite des Hattaway. Les hommes sont sidérés. Ils n'ont jamais traversé un tel brouillard. Pire qu'un grand blanc qui trompe les sens et les repères. Si épais qu'il les supprime. Qu'il met toute orientation en déroute. La vue, l'odorat, le toucher. Même l'ouïe. Si Huapikun les avait laissés se repérer au seul son de la cloche, tous auraient disparu dans le néant, trompés par des échos feutrés.

— Walker n'est pas là ? s'inquiète Wright.

— Il est parti en reconnaissance avec mon homme.

— En reconnaissance ! s'exclament en chœur gendarmes et trappeurs.

— Oui. Mon homme a l'habitude du brouillard. Il a emporté assez de provisions pour y survivre. Les chiens connaissent le chemin jusqu'à la rivière. À partir de là, ils n'ont qu'à la suivre en comptant les méandres. Ils doivent déjà avoir quitté le lit de la Bell pour couper à travers la plaine jusqu'à la piste des caribous.

Huapikun touille dans un chaudron une épaisse soupe de pois à la viande de castor. L'aîné de ses fils, qui n'a pas douze ans, surveille le thé noir qui infuse dans une casserole. Les hommes se ragaillardissent.

— Pourquoi Walker a-t-il voulu partir si tôt? demande Wright.

— Une grosse neige va venir, répond Huapikun, il voulait que Walker ait une chance de repérer des traces avant qu'elles disparaissent. Ils ont embarqué une brassée de perches. Ils laisseront des jalons de tissu rouge pour vous repérer dès que vous pourrez décoller.

— Comment Hattaway peut-il savoir qu'il va neiger?

— Il le sait. Il a des instruments et des livres, il fait des calculs, déclare fièrement Huapikun. Il a dit deux jours de neige et de brouillard.

— Comment peut-il neiger dans le brouillard? s'étonne Claudel, le nez dans son bol de soupe.

— Mon homme dit que ce brouillard-là est une sorte de neige en suspension. Quand l'humidité aura saturé le nuage, les flocons vont se former et se mettre à tomber. C'est ce qu'il a dit.

Wright trempe un bout de pain dans sa soupe et s'amuse de la situation. Un jeune gendarme qui s'instruit en météorologie de comptoir pendant que sa femme cuisine des ragoûts à leurs six enfants. Ça lui donnerait presque envie de les emmener faire un tour en famille dans son Bellanca, si ce fichu brouillard de neige ne le clouait pas au sol pour deux jours.

C'est le gendarme Barrett qui lance l'idée. Ils peuvent encore rejoindre Walker et Hattaway avant que la neige recouvre leurs traces. Descendre jusqu'à la rivière et la suivre jusqu'au confluent de la Eagle River, c'est possible, même en plein brouillard. Et puis les traces d'un équipage de sept chiens et d'un toboggan pour deux hommes, c'est facile à suivre. Il ne faut pas laisser l'inspecteur et Hattaway seuls face au fugitif.

— Sans compter que Jones pourrait tomber sur Ludlum, observe Huapikun.

— Qui est Ludlum ? s'inquiète Barrett.

— Un marchand de peaux qui vit par là-bas dans une grande cabane. Au printemps, c'est un point de passage pour les trappeurs qui viennent y vendre leurs peaux. L'hiver, il y vit. On le voit de temps en temps.

— Il vient à Lapierre House ?

— Oui. À l'épicerie pour se ravitailler. Il dort chez nous.

— Comment se déplace-t-il ?

— Avec ses chiens et son traîneau. Comment voulez-vous qu'il vienne, sinon ?

— Et sa cabane ? Vous avez déjà vu sa cabane ?

— Non. Je crois qu'à part mon homme, personne de Lapierre House n'est allé chez lui. Mais on dit que c'est une belle cabane en rondins, presque au confluent de la Bell et de la Porcupine River, un peu en retrait sur les rives d'un petit lac.

— Seigneur Dieu ! jure le gendarme Giavelli qui vient de comprendre.

— Quoi ? aboie Wright inquiet.

— Si Jones connaît l'existence de Ludlum, ou s'il tombe dessus par hasard, alors il peut lui voler son équipage pour fuir en Alaska.

— Ou nous attendre là-bas, barricadé dans son fortin, avec toutes les provisions et les munitions que Ludlum doit avoir en réserve, complète Barrett.

— À quoi cela l'avancerait ? demande Wright.

— À rien de raisonnable. À reprendre des forces avant l'assaut final, peut-être. Il a déjà montré de quoi il était capable dans sa forteresse en rondins.

Les autres trappeurs comprennent et s'animent à leur tour. Il faut rattraper Walker et Hattaway pour les prévenir et leur venir en aide. Aussitôt les préparatifs se font, compliqués par le brouillard qui n'a pas l'air de vouloir se dissiper. Mais les enfants de Huapikun sont là, qui disparaissent et réapparaissent avec ce que les trappeurs n'arrivent pas à retrouver. Une heure plus tard, quatre équipages et leurs chiens énervés disparaissent dans le vide cotonneux.

De leur côté, Wright et Claudel hésitent. L'afflux de réfugiés et la présence des hommes de Walker ont vidé les réserves de l'épicerie. Si Jones fuit vers l'ouest, Walker va devoir faire de Lapierre House son nouveau camp de base. Campbell a réussi à joindre Aklavik par radio. Il y neige, mais pas de brouillard.

— Ça se tente, murmure Wright. La Bell River est large de cent mètres, en ligne droite sur près d'un kilomètre, et dans une zone sans relief significatif. Je décolle, je prends aussitôt de l'altitude dans une grande boucle au sud-sud-est, je monte à trois mille pour passer les Richardson, on repère la Peel, et on remonte plein nord sur Aklavik. On y fait le plein et on revient.

— Et si le brouillard est toujours là ?

— On demandera à Campbell par radio avant de repartir. Huapikun, dit Wright, il faut établir la liste de ce qu'il faut pour vous ravitailler et la transmettre à Campbell. Que ceux d'Aklavik préparent ça pendant qu'on les rejoint. Pourvu que le temps nous permette de rentrer avant la nuit.

— Mon grand va s'occuper de ça. Moi, je vais vous aider à décoller.

Ils ne devinent l'avion que quand ils manquent de s'y cogner. Huapikun les accompagne. Elle s'est emmitouflée dans une *parqaaq* en peau de caribou. Sous sa capuche en fourrure de loup, son visage rond est tanné par des années de vent. Elle porte une besace en travers de la poitrine et tient d'une main ferme la laisse d'un chien pressé de courir. Wright ne serait pas étonné que ce petit bout de femme parte comme ça pour une randonnée de mille kilomètres à travers ce paysage hostile et glacial, tant elle semble dans son élément.

— De quelle distance as-tu besoin pour t'envoler ?

— Deux cents mètres si je suis contre le vent. Deux cent cinquante, c'est mieux.

— Tu es déjà contre le vent, dit Huapikun, alors prépare ton avion et attends-moi.

Son chien haletant tire sur la laisse et l'entraîne dans le brouillard où elle disparaît en quelques secondes. Ils n'entendent plus que sa voix.

— *Eeegal*, Sikuak, *eeegal*… *eeegal*, Sikuak, *eeegal*…

Vingt minutes plus tard, le brouillard jaunit d'un halo lumineux et Huapikun réapparaît, une bougie de résine à la main qu'elle dépose devant l'avion.

— Vingt bougies, une tous les vingt pas, tu les suis sur deux cents mètres. Tout droit. Aucun obstacle.

— Et pourquoi le chien ? demande Wright, sidéré.

— C'est Sikuak, Petite Neige, ma chienne de tête. À la commande *eeegal*, elle garde la piste à égale distance des berges. Ne me demande pas comment elle fait, c'est comme ça.

Ils montent à bord et Wright lance le moteur du Bellanca. L'avion s'évanouit dans une gaze de lumière, ne laissant dans son sillage que des spirales de poudreuse que la lumière des bougies fait scintiller. Ils décollent dans un néant fantasmagorique et duveteux qui les pousse à l'ivresse. Mille mètres plus haut, le Bellanca jaillit au-dessus du brouillard qui nappe le paysage d'un horizon à l'autre, et Wright se dit qu'il n'est décidément heureux que dans le ciel. Le temps de profiter de ce moment suspendu, il bascule l'avion pour franchir les Richardson. À l'approche des monts, Wright comprend qu'ils retiennent le brouillard à l'est et la neige à l'ouest.

— Va pour la neige, se résigne Claudel.

Au sol, malgré le brouillard et la neige, Walker tombe par hasard ou par chance sur des empreintes de Jones. Plusieurs fois dans la journée. Mais, faute de visibilité, ils ne peuvent en comprendre la direction. À chaque nouvelle piste, ils ont déjà perdu dans le grand blanc la trace de la précédente. Ils se contentent de les suivre, pas à pas, jusqu'à revenir deux fois sur leurs propres traces. Jones continue à brouiller les pistes. Une autre fois, alors qu'ils suivent une trace depuis une heure environ, Walker se demande comment un homme exténué et affamé comme l'est Jones peut encore dépenser ce qu'il lui reste d'énergie à se moquer d'eux. Il se souvient de ce que Söderlund a dit du fugitif. Un pied gelé, un pas vacillant. Les doigts gelés aussi, probablement. Voire les oreilles. Il repense à la façon dont le médecin avait justifié ses conclusions. Soudain, il hurle de rage et de découragement.

— Le pied droit ! Son foutu pied droit ! Il boite du pied droit !

Dans la neige, les marques ne laissent aucun doute, c'est l'empreinte droite qui s'enfonce plus profond dans la neige.

Söderlund l'avait bien expliqué. Jones est blessé au pied droit, donc il s'appuie plus lourdement sur le gauche.

— Et alors ? demande un des trappeurs.

— Alors ce salopard de Jones nous fait tourner en bourrique depuis plus d'une heure. Il a encore chaussé ses raquettes à l'envers. On croit le suivre alors qu'il s'éloigne de nous.

Walker s'en veut. D'autres évidences lui sautent aux yeux maintenant. Söderlund avait expliqué comment il devinait que Jones était épuisé. L'avant des raquettes plus profondément marqué dans la neige signalait un Jones marchant courbé en avant. Signe d'épuisement. Et là, c'est la queue de la raquette qui creuse la neige. Ils ne suivent pas Jones, ils remontent ses traces en sens inverse. À moins que…

Le brouillard feutre la voix de Campbell.

— Par ici, inspecteur, une autre piste…

Il joue avec le brouillard. Cet homme aux abois, à moitié gelé, mort de faim, fait de leur aveuglement un atout. Il a compris qu'il suffit d'un passage de l'avion pour réduire son avance à néant, alors il profite du brouillard pour les perdre dans un labyrinthe où il les entraîne de quelques pas à la fois, dans n'importe quelle direction. Walker éclate de rire. Comme il en était convenu avec Wright, Campbell s'est appliqué à planter une longue perche ornée d'un fanion rouge à intervalles réguliers pour que l'avion puisse repérer leur piste une fois le ciel dégagé. Il imagine déjà la stupéfaction de Wright et Claudel découvrant du ciel tous ces témoins de leurs circonvolutions erratiques. Et leurs moqueries.

Walker décide de s'arrêter là. Pas la peine d'épuiser les hommes et les chiens en les entraînant dans le jeu de Jones. Il donne l'ordre de monter le camp.

— Tout ça pour ça ! grogne un trappeur déçu.

— On reste quand même sur ses talons, explique Walker. Il est à moins de douze heures de nous. Dès que le brouillard se lèvera, on reprendra l'avantage avec l'avion. Laissons-le marcher et s'épuiser à tricoter ses fausses pistes. Profitons-en pour reprendre des forces.

Les trappeurs s'y résignent et montent le camp. Deux heures plus tard, deux équipages les rejoignent. Walker les avait envoyés suivre la piste des caribous, un de chaque côté, pour repérer l'endroit où Jones aurait pu la quitter.

— Aucune trace de raquettes qui s'en écartent de notre côté.

— Rien du nôtre non plus.

— La piste descend toujours plein sud ? demande Walker.

— Oui.

— Vous l'avez aussi remontée vers le nord ?

— Oui, sur une quinzaine de kilomètres. Au-delà de l'endroit où elle traverse le lit de la Bell. Jones n'en a pas profité non plus pour redescendre ou remonter la rivière, on a vérifié.

Walker réfléchit de nouveau, et Campbell lui rappelle que la cabane de Ludlum est dans les parages.

— S'il en a connaissance et s'il a réussi à l'atteindre, il a pu tuer Ludlum pour récupérer un équipage. C'est une piste sérieuse.

— Je sais, mais rien ne dit que Jones connaisse l'existence de ce poste de traite. Après tout, il n'est pas d'ici.

— On n'en sait rien jusqu'à preuve du contraire. Jones peut être de n'importe où.

— À vol de corbeau, quelle distance d'ici à chez Ludlum ?

— Une trentaine de kilomètres.

— Et à part la Bell River qu'elle a traversée, est-ce que la piste des caribous a coupé ou longé une autre rivière ?

— Oui, elle suit le cours de la Eagle entre deux grands méandres sur près de trois kilomètres, à environ cinq kilomètres au nord de là où on est.

— Et est-ce que la Eagle River, au sud, se rapproche de la cabane de Ludlum ?

— Oui, répond Hattaway, quand la rivière repique vers l'est, elle n'est qu'à quinze kilomètres de chez Ludlum.

— Alors la situation est simple, résume Walker. Si Jones connaît l'existence de cette cabane, il s'est servi de la piste des caribous pour rejoindre la Eagle. Si ce n'est pas déjà fait, il quittera la rivière là où elle est la plus proche de chez Ludlum.

— Et s'il ne connaît pas cette cabane ?

— Alors soit il s'est lancé dans un raid suicidaire vers l'ouest pour rejoindre l'Alaska, soit il va brouiller les pistes le temps de reprendre des forces. Et, dans cette hypothèse, le lit d'une rivière lui garantit une progression plus facile et des refuges plus abrités. Donc on se concentre sur la Eagle. Demain, on la rejoindra à l'aube pour la remonter.

Les hommes ne semblent pas convaincus par le raisonnement de Walker, mais apprécient le répit qu'il leur accorde. Au long des différentes pistes de Jones, ils en ont profité pour amasser du bois mort, et maintenant le feu réchauffe une soupe de maïs au bacon accompagnée de pemmican, en attendant de jeter des pommes de terre fourrées au fromage dans la braise. Walker se tient à l'écart des hommes pour brûler ses lèvres gercées au réconfort de la potée. Hattaway se joint à lui.

— Ce Jones est quand même un mystère. Et dire qu'on ne sait toujours pas qui c'est…

— On ne sait pas qui il a été, mais on sait très bien qui il est. Un homme malin, courageux, endurant, intuitif, dur au mal, résolu. Un type qui vit selon ses convictions, même si elles sont contraires aux nôtres, et qui pense ne faire que se défendre. Un type qui n'a peur ni de nous, ni du blizzard, ni du grand froid, ni de la montagne, ni même de la mort, mais qui fuit les hommes…

— Attention, inspecteur, à vous entendre, on pourrait bien croire que vous l'admirez, ce Jones, se moque Hattaway.

— Oui, on pourrait le croire. C'est vrai qu'à défaut d'admirer l'homme, ce qu'il endure force l'admiration.

Ils mangent en silence un long moment. Walker croit d'abord que c'est la clarté du feu qui creuse le brouillard, avant de comprendre que le nuage se lève.

— Il reste encore trois heures de clarté, on pourrait peut-être s'avancer sur la Eagle, propose Hattaway.

— Non, attendons l'avion. Demain, il repérera en une heure les traces de Jones sur des dizaines de kilomètres et on sera sur lui dans l'heure qui suit avec nos traîneaux. Veillez à ce que les hommes ne boivent pas trop et soient d'attaque une heure avant l'aube.

À Aklavik, la neige tombe toujours en abondance, mais le vent est moins violent, selon Wright. Il a réussi à joindre Campbell par radio : il semblerait que le brouillard se lève rapidement sur Lapierre House. Une heure pour préparer l'avion, une heure de vol selon les conditions au-dessus des Richardson, et ils pourraient atterrir au coucher du soleil. Claudel est d'accord pour tenter le coup. Il leur faut plus d'une heure pour déblayer l'avion et damer la neige sur la rivière, mais alors que l'avion glisse pour se positionner face au vent, le moteur perd soudain en puissance. Claudel l'ausculte d'une oreille attentive. Il pense à une durite fendue par le froid ou à de la neige dans le carburateur. Wright renonce à décoller et aide Claudel à monter une tente de fortune autour du cockpit, le temps de réparer la panne. Deux heures après la tombée de la nuit, Wright fait rugir les six cylindres en étoile dont Claudel écoute le vrombissement d'une oreille satisfaite. Wright coupe les gaz.

— Je dors à bord et on décolle demain matin au plus tôt.

Claudel n'a pas le temps de répondre qu'une voix l'interpelle dans la neige et la nuit.

— Arrêtez de faire l'idiot, monsieur Wright ! Venez dormir au chaud, dans le bureau de mon mari, avec monsieur Claudel.

Pris par la réparation et le bruit du moteur, ils n'ont pas entendu Martha Walker s'approcher. Elle est emmitouflée dans un manteau en fourrure d'ours. Wright se demande si le rugissement du moteur l'a réveillée et si elle est sortie de son lit sans prendre le temps de s'habiller, passant juste ce lourd manteau sur une simple chemise de nuit. L'image de son corps chaud sous la fourrure, dans la froidure qui gèle ses doigts dans ses moufles, le taraude aussitôt.

— Non merci, madame Walker, je ne préfère pas.

— Imbécile… Si vous pensez ne pas pouvoir vous tenir, monsieur Wright, soyez sûr que je saurai le faire pour deux. N'allez pas attraper la mort pour cette histoire. Howard a besoin de vous demain, alors cessez vos enfantillages. Un repas chaud vous attend dans le bureau, ne le laissez pas refroidir. C'est une recette française, ça vous changera.

Martha Walker fait demi-tour et disparaît vers les lumières poudrées de neige d'Aklavik.

— Je te préviens, si tu…, commence Wright.

— Je sais, tu me réorganises le portrait !

Ils terminent d'arrimer la tente autour du moteur et regagnent le bourg et le quartier général de la gendarmerie. Comme l'a annoncé Martha, une délicieuse quiche au chevreuil et aux airelles les attend. Épuisé, Claudel s'endort après en avoir dévoré la moitié. Wright, lui, a du mal à trouver le sommeil. Il va se résigner à une nuit blanche quand il devine du bruit à l'étage. Des pas glissés. De l'eau qui coule.

Il monte en silence et trouve Martha Walker, en robe de chambre, dans la cuisine.

— Vous ne dormez pas non plus ? demande-t-il en s'adossant au chambranle de la porte.

Elle se retourne sans trahir aucune surprise et le regarde.

— Non, mais ne vous méprenez pas : ce n'est pas de vous savoir sous le même toit.

— Moi, si…, répond Wright.

Martha le regarde un long moment, puis soupire et pose le torchon qu'elle tenait à la main en l'invitant d'un geste à s'asseoir à la table.

— Monsieur Wright, nous ne sommes plus des enfants, n'est-ce pas ?

— Vous devez vraiment me donner du « monsieur Wright » ?

— Bien sûr, c'est ce que nous sommes redevenus : M. Wright et Mme Walker. Nous n'avons été Jonas et Martha que le temps d'une parenthèse. Thé ou café ?

— Étant donné les circonstances, je préférerais un verre de sherry, comme l'autre soir.

Martha Walker revient du salon avec la bouteille de sherry et deux petits verres à liqueur finement gravés.

— Alors comme ça, vous avez tout avoué…

— Seuls les coupables passent aux aveux. Je n'ai rien *avoué* à Howard, je lui ai juste *raconté*. Je lui ai dit que vous n'y étiez pour rien. Que c'est moi qui avais mis le feu aux poudres. Et je lui ai expliqué pourquoi.

— Et pourquoi ?

Elle prend le temps de lamper une gorgée de sherry et s'assied en face de lui avant de répondre.

— Ne vous est-il jamais arrivé de vouloir fuir votre vie sans risquer de la perdre pour autant ? Ce que j'ai voulu vivre avec vous, c'est une aventure. Je me rends compte à présent que ce n'était pas autre chose qu'une fuite. Nous avons, vous et moi, fui quelque chose pendant ces heures heureuses. Or, une fuite, ça ne se conjugue qu'au présent, c'est une décision de l'instant.

— Vous avez vraiment dit ça à Walker ?

— Oui. Et je sais qu'il a compris.

— Je crains que vous surestimiez la compréhension des hommes sur des sujets aussi sensibles. Walker et moi nous sommes battus à propos de cette fuite.

— C'était inévitable, mais Howard a compris que ça ne changeait en rien notre passé ni ce qu'il nous reste à vivre ensemble.

— Bien, dit Wright en reposant son verre, alors ce n'était rien de plus qu'une fugue dont on revient très vite ?

— Oui. On peut le résumer comme ça.

— Tant pis pour moi. Je vous souhaite une bonne nuit, madame Walker.

Il se lève, sourit à Martha et redescend dans le bureau où l'attend Claudel, allongé sur le dos dans le noir, les mains derrière la nuque.

— Alors, vous avez remis ça ?

— Non, elle m’a expliqué comment elle avait présenté les choses à Walker.

— Et alors ?

— C’est une femme admirable, Claudel, et si tu…

— Je sais, rit Claudel en se retournant pour dormir, tu me réorganises.

33

… DANS UN SOMMEIL JUSTE ET SEREIN.

Mardi 16 février 1932

La grosse neige prévue par Hattaway a floconné toute la nuit. Lente et régulière. Épaisse. Continue. Silencieuse. Les hommes le comprennent au poids qui cambre leurs tentes. Dehors, tout est capitonné. Plus un angle, plus une pointe. Que des bourrelets ouatés. Un immense édredon couvre le pays jusqu'à l'horizon. Mauvaise neige. De ces gros flocons tenaces qui s'échafaudent entre eux en constructions aériennes. Ceux-là ne se glissent pas dans les empreintes où ils se tassent, gardant avec l'extérieur de la trace la même différence de profondeur. Eux les recouvrent et les font disparaître sous une poudreuse que le froid verglace.

Le silence des hommes accable Walker. Ils se disent à voix basse qu'il aurait mieux valu profiter des trois heures de clarté de la veille pour coller aux basques du fugitif.

— Ça n'aurait rien changé, intervient Hattaway, il neige comme ça dans un rayon de cent kilomètres au moins. Bloqués ici ou sur les berges de la Eagle, quelle différence ?

Les hommes ne répondent pas. Ils préparent leur petit déjeuner sans cacher leur désaccord. Mais Walker n'est pas d'humeur. Toute la nuit, il a été hanté par un seul et même rêve.

Jones se tient face à lui, immobile, sans rien dire. Il est accoutré comme un trappeur d'antan, engoncé dans des épaisseurs de peaux et de fourrures, harnaché de sacs et de besace, de gamelle, de quart, de cordes et de bâches, armé d'un fusil à chaque épaule et d'un poignard et d'une hache à la ceinture. Des chausses par-dessus son pantalon. Raquettes aux pieds. À travers la fourrure de loup de son épaisse capuche, le masque de la mort a figé ses traits. Terrible. Un rictus gelé à ses lèvres retroussées, les pommettes et le nez brûlés par le froid, les yeux gris figés comme des perles de glace. Walker lui demande ce qu'il veut, et Jones ne répond pas. L'inspecteur se rend compte qu'il a deux trappeurs armés derrière lui qui mettent Jones en joue.

— Qui es-tu ?

Jones ne répond pas, et quatre autres trappeurs arrivent en renfort dans le dos de Walker.

— Dis-moi au moins d'où tu viens.

Cette fois, ce sont douze trappeurs qui arment leurs fusils.

— Pourquoi as-tu tiré sur Billy ?

Vingt trappeurs prêts à faire feu.

— Et Bauwen, pourquoi l'avoir tué ?

Des trappeurs par centaines, le visage haineux, doigt sur la détente, impatients de recevoir l'ordre de Walker.

Trois fois dans la nuit, Walker se réveille en sursaut sans savoir s'il a donné l'ordre. Le quatrième rêve ne dure que quelques secondes. Il se tourne, bras écartés vers les trappeurs qui sont des milliers quand la mitraille éclate. Les balles brûlantes le transpercent de toutes parts avant de cribler Jones. Quand le silence revient, Walker, étonné d'être encore debout, se sait mort, et regarde Jones disparaître à reculons dans la neige, ses raquettes chaussées à l'envers.

— Mauvaise nuit ? demande Hattaway, un gâteau de pommes de terre à la main.

— On va envoyer un équipage chez Ludlum, au cas où, mais je ne crois pas que ce soit le plan de Jones. Pour le reste, il faut occuper les hommes à chercher une piste fraîche de ce matin. Mais notre salut viendra de l'avion. La piste de Jones ne lui échappera pas dans une neige aussi profonde.

— Nous n'avons jamais été aussi proches de Jones, n'est-ce pas ? Qu'est-ce qui vous contrarie à ce point ?

— C'est de ne pas réussir à le devancer. De ne pas comprendre ce qu'il fait. De compter sur notre seule supériorité numérique et sur la reconnaissance aérienne pour lui tomber dessus.

— Qu'auriez-vous voulu de plus ? s'étonne Hattaway.

— Le piéger parce qu'on aurait compris comment il fonctionne. Le prendre à son propre jeu. L'avoir par stratégie plutôt que par force…

— Qu'est-ce que ça aurait changé ?

— Ça nous aurait peut-être permis d'éviter d'acculer cet homme à l'inéluctable. On se serait épargné six semaines de traque par un froid inhumain.

— Il peut se rendre quand il veut. Vos hommes et moi, on le protégera des trappeurs.

— Jones ne se rendra pas, Hattaway. D'un obscur trappeur qui ne demandait rien à personne, nous avons fait un assassin de gendarme.

— La Gendarmerie royale n'a rien à se reprocher, s'indigne Hattaway.

— Bien sûr que si, réplique Walker, résigné. On l'a poussé à commettre la faute qui justifie notre acharnement.

— Flinguer Bauwen, vous appelez ça une « faute » ?

— La mort de Bauwen est la conséquence d'une faute que nous avons commise, oui, parfaitement.

— Je vous rappelle que vous gérez cette enquête depuis le début, Walker. Mettre Bauwen sur les traces de Jones à Fort McPherson, c'est vous. Faire appel au jeune gendarme inexpérimenté pour se faire trouer la peau, c'est vous. Les dix kilos de dynamite contre la cabane de Jones, c'est encore vous !

Hattaway a élevé la voix, et les hommes, sans rien dire, le nez dans leur gâteau de patates, hochent la tête.

— Vous croyez que je ne le sais pas ? Je ne suis pas aveugle, je me suis bien rendu compte de la tournure que prend cette mission.

Hattaway se lève et s'éloigne en secouant la tête. Les hommes terminent leurs gamelles et s'affairent à démonter le campement. Une heure plus tard, cinq équipages rejoignent les berges de la Eagle River.

— Où est le dernier équipage ? Qui manque à l'appel ?

— Oakland et Walsh. Sans doute un ennui avec les chiens.

— Burton, allez voir ce qu'ils fabriquent et rejoignez-nous avec eux plus haut sur la rivière.

— S'ils avaient besoin d'aide, ils nous auraient prévenus par un coup de feu, bougonne Burton.

— Allez voir quand même, peut-être qu'ils ne veulent pas alerter Jones.

Burton manœuvre à contrecœur pour faire demi-tour. Les chiens ne comprennent pas et s'énervent, puis hurlent quand claque le coup de feu en provenance du campement.

— Jones ! hurle quelqu'un avant que Walker n'ait parlé.

Branle-bas de combat. Les mushers tournent leurs équipages et tous les trappeurs arment leurs fusils. Puis les chiens sont lâchés pour revenir sur leurs pas. Trois quarts d'heure plus tard, ils aperçoivent l'équipage abandonné d'Oakland et devinent que le trappeur s'est précipité vers leur dernier bivouac.

— Là ! hurle un trappeur.

À cent mètres dans la neige, une silhouette court vers eux. Toutes les culasses claquent.

— Ne tirez pas, hurle Walker, c'est Oakland ! C'est Oakland !

Ils se ruent à sa rencontre, piochant dans la neige jusqu'aux genoux.

— C'est Jones ? s'inquiète Walker.

— Ça ne peut être que lui, siffle Oakland, essoufflé. Il vient de passer par notre campement.

— Il y est toujours ?

— Non.

— Walsh l'a pris en chasse ?

— Non.

— Alors racontez, bon Dieu !

— Peu avant la rivière, mon toboggan s'est pris dans un trou d'air et on a versé. C'est en arrimant l'équipement que Walsh s'est aperçu qu'il lui manquait son second fusil. Il en garde toujours un glissé sur le côté du toboggan. On l'a d'abord cherché là où on avait dérapé, puis Walsh s'est souvenu qu'il l'avait nettoyé pendant le bivouac et qu'il avait dû le laisser contre un arbre.

—Quoi? se moque Walker. Un trappeur qui ne se rend pas compte qu'il lui manque un fusil?

—C'est moi qui ai préparé le toboggan ce matin, inspecteur.

—Et pourquoi pas Walsh?

—Parce qu'hier on s'est mis une brosse et que ce matin il avait la tête à l'envers.

—Et est-ce qu'il a récupéré son fusil?

—Non, justement, inspecteur, c'est pour ça.

—C'est pour ça quoi? Parlez, nom de Dieu! s'énerve Walker.

—C'est pour ça qu'on vous a prévenus par un coup de feu.

—C'est vous qui avez tiré? Ce n'est pas Jones?

—Oui, c'est nous, parce que le fusil a disparu.

—Seigneur Dieu! soupire Walker. Et où est passé Walsh?

—Il garde le campement pour préserver les indices.

—Quels indices?

—Les empreintes...

—Il y a des empreintes?

—Oui.

—Dans le campement?

—Non, juste à l'extérieur. Des empreintes qui s'en éloignent.

Walker déploie aussitôt ses hommes en arc de cercle pour approcher le bivouac et interdit à tout le monde de tirer avant son ordre, même si Jones ouvre le feu. Mais, à cinquante mètres du camp, Walsh les interpelle.

—Je vous vois, inspecteur, je suis tout seul, vous pouvez me rejoindre, c'est sans danger.

Walker se retient de vider son chargeur en direction du trappeur et fait signe aux hommes de rester hors du périmètre du bivouac. Walsh le guide alors jusqu'à l'endroit où les empreintes s'éloignent du campement. Et ce sont bien celles de Jones, fraîches et reconnaissables dans la neige. Moins d'une heure. Une heure ! Ils ne sont qu'à une heure de lui. Le cœur de Walker tressaille à l'idée de la confrontation. Il déploie ses hommes et les lance sur la piste à la poursuite de Jones. Sans précaution, dans l'urgence d'en finir. Ils courent récupérer les traîneaux et se lancent à l'opposé de la rivière, à travers un vaste champ de neige qui ne laisse à Jones aucune chance ni de se cacher ni de leur échapper. Walker maintient son équipage en tête. Il sent les hommes et les chiens trop nerveux pour laisser quiconque le devancer. À se savoir ainsi lancés à découvert à travers la plaine, il devine que les autres ont armé leurs fusils, prêts à tirer à vue. Il ne veut pas donner raison à Wright. Il n'est pas à la tête d'une expédition punitive. Il veut prendre Jones vivant, n'en déplaise à ses hommes. C'est quand la piste pénètre un lointain bois d'épinettes noires, deux heures plus tard, qu'il comprend. Malgré ses hommes qui se déploient pour encercler le bois, Walker sait que Jones n'est pas là. À les voir avancer, fusil à la hanche, il aurait déjà tiré. Mais ce serait trop facile. Pas le genre de Jones de se laisser prendre comme ça, sans résistance, au bout d'une piste si claire. Quand il pénètre dans le bois, Walker sait qu'il n'a rien à craindre de Jones. Quand il découvre le bivouac, il comprend pourquoi. Des traces de campement, des braises froides et des restes de repas.

— Ce démon nous provoque, ma parole ! Il n'a quand même pas osé faire une halte alors que nos équipages sont à ses trousses ! vocifère un des trappeurs, vexé.

— Cette piste ne nous rapproche pas de Jones, murmure Walker sans pouvoir retenir un semblant de sourire.

— Ah non ? Et ce campement, alors ?

— C'est là qu'il a passé la nuit.

— Quoi !?

— Les raquettes à l'envers, une fois de plus, explique Walker. Je n'ai rien vu parce que cette fois il s'est appliqué, il a marché sur les talons, en corrigeant son boitement. Ce n'est pas sa planque d'aujourd'hui, mais son bivouac d'hier.

— À croire qu'il nous épiait et qu'il a entendu ce que vous disiez sur ses empreintes.

— Jones n'avait pas besoin de prendre ce risque, il a tôt fait d'apprendre de ses erreurs. Par contre, il était assez proche de nous pour surveiller notre départ et récupérer les restes de notre repas. Il sera tombé sur le fusil par hasard.

— Comment vous pouvez en être sûr ?

— Parce que c'est Jones. Et, pour en avoir le cœur net, on devrait trouver sous la neige d'hier des traces encore lisibles de ses pas qui viennent jusqu'ici.

Il ne faut que quelques minutes pour les repérer. Des traces pas tout à fait comblées par la neige nouvelle.

— Elles viennent du nord, murmure Hattaway, comme s'il renonçait à sa fuite vers l'ouest pour redescendre vers la rivière.

— Ça ne veut rien dire. Il peut encore dépouiller Ludlum de son traîneau.

C'est le trappeur Burton qui déclenche la panique.

— Mais si ces traces mènent à notre bivouac d'hier soir, où sont celles qui montrent par où Jones en est parti ?

— Seigneur Dieu ! jure Walker. Elles se fondent dans les nôtres.

— Comment ça ?

— Nos propres traces, celles de nos chiens, celles de raquettes, celles de nos traîneaux. Il n'a eu qu'à s'embusquer pour nous voir quitter le camp et se mettre dans nos traces. C'est la seule explication. On lui a ouvert la piste jusqu'à la rivière. Il n'a eu qu'à mettre ses pas dans les nôtres, et maintenant il doit être sur la Eagle River à reprendre de l'avance sur nous.

— Attendez… Il ne pouvait pas savoir que Walsh oublierait son fusil et qu'on reviendrait sur nos pas pour le récupérer. Il n'a certainement pas fait ça pour prendre de l'avance. Et s'il s'est glissé dans nos traces, ça le fait rester dangereusement près de nous. À quoi il joue ?

— Ça, on va aller le lui demander. On est maintenant à trois heures de la rivière. Une fois qu'on sera là-bas, il n'a plus aucune chance de nous échapper. Il est malin, mais il n'ira pas plus vite que nos traîneaux.

Tous les équipages font demi-tour et laissent les chiens galoper sur la piste qu'ils ont damée en venant. Mais, dans l'heure qui suit, le ciel s'abaisse et se dissout dans une lourde tombée de neige. Le grand blanc efface tout horizon et les perd dans une folle voltige de flocons gros comme le poing. Ils ralentissent les chiens et perdent tout espoir de retrouver la trace de Jones à la rivière.

— C'est une neige à combler une tombe, peste un trappeur.

— Puisse-t-elle y ensevelir Jones, grogne un autre, la trogne givrée jusqu'aux yeux.

— Jones a bravé les Richardson, leur répond Walker. Il faut plus qu'une nuit de neige pour venir à bout d'un homme comme lui.

— C'est quoi, votre problème, avec Jones ? s'exaspère le trappeur. Pourquoi vous prenez toujours sa défense ?

— Je n'ai aucun problème avec lui personnellement. Le problème, c'est qu'on a tous un problème avec lui.

— Ah oui ? Et en quoi j'aurais un problème avec ce type ?

— Tu es incapable de comprendre comment il fonctionne. C'est pourtant la base de la trappe, non ? Savoir comment se comporte l'animal pour pouvoir le piéger ?

— Jones n'est pas un animal. Il n'agit pas par instinct. Il réfléchit.

— C'est exactement ça. Jusqu'à présent, Jones se montre plus intelligent que nous.

Les trappeurs ne répondent pas, et les mushers se concentrent sur le comportement de leur chien de tête. Bientôt, les animaux peinent dans vingt centimètres de neige. Quarante quand ils atteignent la rivière. Une blancheur mate capitonne le paysage.

— Inutile de tenter de retrouver la piste de Jones, déclare Walker. Cette neige aura effacé toute trace. Remontons la Eagle jusqu'à hauteur de la cabane de Ludlum et campons là-bas. Notre équipage a déjà dû arriver sur place. Si Jones s'y est risqué, on le prendra en tenaille. S'il a continué sur la rivière, une reconnaissance demain matin nous permettra d'en avoir le cœur net. Cette neige va recouvrir ses vieilles traces, mais elle le forcera à en laisser de nouvelles dans la poudreuse.

Une fois le camp monté, les hommes réfugiés sous leurs tentes derrière d'épais rideaux de neige, Walker pense à Wright. S'il n'a pas entendu l'avion, c'est qu'il n'a pas pu redécoller d'Aklavik hier soir. Wright est donc resté là-bas.

Avec Martha. Seul dans sa tente, il y pense. À ce que Martha lui a raconté. À ce que Wright et lui se sont dit.

Et soudain, dans le silence mou de la neige au-dehors, sous la toile perlée de condensation, Walker comprend que Jones ne va nulle part, et c'est Martha qui le lui a dit. Elle a raison : une fuite, ça se conjugue au présent. Jones n'a aucun plan, aucune destination. Il se contente de leur échapper jour après jour. Il n'a pas d'autre but. Il est trappeur. Il sait qu'il va mourir. Et il n'y a rien que ni lui, ni Wright, ni la Gendarmerie royale, ni les trappeurs, ni les Loucheux puissent y faire. Une histoire et un destin qui leur échappent. Une fin dont ils ne peuvent décider. Walker en est soudain convaincu : Jones est hors de portée de leur compréhension, loin de toute logique. Walker n'est sûr que d'une chose : sa fuite est devenue sa seule raison de vivre et il va la prolonger. Il n'a pas de plan. Sa seule stratégie, c'est de s'adapter à leur comportement. Tout ce que fait Jones, tout ce qu'il endure, il ne le fait que par rapport à eux. À lui surtout, Walker, le chef. Il s'éloigne ou se rapproche, il les devance ou les contourne, il grimpe ou se terre, et ce n'est ni par ruse ni par calcul. Juste par jeu. Un jeu mortel, une sorte de roulette russe. Une partie que Walker l'a poussé à jouer mais qu'il assume, et qui ne peut s'achever que par sa mort. Dont Jones décidera aussi, le moment venu.

Alors Walker s'endort, libéré de toute obsession, le cœur soulagé et l'âme claire, dans un sommeil juste et serein.

34

… Dieu a bon dos !

Mercredi 17 février 1932

Pour la première fois depuis des semaines, un soleil givré s'est plaqué sur le ciel d'étain. Au réveil, les hommes se tirent de leurs tentes, étonnés de retrouver accroché à leurs talons un semblant d'ombre blanche. Sans ordre de Walker, ils sont restés dans un demi-sommeil jusqu'à l'aube, isolés d'un monde où le duc et la duchesse d'Albuquerque ont donné une réception dansante dans leur villa en l'honneur de Son Altesse Royale, l'infant don Fernando. Au Maroc, quinze sanabs de Belkasem N'Gadi, venant du Regg, ont rendu les armes face aux troupes françaises qui progressent. Dans la basilique Saint-Pierre, au Vatican, on a miraculeusement découvert une bombe avant que quelqu'un n'ait la mauvaise idée de la faire exploser. Sur les bords du lac Majeur, les nièces de Mussolini sont victimes d'un accident d'automobile sans gravité, alors qu'à Berlin, Hitler signe un manifeste contre la candidature du maréchal Hindenburg à la présidence. À New York, on apprend qu'une femme a passé une annonce dans la presse pour «acheter une oreille gauche» et que, après avoir refusé plusieurs propositions d'oreilles d'hommes, elle a trouvé une vendeuse disposée à lui céder la sienne pour cent quarante mille dollars. En Chine, des bandes armées de plusieurs milliers de communistes se sont emparées de Nanchang, capitale de la province de Jiangxi. À Saragosse, les agents de la Guardia Civil tirent pendant plus d'une heure sur des grévistes. Au bout du monde, trois aviateurs français établissent une ligne aérienne reliant Paris à Madagascar. En Éthiopie, l'esclavage est aboli par l'empereur Haïlé Sélassié, et un certain Jean Mantelet dépose pour la France le brevet d'un presse-purée.

Et là, quelque part dans l'infini immaculé de la toundra, au cœur du Yukon, dans la neige crispée par le froid, Jones, qui a dû se réveiller à la nuit, va au-devant de son destin. Il sait sans doute que, dans l'heure qui vient, le Bellanca sera à ses trousses.

— Quelle ruse vas-tu encore inventer aujourd'hui ? murmure Walker en désarticulant sa carcasse face au maigre soleil pour se dérouiller de la nuit.

Autour, inquiets de cette soudaine relâche, les hommes s'affairent en silence à la préparation du petit déjeuner, sans oser s'attaquer au démontage du camp. Les chiens, décontenancés par ce manque d'allant, s'ébrouent pour se débarrasser de la neige nocturne, puis se regardent et se lèchent mutuellement le museau et les oreilles sans trop savoir quoi faire.

— Il ne faudrait pas le laisser nous distancer, avance Hattaway, prêt à partir.

— Regardez le ciel, Hattaway. On a quatre ou cinq heures de visibilité devant nous. Wright va pouvoir quadriller la zone sur des centaines de kilomètres. Jones ne pourra pas bouger sans se faire repérer. Et comme il n'a plus que quelques heures d'avance sur nous, il sera à notre portée.

—Quand même, insiste Hattaway, plus vers le sud, la toundra est criblée de lacs où il pourrait marcher sans laisser de traces sur la glace. Jusqu'au lac de Whitefish, long de plus de six kilomètres.

—L'avantage d'une reconnaissance aérienne, Hattaway, c'est de pouvoir envelopper tout le lac d'un seul regard. Peu importe que les empreintes se perdent sur la glace ou pas. De là-haut, Wright verra par où Jones aura abordé la glace, et par où il l'aura quittée.

—Je vous trouve bien serein. Une tempête boréale peut débouler en moins d'une heure, nous clouer au sol, et se jouer de Wright et de son avion comme d'un pigeon dans un ouragan.

—N'allez pas saper le moral de nos troupes, se moque Walker en souriant.

—C'est vous qui dites ça ? s'indigne Hattaway.

Walker ne relève pas et va jusqu'au chaudron fumant réclamer sa ration de ragoût pour le petit déjeuner.

—Départ dans une heure, dit-il aux hommes accroupis autour du feu. Prévenez les autres.

—Il était temps, grogne le trappeur Burton.

—Il est toujours temps de prendre son temps, répond Walker avec calme. L'avion va nous survoler et repérer les traces de Jones ou Jones lui-même. Quelle que soit la distance parcourue par Jones, inutile d'y rajouter la nôtre si on part dans la mauvaise direction.

—Ce n'est pas comme ça qu'on trappe, par ici, grommelle un autre trappeur.

— Sûrement parce que, dans vos bois, vous trappez rarement en avion, réplique Walker avec un éclat de rire.

— Qu'est-ce qu'il lui prend ? murmure Burton quand Walker s'est éloigné. Il a couché avec la Reine des neiges cette nuit ou quoi ?

Une heure plus tard, ils remontent la Eagle River. L'équipage de Walker en tête, au beau milieu de la rivière, suivi à quelques dizaines de mètres de ceux d'Hattaway le long de la rive gauche, et de Burton le long de la rive droite. Walker maintient le rythme de ses chiens en marche rapide. Leurs pas sont courts, mais plus répétés qu'en marche normale, et ils gardent la tête baissée. Ils n'attendent que son signal pour passer au trot, cette allure sauvage des loups qui leur donne vitesse et endurance. Mais Walker maîtrise son chien de tête. Le paysage qui défile autour d'eux bouscule ses émotions. Des étendues nacrées, moirées par un soleil d'ivoire. Une indicible beauté. Sauvage. Immense. Cette nuit, il a pensé à Martha. À la femme gracieuse et souriante qu'elle était quand ils se sont connus. À ses ambitions d'artiste, ses désirs d'harmonie, à l'élégance de ses premiers dessins. Pourquoi ne l'a-t-il jamais emportée dans de pareilles courses ? Elle aurait croqué des scènes au détour de haltes inattendues. Des bourrelets de neige sur une berge, trois troncs noirs, une fouine terrée sous une souche. Deux corbeaux dans une bourrasque de poudrin. Ses lèvres chaudes et le bout de ses seins dans une tente tapissée de fourrure sous la neige. Ils se seraient aimés, leurs corps en feu unis dans la solitude infinie de la toundra gelée. Tous les deux, seuls, loin du monde, nus dans leur petite tente, dans des blizzards hurlants, par des froids figés à moins cinquante. Pourquoi ne l'ont-ils jamais fait ? Pourquoi a-t-il fallu attendre cette chasse à l'homme pour que l'époustouflante beauté de ce pays lui saute aux yeux ? Pour que Martha lui manque autant ? Ses yeux rieurs, sa bouche aimante, et ses rêves qu'elle ne lui raconte plus depuis longtemps.

Il imagine une autre rencontre avec Jones que celle qui se prépare. Martha et lui le croisent au détour d'un bosquet d'épinettes noires. Silhouette trapue engoncée dans son manteau de peau croûté de neige, la trogne enfouie sous le loup de sa capuche. Sanglé et ceinturé de partout. Harnaché pour survivre. Eux se sentent aussitôt de passage devant cet homme qui semble habiter son territoire depuis mille ans. D'un imperceptible signe de tête, il les laisse s'installer à son feu. Ajoute deux morceaux de lièvre arctique à sa broche. Accepte un peu de leur pemmican et de leur whisky d'érable. Un taiseux, qui les laisse partager son silence. Quand Martha demande la permission de croquer son portrait, il ne dit rien, mais ses yeux d'eau claire se plissent de quelques rides en éventail. D'un infime mouvement du menton, il prend la pose sans en avoir l'air. Quand ils se remettent en route et le laissent auprès de son feu, son portrait à la main, Walker et Martha comprennent que ce pays n'appartient vraiment qu'à des hommes comme lui – une espèce en voie de disparition à cause de gens comme eux.

Le vrombissement du Bellanca le tire de sa rêverie et le rappelle à son devoir. À sa course, sa traque. Sa chasse à l'homme. Il sent, dans la splendeur opaline de ce matin irisé, la présence des hommes. Wright et Claudel dans le ciel, son armée de trappeurs derrière lui, les dizaines de chiens haletants, et, quelque part, seul, traqué, épuisé, glacé, obstiné, mais toujours décidé : Jones. Alors Walker lui aussi prend sa décision. Il lève le bras au ciel, le poing fermé.

Ce n'est pas pour toi, Jones. Même si tu m'as sauvé la peau. Ce n'est pas pour ce qu'ont dit Wright et Bauwen à ton sujet. Ce n'est pas comme pour McCoy. Ça n'a rien à voir avec toi, Jones, rien du tout. C'est pour moi, tu comprends ? Pour moi et pour Martha, et pour toute cette beauté qui nous entoure.

— Que fait-il ? s'étonne Wright.

Au sol, Walker a arrêté ses hommes au beau milieu de la rivière.

— Ou il a repéré quelque chose ou il nous attend. Peut-être veut-il qu'on se pose pour faire le point.

— Ça n'en a pas l'air, juge Wright qui lance le Bellanca dans une large boucle pour ne pas perdre de vue la caravane.

Au sol, droit sur les patins de son toboggan, Walker agite un bras vers l'avion.

— Signe que tout va bien, s'étonne Wright, qu'il n'a pas besoin de nous.

Claudel se penche à son tour pour regarder. Un seul bras en l'air, c'est signe qu'on n'a besoin d'aucun secours. Perplexe, Wright répond par un battement d'ailes. Au sol, Walker change de mouvement. Les bras levés, il indique plusieurs fois le nord.

— Qu'est-ce qu'il veut dire ? s'inquiète Claudel. Il nous renvoie dans nos pénates à Lapierre House ?

Wright refait un passage pour s'en assurer, et le mouvement de Walker est sans équivoque. Retour à la base. Quand il repasse une dernière fois avant de prendre en ligne droite vers le nord pour Lapierre House, Claudel devine que Walker s'adresse à ses hommes et leur donne l'ordre de rebrousser chemin.

— Attends, il ne nous demande pas de faire demi-tour. Il nous prévient que lui va le faire. Ce sont eux qui rentrent à Lapierre House.

C'est terminé pour Walker. Fini. Plus de traque. Qu'importent le mépris de ses hommes et la réaction de sa hiérarchie. Qu'importent la Gendarmerie et le quartier général. C'est terminé. Ce n'est pas un abandon, c'est un choix. Que Jones aille où il veut. Au diable, si ça l'amuse. Lui, Walker, ne joue plus. Même au prix de sa carrière. Tant pis, il se refera une vie avec Martha. C'est décidé, il rentre.

Wright préfère refaire une boucle pour s'en assurer. Quand il revient vers la rivière, déjà aligné sur le nord pour poursuivre sa route jusqu'à Lapierre House, tous les équipages ont fait demi-tour. La Eagle se roule et se déroule comme un serpent capricieux à cet endroit. Walker et ses hommes venaient de passer un enchaînement de longs méandres perpendiculaires à la direction générale de la rivière. Quand ils s'en approchent, Wright et Claudel voient les équipages redescendre le cours d'est en ouest vers un brusque virage qui ramène la Eagle vers l'est. À une centaine de mètres du méandre, les toboggans avancent sans ordre. C'est une troupe en repli. Elle n'obéit plus à aucun commandement. D'ailleurs, Walker reste en arrière, sans chercher à en reprendre la tête. Le radio Campbell est devant. Ses chiens sont lancés au galop et il ne sait pas vraiment comment les retenir.

— C'est qui, en éclaireur, là-bas ? s'étonne Claudel.

Il pointe une silhouette sur la rivière, de l'autre côté du méandre.

Wright colle son nez au cockpit pour mieux voir.

— Nom de Dieu !

Grisé par la vitesse, Campbell s'amuse presque à prendre le virage sans ralentir et, quand il débouche de l'autre côté du méandre, Jones est là, debout au milieu de la rivière gelée, aussi surpris que lui. Le temps de comprendre, sidéré et terrifié à la fois, Campbell saute sur les freins et le traîneau dérape dans une longue glissade qui panique les chiens. Jones en profite pour chausser ses raquettes et courir vers la berge, haute de deux bons mètres de neige gelée. Dans son dos, Campbell a saisi son fusil et sauté du toboggan qui dérape et entraîne les chiens prisonniers de leur harnachement. Neville déboule avec le deuxième équipage et prend le temps d'arrêter ses chiens. Quand il bondit à son tour, l'arme à la main, Campbell a mis un genou à terre, un coude appuyé sur l'autre, et tire de loin sur Jones. La riposte de Jones est d'une rapidité qui les surprend. Une balle. Une seule, qui traverse à la fois le genou et le coude de Campbell et pénètre sa poitrine. Puis il tourne son arme vers Neville qui tire tous azimuts. Mais les cinq autres équipages surgissent à leur tour, alertés par les détonations. Burton comprend aussitôt la situation et pousse ses chiens à l'assaut de la berge opposée, plus facile à gravir. Mitchell jette le sien contre le mur de neige qui protège l'autre rive et l'escalade en quelques pas. Jones tente par deux fois de se hisser sur la berge, mais la fatigue et le poids de son sac l'en empêchent. Il déchausse alors ses raquettes et se précipite en travers de la rivière, en biais pour mettre plus de distance entre les trappeurs et lui. Il cherche à atteindre l'autre rive, moins haute et couverte de taillis, où il pourrait se retrancher. Mais toute la meute est déployée en position de tir maintenant, alors il se jette à plat ventre sur la glace pour leur faire face, son sac devant lui en guise de barricade.

Quand il arrive à son tour de l'autre côté du méandre, bon dernier, Walker tarde à comprendre ce qui se passe. Puis il s'effondre. Jones les suivait ! Jones les suivait, et il vient de le condamner en renonçant à sa traque. Il venait d'abandonner Jones à son destin solitaire, et voilà que son geste de repentir se retourne contre Jones de la pire façon. Il est anéanti. Il hurle à ses hommes de cesser le feu, mais ils ne veulent rien entendre. La mitraille qui suit est une curée.

Depuis le ciel, Wright et Claudel sont abasourdis par ce qu'ils survolent. Jones, seul au milieu de la rivière, face à une douzaine d'hommes dont certains le prennent déjà en tenaille par les berges. Dans cette clarté magnifique d'un soleil de glace, ils devinent les flammes au canon des fusils et le ricochet des balles aux éclats de glace autour de Jones. Puis, accablés et impuissants, ils comprennent que Jones, à cette fureur déchaînée, oppose un tir calme, régulier, précis. Têtu toujours, obstiné, résolu. Comme si tout était encore possible. Encore jouable. Comme si tout ça n'était pas sa faute et qu'ils allaient tous payer leur acharnement à le priver de sa solitude chérie.

— Rends-toi, Jones, rends-toi ! implore Claudel, les yeux rivés sur le champ de bataille.

Au sol, Walker, abasourdi par la mitraille qui couvre sa voix, hurle comme un damné :

— Rends-toi, Jones, rends-toi, sinon ils vont te tuer.

Il hurle au cessez-le-feu à s'en déchirer la gorge, mais les hommes, grisés par l'odeur de la poudre et l'adrénaline, n'écoutent plus que leur instinct de chasseurs. Deux trappeurs ont rejoint Burton et Neville en surplomb sur les berges. De là où ils sont, Jones ne pourra plus esquiver les tirs derrière son sac.

— Cessez-le-feu ! s'égosille Walker, la voix brisée. Plus personne ne tire. On doit le prendre vivant. Il ne peut plus nous échapper, il suffit d'attendre, ne tirez plus.

Burton ajuste un tir. La balle ricoche à vingt centimètres de la hanche de Jones et vient percuter sa poche. À l'intérieur, une poignée de munitions explosent. Le corps tressaute, une partie de la hanche arrachée.

— Je l'ai eu ! hurle Burton. Je l'ai eu, je l'ai eu, il est blessé.

C'est comme sonner l'hallali. Comme une trompette pour l'assaut. Les hommes vident chargeur sur chargeur en hurlant chaque fois qu'ils pensent avoir touché Jones.

Furieux, Wright glisse son avion à quelques mètres à peine au-dessus des tireurs pour tenter d'arrêter le massacre, mais rien n'y fait. Comme il vire serré pour revenir, il devine le corps de Jones secoué par un impact dans le dos. À la façon dont il s'affaisse et laisse son fusil lui échapper des mains, Wright et Claudel comprennent qu'il est mort. Et dire que ces salauds continuent à le cribler de balles. Alors il refait un passage bas et les rase de si près que la plupart se jettent au sol et que les chiens, paniqués, se dispersent au galop, leurs toboggans vides derrière eux. Cette fois, tout le monde a compris. Wright reprend de la hauteur et bascule l'avion d'une aile sur l'autre pour leur faire comprendre que Jones est bien mort. Qu'ils peuvent cesser de tirer. Que cette putain de force est restée à cette putain de loi.

Il pose le Bellanca et glisse jusqu'au plus près du corps de Jones, saute de l'avion et demande aux trappeurs de s'écarter de plusieurs mètres. Walker le rejoint et hurle à ses hommes de foutre le camp et de rentrer sans lui à Lapierre House. Sur-le-champ ! Il s'occupera lui-même de rapatrier le corps de Jones par avion avec Wright et Claudel.

— Si vous avez besoin de…

— Je n'ai plus besoin de personne, Burton, ni de vous ni des autres.

— Quoi encore ? s'emporte le trappeur. On a fait notre devoir, non ?

— Appelez ça comme vous voulez, mais on est douze et Jones est criblé d'une bonne vingtaine d'impacts. Je suppose que vous êtes fiers d'avoir abattu un homme dans ces conditions.

— Ce n'était pas un homme, ose Neville.

— Et qui était-il, alors ?

— C'était Jones, le trappeur fou de la Rat River.

— Foutez le camp ! grogne Walker. Foutez le camp avec vos fusils et vos chiens, rentrez à Aklavik, allez réclamer vos récompenses de charognards et foutez le camp !

Et comme personne ne bouge, il leur aboie dessus une dernière fois. Il les regarde s'éloigner à contrecœur vers les chiens et les traîneaux, comme frustrés de ne pas avoir droit à leur part de gibier, et se tourne vers Wright.

— Je n'ai pas voulu ça, Wright, je vous le jure. Je venais juste d'abandonner la partie. Je n'avais pas idée que Jones nous suivait, et voilà… En renonçant, c'est moi qui l'ai tué.

Wright ne répond pas. Il pense à ce cauchemar dans lequel Jones le regardait, lui, personne d'autre. Et Wright comprend qu'il l'implorait alors de ses yeux pâles comme un lac au matin. Qu'ils l'épargnent ? Qu'ils le laissent tranquille ? Il revoit tressauter son corps déchiqueté par la mitraille. Et ce regard bleu qui sourit soudain, qui reçoit la mort comme une délivrance. La seconde suivante, ils sont dans l'avion et l'homme, le corps en charpie et les vêtements en lambeaux, lui demande de le ramener chez lui, à…

Ce n'était pas un rêve, c'était une prophétie. La mitraille, les hommes, et ce regard braqué sur lui. Le visage de Jones est figé dans un terrifiant rictus qui découvre ses dents. Sa peau est déjà dure comme un cuir desséché. Ses pommettes et son nez brûlés par le froid.

— De quoi sourit-il ? murmure Claudel. De nous avoir manipulés pour arriver à ses fins ? De nous avoir échappé à sa façon ?

— Ce n'est pas un sourire, tranche Walker, c'est la grimace d'un homme qui court depuis des semaines par moins quarante.

— Dieu ait son âme, murmure Wright.

Walker secoue la tête et maugrée entre ses dents :

— Dieu a bon dos !

ÉPILOGUE

Linda Bauwen ne quitte pas Red Arctic. Avec la pension de son défunt mari, mort en service, elle ouvre un magasin général où on peut acheter des objets d'artisanat dont les bénéfices reviennent aux Loucheux, et goûter le désormais célèbre cake « Pâtissier » dont elle a repris la recette. Une mauvaise grippe l'emporte à la veille de la Seconde Guerre mondiale. Elle est enterrée auprès de son mari, mais, contrairement à ses dernières volontés, l'Église a refusé que les Loucheux honorent sa mémoire selon leurs rites funéraires lors de la cérémonie chrétienne. Son âme indienne aurait cependant rejoint la Voie lactée sous le nom de « Celle qui suit son cœur ».

Martha Walker quitte Howard cinq ans après ces événements. Sans colère ni tourment. Juste une séparation. Elle voyage à Paris où elle mène une vie de bohème, pose nue pour le peintre Paul Chabas et fréquente d'autres ateliers. C'est en visitant l'Exposition universelle des arts et techniques qu'elle croise Wright, devant le pavillon du Canada en forme de silo à grain, au pied de l'imposante statue d'un bison des plaines. Ils ont une aventure sans lendemain et Martha épouse un peintre russe beaucoup plus jeune qui ne peindra qu'elle pendant quinze ans avant de se pendre dans son atelier. De misère, sans doute. De voir son amour et son modèle vieillir, dit-on. Quand Martha rentre à Aklavik, Howard est parti depuis longtemps.

Wright continue de voler, encore et toujours, partout. Il signe encore quelques exploits, peu à peu dépassé par de jeunes pilotes plus audacieux sur des machines plus performantes. Il croise Martha Walker à Paris, mais les bruits de bottes en Europe l'affolent. Il met son expérience au service de la formation des pilotes de guerre canadiens. Le 7 décembre 1941, il est à Pearl Harbor dans l'attente d'un transfert sur le porte-avions *Saratoga* pour une formation aux décollages en mer. Citoyen canadien, il n'est pas compté parmi les 2 403 victimes américaines de l'attaque japonaise.

Claudel reste le fidèle mécano de Wright tant que celui-ci reste dans le civil. Claudel a horreur de la guerre. Il la fuit à mesure qu'elle avance. Il gagne sa vie en réparant tout ce qui roule, vole ou navigue, et dans un petit port mal famé et empuanti du Honduras britannique, tombe éperdument amoureux d'une belle Juive américaine qui lui promet de l'épouser après avoir réglé quelques affaires à New York. Quand il apprend qu'elle ne reviendra pas et s'est mariée là-bas, Claudel se fait construire un trimaran noir, coque, mâts et voiles, et passera sa vie à naviguer en solitaire. On retrouve sa trace à Cuba, en Sicile, à Papeete, à Lombok, dans les îles Caroline et au Cap-Vert. On perd sa trace en 1962. Les autorités portugaises de Timor pensent que son *Corbeau des mers* a pu être coulé par un porte-conteneurs, ou qu'il a été abordé par des pirates. En fait, Claudel est mort dans son sommeil, en 1982, à Zanzibar, entouré d'une famille nombreuse, sous le nom de Pier Luigi Scapatelli.

Walker quitte la Gendarmerie royale le lendemain du départ de Martha pour rejoindre la marine marchande. Il embarque sur un vraquier à Port Hawkesbury, en Nouvelle-Écosse, navigue pendant vingt ans sur des mers froides et hostiles. Capitaine juste, exigeant avec lui-même, apprécié de ses hommes, il prend sa retraite à St John's, dans une petite maison de bardage jaune au toit rouge accrochée aux rochers au-dessus de l'océan. Il y meurt d'un cancer, seul, dans une pièce spartiate, avec pour seule décoration, face à son lit, la reproduction d'un tableau. Une femme nue peinte par l'artiste français Paul Chabas.

Söderlund reste le médecin d'Aklavik jusqu'à la fin de sa vie. À quatre-vingts ans passés, il se porte encore au secours des corps et des âmes blessés des Territoires du Nord, coureurs de bois ou Loucheux. Il fonde aussi la Société ornithologique des Territoires de l'Ouest et forme les Loucheux à l'observation et au recensement des espèces. Il rédige des monographies. Celle sur le harfang de neiges est éditée au Québec d'abord, puis dans tout le Canada, et finalement un peu partout dans le monde. Nommé citoyen d'honneur, il reçoit en cadeau un appareil photographique équipé d'un jeu de téléobjectif, grâce auquel il devient l'un des meilleurs photographes animaliers du Canada. C'est le seul à avoir reçu des cartes postales de chaque escale de Howard Walker.

Billy ne fait pas carrière dans la Gendarmerie royale. Trois ans après sa blessure, il se fait muter à Edmonton pour démissionner aussitôt. Laureen, sa première femme, rencontrée à Red Deer, lui trouve un emploi de routier dans l'entreprise de transport de son père. Il fait la route entre Calgary et Montréal pendant quatre ans et finit par devenir pompiste à Moose Jaw dans la station que tient Debby, sa deuxième femme, qu'il quitte trois ans plus tard pour monter une concession Chrysler à Ignace, sur la 17, où il épouse Lizbeth, la femme de l'ancien concessionnaire. Il termine sa vie avec cinq concessions Chrysler, trois femmes, huit enfants et un procès pour polygamie qui lui coûte toute sa fortune. Il meurt d'une mauvaise chute sur un trottoir verglacé de Winnipeg en se rendant au tribunal lors de l'hiver le plus froid du Canada en 1979.

McCoy reste dix ans dans les Territoires du Nord, obsédé par Jones, à étudier toutes les pistes qui pourraient expliquer qui il était. Il devient en même temps le meilleur musher des Territoires de l'Ouest. Dans les années 1960, sur les traces de Jones en Alaska, il rencontre Dorothy G. Page, secrétaire du club des mushers d'Aurora à Wasilla, puis Joe Redington Sr., un musher de la région de Knik, qui lui suggèrent l'idée d'une course de chiens de traîneau le long de l'ancienne piste de l'Iditarod. McCoy participe à toutes les préparations, tous les défrichages de la piste et toutes les reconnaissances. De février 1967 à mars 1972, il participe à toutes les « petites » courses de cinquante kilomètres, et en mars 1973, il est au départ de la première grande Iditarod de mille six cents kilomètres avec trente-quatre autres concurrents. Il abandonne au quinzième jour pour ne pas épuiser ses chiens et s'établit à Fairbanks, en Alaska, dans un chalet qu'il construit de ses mains. Les mushers du monde entier viennent chercher les meilleurs chiens dans son élevage. Il ne les leur vend qu'à condition que, une fois vieux ou blessés, les clients lui rapportent ses bêtes. Il meurt de nuit d'un arrêt cardiaque, à quatre-vingt-dix-sept ans, au cours d'une longue promenade vers Two Rivers par moins quarante-cinq degrés. Ses chiens veilleront son corps pendant plusieurs heures avant de le ramener sur plus de vingt kilomètres jusqu'à son chalet. Ses enfants, avocat, biologiste et vétérinaire, viendront de Québec, de Washington et de Sydney pour disperser ses cendres le long de l'Iditarod, accompagnés par plus de cinquante mushers.

Les autres personnages de ce roman ont eu des vies pareilles aux nôtres, avec leur chaos d'événements inattendus et de surprises, bonnes ou mauvaises, et l'occasion de faire des choix. Ou pas.

NOTE DE L'AUTEUR

Le trappeur fou de Rat River s'appelait en réalité Albert Johnson. C'est en tout cas le nom auquel il aurait répondu une seule et unique fois. On ne sait rien d'autre de lui que ce que j'ai utilisé dans ce roman.

Ses empreintes digitales, envoyées à Ottawa et à Washington après sa mort, ne correspondaient à aucun criminel connu, ce qui a mis un terme à la piste de Coyote Bill le braqueur.

Pour la piste du trappeur d'origine suédoise Arthur Nilson, l'exhumation du corps d'Albert Johnson, plusieurs décennies après sa mort, pour les besoins d'un documentaire de la chaîne Disney Channel, a permis des prélèvements et des recherches ADN qui ont écarté la possibilité que Johnson et Nilson soient le même homme.

Cette piste semblait pourtant assez solide puisque deux billets de cinquante dollars retrouvés sur le corps d'Albert Johnson avaient transité par une succursale de la Banque de Montréal à Mayo, dans le Yukon. Ces deux billets se sont retrouvés en possession de Nilson qui avait vendu des peaux pour un montant de six cent quatre-vingts dollars.

La confusion entre Nilson et Johnson, tous deux trappeurs dans la même région et à la même période, vient sans doute du fait que ces deux hommes ont fréquenté les mêmes points de passage (comptoirs de ravitaillement, postes de vente des peaux, etc.), et que Johnson a pu encaisser, au titre de monnaie sur un achat ou de vente de peaux, des billets préalablement dépensés par Nilson.

En revanche, l'ADN a permis d'affirmer que Johnson était bien d'origine suédoise, l'étude allant jusqu'à localiser en Suède deux villages dont il aurait pu être originaire.

La police montée canadienne continue à recevoir, de temps en temps, des revendications de filiation à Albert Johnson qu'elle examine avec le plus grand sérieux.

On ne sait donc toujours rien sur Albert Johnson. Il ne reste de lui que la liste des effets personnels répertoriés le jour de sa mort :

Un fusil Savage 30-30 modèle 99

Une Winchester .22 modèle 58 à la crosse sciée

Une carabine Iver Johnson Champion calibre 16 à canon et crosse sciés

39 balles de 30-30

84 balles de .22

4 balles de .16

2 410 dollars canadiens

20 dollars américains

Une fiole contenant cinq perles d'une valeur totale de 75 dollars

Une fiole contenant des dents en or, probablement les siennes

Une fiole contenant des pilules qui seront identifiées comme des laxatifs

Une hache

Une gamelle en fer pour le thé

Une boussole

Un rasoir

Un couteau de chasse

Des hameçons

Des clous

Un écureuil et un lagopède morts et vidés

Une paire de raquettes

Aucun papier, aucun document, aucune photo, aucun écrit permettant de reconstituer son histoire.

Johnson avait par contre creusé deux caches, l'une dans le manche de sa hache, l'autre dans la crosse de son fusil Savage, chacune contenant une balle. Le moyen pour certains trappeurs, semble-t-il, d'échapper aux derniers assauts d'un ours ou d'un loup furieux, après avoir cédé à la panique et épuisé toutes leurs munitions. Une façon de choisir sa mort. Ce que Johnson n'a pas fait ce 17 février 1932, et qui pousse certains à croire que, en désespoir de cause, il s'était résolu à un brutal suicide policier.

Je préfère penser, pour ma part, qu'il était convaincu de survivre et de s'échapper encore.

TABLE DES MATIÈRES

Achevé d'imprimer par Ermes Graphics
à Turin (Italie), en avril 2023
Dépôt légal : mai 2023
ISBN : 978-2-37502-195-8